审视·想象·阐释
——论拉金、休斯和希尼的自然主题

曹莉群/著

中国文联出版社

图书在版编目（CIP）数据

审视·想象·阐释：论拉金、休斯和希尼的自然主题 / 曹莉群著. -- 北京：中国文联出版社，2023.1
ISBN 978-7-5190-5043-6

Ⅰ.①审… Ⅱ.①曹… Ⅲ.①诗歌研究－英国 Ⅳ.①I561.072

中国国家版本馆CIP数据核字（2023）第031998号

著　　者	曹莉群
责任编辑	阴奕璇
责任校对	吉雅欣
装帧设计	马庆晓

出版发行	中国文联出版社有限公司
社　　址	北京市朝阳区农展馆南里10　邮编　100125
电　　话	010-85923025（发行部）　010-85923091（总编室）
经　　销	全国新华书店等
印　　刷	三河市龙大印装有限公司

开　　本	880毫米×1230毫米　1/32
印　　张	10
字　　数	159千字
版　　次	2023年1月第1版第1次印刷
定　　价	60.00元

版权所有·侵权必究
如有印装质量问题，请与本社发行部联系调换

前　言

诗歌之美是我研究英语诗歌的起因。犹记在本科时期《英语文学概论》的课堂上，张剑教授引领我们走入诗歌的殿堂，他的吟诵和讲解让我们得以窥见诗歌的美妙。尽管以现在的眼光看，我当时对诗歌的理解是相当浅薄的，但是这一点点的领悟令我感到欣喜，促使我进行更多的阅读和品味。后来，我有幸在张剑教授的指导下攻读博士学位，开始尝试研究诗歌，而选择战后诗歌中的自然主题作为研究方向，主要是出于两方面的兴趣，一方面是对自然的亲近感，另一方面是对战后英语诗歌，尤其是对拉金、休斯和希尼的偏爱。我是在一个机车车辆厂的公房区长大的，这是一个与自然相当疏离的环境，大多数地方都被马路和建筑占据，房前屋后都是水泥地，常见植物是整齐划一的梧桐树和冬青，再加上几处街心花坛里的月季。不过幸运的是，邻家有一个喜爱花草的奶奶，她把人们随手倾倒垃圾的一方土地清理干净，种上了无花果树和栀子花，我每天都去那里待上一会儿，至今仍然记得无花果的清甜香味和栀子花的浓郁芬芳。这些年我住在天坛公园附近，去公园散步是日常习惯，在几乎没有遮挡的天空下，绕过古建筑和做操踢毽的人群，深入植物疯长的幽静之处，还能遇见松鼠、刺猬和各种各样的鸟儿。当然，与那些远离城镇、居于山水之间的诗人们相比，我对自然的感情是微不足道的，但是于我自己来说，在城镇的缝隙里感受自然，依然从心底生发出宁静和愉悦的感觉，这种感觉是在钢筋水泥之中难以感受到的。与此同时，我对研究方向的选择也源于对战后英语诗歌的偏爱。相对于较早的诗歌而言，战后诗歌在内容和形式上都显得不够规整。诗人们笔下的自然是复杂多变的：拉金时而畏惧通向死亡的自然进程，时而希望在自然中找到超越的存在；休斯虽然崇拜自然女神，但是他也强调这位女神是不断变化、难以捉摸的；希尼在北爱尔兰冲突期间描写自然景物，只有意义不定的自然意象才能与复杂的民族冲突相呼应。诗人们在形式上也不那么循规蹈矩：拉金和希尼虽然借鉴了传统的韵律，但是分别加入了通俗口语和北爱尔兰方言，而休斯更是用自由流动的音韵来表现原始的自然力量。可能有人认为，这些不规整之处削减了诗歌的力量和美感，但是在我看来，这些不规整之处正是值得探究和欣赏的，它们既体现出诗歌永不枯竭的创造力，形成了新的力量和美感，又反映出战后社会多元和多变的趋势，为当代生活提供了有益的启示。

本书是在我的博士论文基础上修改和充实而成的，我要在此感谢恩师张剑教授的悉心指导，也要感谢在我开题和答辩时提出宝贵意见的余石屹教授、傅浩教授、马海良教授、陶家俊教授、潘志明教授和刁克利教授。我同时也要感谢我的工作单位首都师范大学外国语学院，支持我完成博士论文的写作，并提供了后期完善和出版成书的宝贵机会。最后我要感谢我的父母、丈夫和孩子一直以来的温暖鼓励，为我提供了不断前行的动力。正如希尼在最后一部诗集《人之链》（*Human Chain*）所呈现的链条意象，希望我的这本书能将我对诗歌的思考串连起来，也能将我与更多的爱诗之人连接起来。

曹莉群

2019 年 9 月

目　录

绪　论……………………………………001

第一章　拉金：审视自然……………047
　第一节　通向死亡的进程………………049
　第二节　信仰的微光……………………067
　第三节　消失中的乡村…………………084

第二章　休斯：想象自然……………107
　第一节　理性的困境……………………109
　第二节　女神的救赎……………………142
　第三节　永恒的荒野……………………169

第三章　希尼：阐释自然……………199
　第一节　成长的启蒙……………………201
　第二节　冲突中的土地…………………224

第三节　超越的理想……………………258

结　论………………………………………282

参考文献……………………………………289

绪　论

英国文化研究学者雷蒙德·威廉斯（Raymond Williams）曾经指出，nature 或许是英语中最复杂的词语，其词义的演变体现出许多重要的思想和观念。因此在探讨诗歌中的自然主题之前，我们有必要先关注 nature 这个词语。[①] 这里可以借鉴威廉斯在《关键词：文化与社会的词汇》一书中对该词词义的梳理，他列出了 nature 的三个义项，并进一步阐述了这些义项衍生出的丰富意义。这三个义项分别是：(1)"某个事物的基本性质与特性"，出现于 13 世纪；(2)"支配世界或人类的内在力量"，出现于 14 世纪；(3)"物质世界本身，可包括或不包括人类"，出现于 17 世纪。[②] 上述义项可简称为"本性""自然力"和"自然界"，它们在历史和文化

[①] [英]威廉斯：《关键词：文化与社会的词汇》，刘建基译，生活·读书·新知三联书店 2005 年版，第 326、328 页。

[②] [英]威廉斯：《关键词：文化与社会的词汇》，刘建基译，生活·读书·新知三联书店 2005 年版，第 326—327 页。

的语境中又衍生出许多不同的意义。比如在大多数语境中，"自然力"和"本性"之间存在因果关系，自然力塑造了事物和人类的本性。而"自然力"和"本性"又可以具有不同的褒贬色彩：在某些语境中，自然力是野蛮的，其塑造的本性是低劣的，因此人类需要通过教化（culture）来提升自己；而在另一些语境中，自然力却又是神圣的，其塑造的本性是高尚的，因此人类应当摆脱教化的影响回归本性。此外，在特定的语境中，"自然力"和"自然界"还可以体现两种对立的自然观：前者是认为自然事物之中贯穿着一种精神存在，神圣的自然力将万物组成和谐的整体；而后者是将自然事物视为物质存在，用科学的方法寻找其中的客观规律。从威廉斯的分析可以看出，nature 一词具有复杂多变的意义，这意味着诗歌中的自然主题必然是丰富的、值得研究的，这同时又要求我们对自然概念进行认真的辨析，更好地回答"何谓自然"这个问题。

那么当我们谈论诗歌中的自然主题时，到底是在谈论哪种或哪些意义上的自然？仍然借用威廉斯列出的三个义项，我们谈论的主要是"自然界"和"自然力"，有时也会涉及"本性"。我们判断一首诗是否与自然有关，首先会寻找其中有没有自然界的具体事物，诗人常写日月星辰、山水田园、草木鸟兽等自然事物,描绘其形象特点、表现其文化和社会意义。其次我们还会寻找诗中有没有自然界的整体概念,当诗人写到人与自然、文化与自然、艺术与自然的关系时,所用的就是自然界的整体概念。我们进一步分析还会发现,诗人有时是通过自然界来写自然力,剖析自然事物的本性,从而揭示塑造本性的自然力。因此可以这样说,我们研究诗歌中的自然主题,主要就是分析诗人如何以自己独特的方式来写自然界和自然力。

本书将要研究的是三位诗人菲利普·拉金(Philip Larkin)、特德·休斯(Ted Hughes)和谢默斯·希尼(Seamus Heaney)作品中的自然主题。其中前两位是英国诗人,也是英国诗歌传统的杰出继承人,而希尼虽然成长于北爱尔兰地区,后来又加入爱尔兰国籍,但是他一直用英语写作,他所借鉴的英国诗歌传统并不少于爱尔兰诗歌传统。根据1999年2月《卫报》(*The Guardian*)的报道,包括英国文化教育协会(The British Council)和英国诗歌协会(The Poetry Society)在内的权威文化组织当时正在讨论新任英国桂冠诗人的人选,已加入爱尔兰国籍的希尼仍然在提名中居于首位,这再次证明了他与英国诗歌的紧密关联。①

既然三位诗人都深受英国诗歌传统的影响，那么简要地梳理一下英国诗歌中自然主题的发展史，将有助于我们更好地理解他们作品中的自然主题。需要说明的是，自然是文学中恒久而普遍的主题，大量的英国诗歌都涉及自然，其中有不少是专门描写自然的，此处限于篇幅无法进行详尽的总结，而只是选择各个时期具有代表性的作品，大致勾勒出自然主题发展的脉络。

首先，盎格鲁-撒克逊时期的古英语诗歌常写到自然界，主要是写充满危险的野性自然，也有少量是写美好的田园。在挽歌对句诗《航海者》（"The Seafarer"）中，航海者以第一人称对比了田园生活和航海生活，他简略地描述了春暖花开的田园，以此反衬海上生活的悲苦：当船驶近峭壁时，海浪拍打岩石的声音令他惊出冷汗；冰霜将他的双脚冻住，犹如戴上脚镣；他还要经常忍受饥饿和孤独的煎熬。②* 尽管航海者相信艰苦的海上生活能磨炼他的意志、使他获得上帝的救赎，但是他所

---

① Dan Glaister, "Heaney Leads Race for Poet Laureate", *The Guardian*, February 4, 1999, p. 1.

② Alexander H. Olsen and Burton Raffel, eds., *Poems and Prose from the Old English*, trans. Burton Raffel, New Haven, CT: Yale University Press, 1998, pp. 10–12.

* 本书中来源为英文的引文，除了标明译者的之外，均为本书作者译出。

描写的海洋确实是冰冷无情的，令人深感畏惧。而在另一些诗歌中，野性自然更是直接威胁着人们的生命。《箴言集之一》(Maxims I)中写道，独自在野外行走之人会遇上狼群，狼的嚎叫是出于饥饿而不是哀悼，它毫不留情地将人咬死——"不管死去多少人，它还想要更多"[1]。在著名的英雄史诗《贝奥武夫》(Beowulf)中，怪兽格伦德尔也可以被视为野性自然的化身：它被称为"人类的敌人"，来自黑暗的沼泽，长着尖牙利爪，吞食了众多武士，直至最后被英雄贝奥武夫打败。[2]值得注意的是，诗中还写道，像格伦德尔这样的怪兽都是杀亲者该隐的后代，这意味着怪兽也可能象征人性中的罪恶，而将人性中的罪恶投射于具有动物形象的怪兽，这又说明在当时的人们看来，野性自然是极其可怕的。[3]

诺曼征服之后的中古英语诗歌逐渐开始受到法语和法国诗歌的影响，但是诗歌中的自然主题与之前相比变化不大，仍然有一些对田园的赞美，而更多是写野性自

---

[1] Alexander H. Olsen and Burton Raffel, eds., *Poems and Prose from the Old English*, trans. Burton Raffel, New Haven, CT: Yale University Press, 1998, p. 126.
[2] *Beowulf*, trans. Burton Raffel, New York: New American Library, 1999, p. 28.
[3] *Beowulf*, trans. Burton Raffel, New York: New American Library, 1999, p. 26.

然对人们造成的威胁。赞美田园的代表作是 13 世纪的民谣《夏天到了》("Sumer is icumen in"),这是英国现存最早的多声部民谣,写的是夏天在布谷鸟的叫声中到来,田野上一片生机勃勃的景象。而著名的浪漫传奇《高文爵士与绿衣骑士》(*Sir Gawain and the Green Knight*)则再次写到野性自然之中潜藏的诸多危险。其中一个经典选段是高文爵士跋山涉水去寻找绿衣骑士践行约定,高文爵士一面要对付野兽和怪物——"恶龙/袭击他,有时是狼群和林中野人/或是岩石间冲出来的山巨人/或是公牛、熊和獠牙发白的野猪/或是从峭壁上跳下来的食人巨妖",他另一面还要忍受恶劣的自然环境——"搏斗本就艰难,恶劣的/寒冬更糟糕,如此之冷/雨落到地面前就会冻住/他身穿盔甲而卧,冻雨差点/将他杀死,他睡在裸露的岩石上/冰冻的河流从山上冲下/冰凌就在他的头颅上方/锋利而又坚硬"。[1] 这些描写固然是为了表现高文爵士不畏艰险、遵守约定的精神,但也再次将野性自然置于人类的对立面,凸显了野性自然带来的威胁。

《高文爵士与绿衣骑士》写于 14 世纪后期,即中古英语诗歌的后期,同时期的另一部杰作是杰弗雷·乔

---

[1] *Sir Gawain and the Green Knight*, trans. Burton Raffel, New York: New American Library, 1970, p.71.

绪 论

叟（Geoffrey Chaucer）的《坎特伯雷故事集》（*The Canterbury Tales*）。这部作品不仅在语言和诗体上有所创新，它对自然的描写也颇具新意，写到自然的支配作用和神圣性。《序曲》的首个诗节交代了故事背景，分为两个部分，首先是写春天的细雨驱走了干旱，促使草木生长、鸟儿鸣唱，然后是写春天也使人们内心躁动起来，渴望走出家门去朝圣。两个部分之间有这样一行诗句："自然在激发他们，他们的心深受吸引。"[1] 这里的"自然"是指自然力，是自然力驱动鸟儿兴奋地鸣唱，这行诗又承接第二部分，暗示自然力也可以支配人类、驱动人们出门朝圣。这个诗节同时也把神明和自然联系起来，圣人能够治愈疾病、拯救灵魂，正如春天为万物带来生机，这样的类比暗示了自然的神圣性。上文提到，nature 的义项（2）"支配世界或人类的内在力量"，出现于 14 世纪，乔叟所用的 nature 在一定程度上体现出这种含义，自然界的事物和人类不再是相互对立的，他们都受到神圣自然力的推动。

文艺复兴时期的英国诗歌里也经常写到自然力的支配作用。在威廉·莎士比亚（William Shakespeare）的

---

[1] Geoffrey Chaucer, *The Canterbury Tales*, trans. Nevill Coghill, London: Penguin Books, 1977, p. 19.

十四行诗里，自然力多次以女神形象出现，她主宰人们的生死、塑造人们的容貌和性情。十四行诗的第四首（Sonnet 4）写道，自然女神只是将美貌出借给美人，她最终会唤走美人的生命，同时也将美貌收回。①*十四行诗的第二十首（Sonnet 20）更是直接描写自然女神如何造出美人，绘出他柔美的脸庞、赋予他柔婉的心灵和明亮的眼睛。②此外，在莎士比亚的戏剧《李尔王》（*King Lear*）里，李尔王和葛罗斯特伯爵的私生子爱德蒙也都将自然称为女神，认为她掌管着人类的繁衍，愤怒的李尔王甚至祈求自然女神剥夺不孝女高纳里尔的生育能力，或者也让她生下一个忤逆的孩子（第一场、第二幕、第四幕）。③

同处文艺复兴时期的爱德蒙·斯宾塞（Edmund Spencer）和菲利普·锡德尼（Philip Sidney）等人还复兴了古典田园诗传统。由忒俄克里托斯（Theocritus）和维吉尔（Virgil）开创的田园诗是一种独特的诗歌类型，并不是

---

① ［英］莎士比亚:《莎士比亚全集》第六卷，朱生豪等译，人民文学出版社1994年版，第528页。
* 原译文将nature译为"造化"，其实也是自然女神之意。
② ［英］莎士比亚:《莎士比亚全集》第六卷，朱生豪等译，人民文学出版社1994年版，第544页。
③ ［英］莎士比亚:《莎士比亚全集》第五卷，朱生豪等译，人民文学出版社1994年版，第438、456页。

绪 论

单纯描绘田园之美，而是通过田园背景和田园生活来探讨政治、宗教和伦理问题。斯宾塞的《牧羊人月历》(*The Shepheardes Calender*)在描述牧羊人的爱情时加入了鲜明的时代因素，有对伊丽莎白女王的赞美、对天主教会和英国国教的嘲讽以及对圈地运动的谴责。锡德尼的《阿卡迪亚》(全称为 *The Countesse of Pembroke's Arcadia*，一般简称为 *Arcadia*)中的四组田园诗则是具有浓厚的道德色彩，通过牧羊人的爱情来探讨爱情与宗教之间、灵魂与肉体之间的伦理关系。上述作品对自然的描写都是比较简单和程式化的，主要是为了设置田园背景，烘托人物的心情。而后来的迈克尔·德雷顿(Michael Drayton)和威廉·布朗(William Browne)对田园诗进行一些创新，增加了对自然的关注，通过对自然的描写来表达爱国主义热情。德雷顿的长诗《多面的阿尔比恩》(*Poly-Olbion*)借鉴了地方志的写法，充满自豪地描绘英国的山水风景和绿色村庄，以及与之相关的神灵仙女和牧羊情侣。* 布朗的长诗《不列颠田园诗》(*Britannia's Pastorals*)更是反复写道，英国是最美好的地方，英国牧羊人是最幸福的人。自文艺复兴时期之后，英国田园诗传承数百年，还发展出一些新的分支，这些诗歌都向我们展示，诗歌中的自然并不

---

* Olbion 即 Albion，是古时对英格兰或不列颠的雅称。

是所谓纯粹的自然,而总是包含文化和社会的因素。

从文艺复兴后期开始,欧洲发生了包括天文学和物理学在内的科学革命,科学家们将自然视为物质存在、研究其中的客观规律,由此出现了nature的义项(3)"物质世界本身,可包括或不包括人类"。显而易见的是,科学革命对宗教神学自然观造成了巨大冲击,从中世纪延续下来的宗教神学自然观认为上帝创造并主宰万物,而科学自然观认为万物是遵循客观规律的物质存在,两者之间产生了一系列的冲突和妥协,17—18世纪的英国诗歌充分反映了这种状况。约翰·邓恩(John Donne)在1611年发表的《周年祭奠:世界之解剖》("The First Anniversary: An Anatomy of the World")中写到日心说对地心说的冲击。源于亚里士多德(Aristotle)和托勒密(Ptolemy),经由宗教神学改造的地心说认为,地球静止地处于宇宙中心,其外围绕着日月星辰,最外层是上帝所在的天堂,宇宙万物都由上帝安排和推动。而伽利略的日心说和相关的天文学发现不仅对天体位置和运动方式提出新观点,更是让人们对上帝主宰万物的说法产生怀疑。因此邓恩在诗中发出这样的感叹:

新的哲学质疑一切:

绪 论

> 火之元素已被扑灭，
> 太阳连同地球消失，无人
> 能用才智找到它们。
> 人们坦言这世界已完结，
> 在行星间、苍穹里
> 寻找许多新世界；而后目睹
> 新世界又崩塌为原子。
> 一切碎裂、不再连贯……[1]

科学革命引发的哲学怀疑论摧毁了地心说，使太阳和地球失去了原本的位置，也使整个宇宙陷入混乱，万物不再是由上帝精心安排的和谐整体，贯穿于万物之中的神圣力量也不复存在。在邓恩看来，这种混乱的状况是病态的，他希望有一种神圣的存在重新将宇宙万物统一起来。

而在18世纪的诗人亚历山大·蒲柏（Alexander Pope）看来，科学革命并没有摧毁宗教神学自然观，科学发现可以被纳入宗教神学自然观之中。在一定程度上，这是因为有不少科学家笃信上帝，努力调和科学与

---

[1] John Donne, *The Complete Poems of John Donne*, Robin Robbins ed., Harlow, Essex: Pearson Education Limited, 2010, pp. 835–838.

神学之间的冲突。比如科学革命的代表人物艾萨克·牛顿（Isaac Newton）就提出具有神学色彩的机械论自然观，即自然界是由上帝创造的完美机器，上帝创造了这部机器中的所有物质和运行规律，并按照他的意志对其进行调整。根据这种理论，科学家所做的并不是否认上帝的存在，而是在上帝的指引下发现由上帝创造的自然规律，因此蒲柏为牛顿所写的墓志铭是：

> 自然和自然的法则隐藏在黑夜之中，
> 上帝说"要有牛顿！"于是，就有了光——①

这显然是模仿《圣经旧约·创世纪》的开篇之语："原始太初，上帝创造了天地。地面一片空虚混沌，渊面黑暗，只有上帝的灵运行在水面上。上帝说：'要有光！'于是，就有了光。"正如上帝创造光来照亮世界，也是上帝安排牛顿发现自然界的运行规律，从而让人们得以窥见上帝的神圣设计。不过，蒲柏对科学的认可是相当有限的，他信奉的是宗教神学自然观中的存在巨链论，他在长诗《人论》（*Essay on Man*）中阐述了这种

---

① Alexander Pope, *The Major Works*, Pat Rogers, ed., Oxford: Oxford University Press, 2006, p.242.

理论，由此解释人类为何不能完全认识自然界。存在巨链论源于亚里士多德和普罗提诺（Plotinus）并经由宗教神学改造，认为整个世界是由上帝主宰的完满和连续的等级系统，从低到高依次是无生命的矿物、植物、动物、人类、天使以及作为最高存在的上帝。人类处于存在巨链的中间位置，虽高于自然界，但永远低于神明，因此人类的智慧并不能领悟上帝对自然界的神圣设计："整个自然都是艺术，不过你不领悟／一切偶然都是规定，只是你没看清。"（王佐良译）[1]即使牛顿这样的科学家看似发现了自然界的规律，他们在神明眼里也不过像人类眼里的猿猴一样，并不能完全理解世界的真谛。[2]

及至18世纪后期，新兴的浪漫主义提出了泛神论自然观，这既不同于宗教神学自然观，也是对机械论自然观的驳斥。宗教神学自然观认为上帝凌驾于自然界之上，创造并掌控自然界，而浪漫主义认为神只存在于宇宙万物之中，宇宙万物的总和就是神，即便是自然界里最低等的泥土石块也具有神性。*更为激烈的是浪漫主义

---

[1] Alexander Pope, *The Major Works*, Pat Rogers, ed., Oxford：Oxford University Press, 2006, p. 280.

[2] Alexander Pope, *The Major Works*, Pat Rogers, ed., Oxford：Oxford University Press, 2006, p. 282.

* 浪漫主义诗人有时也用 God 来指神，但是他们所说的神与传统基督教的上帝是有区别的，因此一般译为神而不是上帝。

对机械论自然观的批判——自然界绝不是按照科学规律运转的机器,而是充满神性的有机整体。浪漫主义的先驱威廉·布莱克(William Blake)在长诗《耶路撒冷》(*Jerusalem*)里对科学理性发起控诉:"培根和牛顿身披阴沉的钢铁,他们的恐怖/像铁鞭一样悬于阿尔比恩上方,推理像巨蛇裹住我的四肢,擦伤我最小的关节。"①*约翰·济慈(John Keats)也在长诗《拉弥亚》(*Lamia*)中指责科学发现剥夺了自然的神性:

> 在冰冷哲学一触之下
> 所有魔力岂能不飞散?
> 天空原有令人敬畏的彩虹:
> 我们知道她的编制纹路;现在她
> 被归入普通事物的单调类别。
> 哲学将剪去天使的翅膀,
> 用规则和界线征服神秘
> 清除空气里的天使、矿藏里的精灵——
> 把彩虹拆解开来。②

---

① William Blake, *The Complete Poetry and Prose*, David V. Erdman ed., New York: Anchor Books, 1988, p. 159.

* 阿尔比恩(Albion)是古时对英格兰或不列颠的雅称。

② John Keats, *The Poetic Works of John Keats*, William T. Arnold ed., London: Kegan Paul, Trench, & Co., 1986, p. 198.

绪　论

　　此处的核心意象是彩虹，它集中体现了浪漫主义和科学的冲突。《圣经旧约·创世纪》写道，上帝见到人在地上作恶，便降下大洪水毁灭世界，不过上帝预警诺亚一家乘方舟避难，洪水退去后天空出现彩虹，这是上帝与人类和其他生物的约定——仁慈的上帝承诺不会再用洪水灭世。而牛顿通过棱镜实验发现了太阳光的光谱，将彩虹从神圣现象变为物理现象，因此济慈在这里感叹，彩虹本是由神编织而成，现在却被科学家拆解成普通事物。与之相仿的还有科学家对空气和矿物成分的发现，神秘的天使和精灵也失去了存在的基础。事实上，济慈对彩虹的感叹很可能受到另一位浪漫主义诗人威廉·华兹华斯（William Wordsworth）的影响，后者也曾赞叹彩虹蕴含的神性："我一见彩虹高悬天上／心儿便跳荡不止……我可以指望：我的一世光阴／自始至终贯穿对自然的虔诚。"（杨德豫译）[①] 对自然满怀虔诚的华兹华斯可以说是浪漫主义泛神论自然观的代表人物，他在许多作品里阐述了这种自然观，其中《廷腾寺》（"Lines Written a Few Miles above Tintern Abbey"）里的这段对

[①] William Wordsworth, *William Wordsworth*, Stephen Gill, ed., Oxford: Oxford University Press, 2010, p. 264.

审视·想象·阐释——论拉金、休斯和希尼的自然主题

自然的描述堪称经典：

> ……我感到
> 仿佛有灵物，以崇高肃穆的欢欣
> 把我惊动；我还庄严地感到
> 仿佛有某种流贯深远的素质，
> 寓于落日的光辉、浑圆的碧海，
> 蓝天、大气，也寓于人类的心灵，
> 仿佛是一种动力、一种精神，
> 在宇宙万物中运行不息，推动着
> 一切思维的主体、思维的对象
> 和谐地运转。（杨德豫译）[1]

华兹华斯在此反驳了科学革命时勒内·笛卡尔（René Descartes）提出的主客体两分法，他认为人的心灵和自然界的万物（即思维的主体和对象）绝不是分离的，而是同属于一个有机整体，贯穿其间的是一种神性的动力和精神。当人们用心灵的想象去感受自然时，就会产生崇高肃穆的感觉，也就是从自身和自然的呼应中

---

[1] William Wordsworth, *William Wordsworth*, Stephen Gill, ed., Oxford: Oxford University Press, 2010, p. 51.

感到神性的存在。

既然人与自然同为一体，那么理想的生活应当是亲近自然的田园生活，因此华兹华斯也延续了英国诗歌中的田园诗传统。他的田园诗既有传统田园诗的特点——赞扬牧羊人的美德和探讨社会问题，又有鲜明的新特点——更强调人与自然的联系、更真实具体地表现农村生活和社会问题。在诗集《抒情歌谣集》（*Lyrical Ballads*）的前言里，华兹华斯介绍了自己创作田园诗的一个重要原因："选择写低微的农村生活……最后是因为，在那种状态里，人们的强烈情感会融入自然界美丽永恒的形式之中。"[1]因此他在《迈克尔》（"Michael"）这首田园诗里用很大篇幅描写了牧羊人迈克尔对自然的情感："原野和山岭（它们会短缺什么？）/已经牢牢执掌了他的心灵/他对它们的热爱，几乎是盲目的/却又是愉悦的，是生活本身的愉悦。"（杨德豫译）[2]与此同时，这首诗也真实地表现了农村生活的辛苦：尽管迈克尔一家每日劳作不停，却经受不住突然的变故，迈克尔因为替侄子担保欠下债务，儿子进城挣钱却很快堕落。这固

---

[1] William Wordsworth, *William Wordsworth*, Stephen Gill, ed., Oxford: Oxford University Press, 2010, p. 59.

[2] William Wordsworth, *William Wordsworth*, Stephen Gill, ed., Oxford: Oxford University Press, 2010, p. 136.

然是为了对比乡村的淳朴和城市的罪恶，但也说明乡村不是世外桃源，牧羊人也要面对复杂的社会问题。

进入维多利亚时代，科学的新发现——查尔斯·达尔文（Charles Darwin）的进化论再次强烈冲击了人们的自然观，如果人类是由猿进化而来，那么上帝造人之说就不再成立，进而整个宗教神学体系都深受质疑。因此维多利亚时代的诗人们对自然的描写经常包含一种失落迷茫的情绪，他们不得不承认，也许万物并非上帝所造，其中并没有神圣的秩序和力量。桂冠诗人阿尔弗雷德·丁尼生（Alfred Tennyson）就曾在《悼念集》（*In Memoriam A. H. H.*）提出这样的疑问："上帝和自然是否有冲突？／因为自然给予的全是恶梦／她似乎仅仅关心物种／而对个体的生命毫不在乎。"（飞白译）[①] 在维多利亚时代即将结束的世纪之交，托马斯·哈代（Thomas Hardy）也在《薄暮听画眉》（"The Darkling Thrush"）里流露出一种不可知论，当叙述者看到画眉欢唱时，无法确认歌声里是否包含神圣的信仰："我可以想到，他快乐的晚歌里／一定颤动着／某种信仰的希望，他心知肚明

[①] Alfred Tennyson, *Tennyson: A Selected Edition*, Christopher Ricks eds., London: Routledge, 2007, p. 397.

/我却一无所知。"①

尽管科学不断消减自然的神圣性,人们依然对自然怀有深厚的感情,在20世纪上半期,有些诗人仍从自然中找到神秘的启示,还有些诗人怀念传统的田园生活。D.H.劳伦斯(D. H. Lawrence)希望用对自然的崇拜来对抗理性文明,他的《蛇》("Snake")重现了浪漫主义经典作品《古舟子咏》("The Rime of the Ancient Mariner")的情节,就像老水手在杀死信天翁之后才认识到自然的神圣性,叙述者也在企图杀死蛇之后才领悟到:"在我看来,他像一位君主/一个被放逐的君主,在阴间被夺取王冠/现在就要再次加冕。"(王军译)②而爱德华·托马斯(Edward Thomas)在绿色田园的理想中融入爱国主义情感,他在参军准备赶赴一战战场之际,描绘了代表着英格兰传统的庄园农场(Manor Farm)和艾德斯垂普村(Adlestrop),英格兰人要守卫的正是这些传承千百年的美好乡村。③

尽管上述对英国诗歌中自然主题的总结是极为简单

---

① Thomas Hardy, *The Poems of Thomas Hardy: A New Selection*, Ned Halley, ed., London: Macmillan Collector's Library, 2017, p. 120.
② D. H. Lawrence, *Complete Works of D. H. Lawrence*, e-book, Delphi Classics, 2012, pp. 7583–7584.
③ Edward Thomas, *Edward Thomas*, e-book, Delphi Classics, 2013, p. 39.

的，远未呈现出这个主题的复杂和细微之处，不过我们已经能够看出这个主题的若干要素。首先是人与自然的关系：人与自然是相互对立的，或是分属不同等级，或是属于同一整体？其次是自然的性质：自然是物质存在还是具有神圣性；自然是否因为上帝的创造而具有神圣性，或者自然是否本身就是神的一部分？最后是自然与社会和文化的关系：诗人所写的自然，尤其是田园诗中的自然，包含哪些社会和文化的意义？

本书将要研究的是自然主题在战后诗歌中的发展，也就是分析上述若干要素的传承和变化。选取拉金、休斯和希尼这三位诗人作为具体的研究对象，既是因为他们是战后诗歌的代表人物，也是因为自然主题在他们的作品中占有重要的位置。从战后最具影响力的几部诗选来看，罗伯特·康奎斯特（Robert Conquest）编辑的《新诗行》（*New Lines*）将拉金列为20世纪50年代"运动派"的核心人物，阿尔·阿尔瓦雷斯（Al Alvarez）编辑的《新诗歌》（*New Poetry*）将休斯列为60年代"新深度诗歌"的重要代表，布莱克·莫里森（Blake Morrison）和安德鲁·莫申（Andrew Motion）编辑的《企鹅版英国当代诗选》（*Penguin Book of Contemporary British Poetry*）将希尼称为70—80年代"后现代主义

绪　论

诗歌"的领军人物。*在 1984 年推选英国桂冠诗人时，拉金和休斯的提名大幅领先于其他候选人，前者拒绝了该头衔而被誉为无冕的桂冠诗人，后者则正式成为桂冠诗人。而在休斯去世之后，再次推选英国桂冠诗人时，希尼虽已加入爱尔兰国籍却仍获得最多提名。因此无论从学者还是公众的认可度来说，这三位诗人都是战后诗歌的代表人物。

这里需要说明，希尼的身份与另两位诗人有所不同，他在北爱尔兰地区成长和成名，后来移居爱尔兰共和国并加入了爱尔兰国籍，在《企鹅版英国当代诗选》发表之后，他还专门发表了题为《一封公开信》（*An Open Letter*）的长诗，强调自己所持的是"绿色的"爱尔兰共和国护照，不应被归入英国诗人之列。① 不过我们也应该看到，希尼深受英国诗歌传统的影响并一直活跃在英国诗坛，与另两位诗人之间有许多关联，安东尼·伊斯特霍普（Anthony Easthope）等学者甚至还提出了"拉金/休斯/希尼派"的说法，因此本书将他与另两位诗人并

---

* "运动派"（the movement）的称号由《旁观者》的文学编辑斯科特（J. D. Scott）提出，主要特征是用英国本土传统取代现代主义，追求平实简洁的风格。"新深度诗歌"（the New Depth Poetry）的称号由阿尔瓦雷斯提出，包括 20 世纪 60 年代美国和英国诗歌，主要特征是诗人对自身的精神分析，与通常所说的"自白派"（the confessional poetry）有所重叠。

① Seamus Heaney, *An Open Letter*, Derry: Field Day Theatre, 1983, p. 9.

列起来研究。[①]事实上，将希尼列入研究范围有助于我们更好地理解战后诗歌，来自英格兰的拉金和休斯处于英国的中心，而来自北爱尔兰和爱尔兰的希尼处于英国的边缘，他们的诗歌可以形成富有意义的对照。

与此同时，选择这三位诗人还因为他们都关注自然，所写的自然都是丰富而深刻的。拉金虽然久居城市，但是他对自然和乡村始终怀有特殊的情感，在他感叹传统宗教的衰落之时，仍然尝试从太阳和水等自然之物中寻找信仰，在他感叹城市化和工业化对乡村的侵蚀之时，仍然希望英格兰的绿色乡村能永远存在下去。休斯的大多数作品都围绕自然展开，他从野生动物身上发现神秘的力量和写作的灵感，他通过乌鸦等形象来书写自然女神的神话，他赞美英格兰的荒野和河流，还参与牧场经营并用诗歌记录自己的感悟。而希尼在北爱尔兰的农村长大，从自然景物中获得最初的启蒙，在北爱尔兰冲突期间，他通过对土地和河流的描写来追溯暴力的来源、寻找可能的出路，而在北爱尔兰冲突趋于缓和之后，他又将眼光投向更广阔的世界，注意到全球变暖等环境问题。

[①] Anthony Easthope, *Englishness and National Culture*: London: Routledge, 1999, p. 198.

绪　论

由于这三位诗人的自然主题富有意义，国内外已有一些相关研究，其中对休斯自然主题的研究较多，他经常被称为"动物诗人""自然诗人"和"生态诗人"，而对拉金和希尼自然主题的研究相对较少。这些研究对本书的写作具有一定的启发和借鉴意义，因此有必要对它们进行简要的介绍，它们涉及的研究视角主要有诗学传承、政治倾向、女性主义以及生态意识等。

（一）对拉金自然主题的研究

在拉金的自然主题中，学者们发现了哈代、叶芝、劳伦斯等诗人以及浪漫主义诗歌的影响。唐纳德·戴维（Donald Davie）认为拉金对景观的描写受到哈代的影响，他和哈代一样用冷静的语调来描写人们日常所见的、受到污染和破坏的英格兰乡村，既不试图美化乡村，也不哀叹乡村的衰落。[1]安德鲁·莫申（Andrew Motion）则认为拉金受到哈代和叶芝的双重影响，他的一些诗歌先是讽刺现实生活，后又转向田园和天空等自然意象，这是将哈代式的反讽和叶芝式的象征主义结合起来。[2]而特里·惠伦（Terry Whalen）和蒂亚娜·斯托

---

[1] Donald Davie, *Thomas Hardy and British Poetry*, Oxford: Oxford University Press, 1972, pp. 63-65.

[2] Andrew Motion, *Philip Larkin*, London: Methuen, 1986, pp. 80-81.

伊卡诺维奇（Tijana Stojkanović）都认为拉金在一定程度上受到劳伦斯的影响，他对传统宗教失去信心，但是仍对自然怀有崇敬之心。[①] 此外，布莱克·莫里森（Blake Morrison）注意到拉金与浪漫主义诗歌的关系，他认为拉金等"运动派"诗人起初以反对浪漫主义的方式来创建一种更贴近普通民众的风格，但是在这种风格建立之后，拉金等诗人也开始借鉴浪漫主义的因素，他们所写的一些自然意象具有超验的意义。[②] 后来M.W.罗韦（M. W. Rowe）又从哲学角度解读拉金的超验理想，当拉金对自然之物进行美学思考时，他也许达到了法国现象学家莫里斯·梅洛-庞蒂（Maurice Merleau-Ponty）所谓的主客体融合的状态。[③]

20世纪90年代初，拉金研究发生重大转折，安东尼·思韦特（Anthony Thwaite）编辑的《菲利普·拉金书信选1940—1985》(*Selected Letters of Philip Larkin: 1940-1985*) 和安德鲁·莫辛撰写的《菲利普·拉金：作家生平》(*Philip Larkin: A Writer's Life*) 披露了拉金

[①] Terry Whalen, *Philip Larkin and English Poetry*, Basingstoke, Hampshire: Macmillan, 1986, p.59.
[②] Blake Morrison, *The Movement: English Poetry and Fiction of the 1950s*, London: Methuen, 1986, p.191.
[③] M. W. Rowe, *Philip Larkin, Art and Self, Five Studies*, Basingstoke, Hampshire: Palgrave Macmillan, 2011, p.43.

保守的阶级观念、对女性和少数族裔的歧视以及色情癖好,在评论界掀起轩然大波。有些学者对这位故去不久的诗人提出激烈批评,也有学者全力为他辩护,在这场争论中拉金的自然诗歌常被引为例证。北爱尔兰诗人汤姆·波林(Tom Pauline)痛斥拉金的种族主义,他认为拉金的《下午》("Afternoons")这首诗看似是写秋天的落叶,其实是在哀叹帝国的衰落。[1]詹姆斯·布思(James Booth)则为拉金辩护,他认为不应用书信和传记的内容来评价拉金的作品,《下午》并不包含对社会和政治的偏见,秋天的落叶只代表时间的流逝。[2]吉列姆·斯坦伯格(Gilliam Steinberg)进一步指出,拉金在访谈和书信中发表大众难以接受的观点,其实是有意呈现戏剧化的自我来娱乐大众,根据这些资料来判断拉金的政治态度是不够谨慎的。[3]

国内对拉金的研究始于20世纪80年代高厚堃、袁可嘉和王佐良等学者的译介。最早的相关著作是傅浩在

---

[1] Tom Pauline, "Into the Heart of Englishness", in Stephen Regan ed., *Philip Larkin*, Basingstoke, Hampshire: Palgrave Macmillan, 1997, p. 160.

[2] James Booth, "Philip Larkin: Lyricism, Englishness and Postcoloniality", in Stephen Regan ed., *Philip Larkin*, Basingstoke, Hampshire: Palgrave Macmillan, 1997, pp. 195-197.

[3] Gilliam Steinberg, *Philip Larkin and His Audiences*, Basingstoke, Hampshire: Palgrave Macmillan, 2010, pp. 47-49.

1998年出版的《英国运动派诗学》，傅浩分析了拉金的题材和语言，他认为拉金诗中驯化的动物体现了运动派的人道主义，"因为这些动物都与人有关，而且拉金的动物诗多少都有些语言或象征的意味"[①]。近期的主要研究成果是吕爱晶、陈晞和刘巨文的三篇博士论文和肖云华的专著，虽然都不是对自然主题的专门研究，但均有章节涉及这个主题。吕爱晶的博士论文《菲利浦·拉金的"非英雄"思想》研究的是拉金笔下"非英雄"式的小人物，她认为拉金所写的日常动物正是小人物的象征，体现出平凡生活和日常事务之美。[②]陈晞的博士论文《城市漫游者的伦理衍变：论菲利普·拉金的诗歌》运用瓦尔特·本雅明（Walter Benjamin）的"城市漫游者"理论（flâneur）来分析拉金的诗歌，她认为拉金最终"从城市漫游诗人那种与自然疏离的传统中脱胎出来，形成了一套自己独特的生态自然观"，即追求生态平等的伦理以及城市与自然的融合。[③]刘巨文的博士论文《抵抗死亡：菲利普·拉金诗歌的核心动力》探讨的是拉金的死亡观，他指出拉金对自然的看法是"人不仅仅从自然本身的轮

[①] 傅浩：《英国运动派诗学》，译林出版社1998年版，第142页。
[②] 吕爱晶：《菲利浦·拉金的"非英雄"思想》，博士学位论文，中山大学，2010年，第92—94页。
[③] 陈晞：《城市漫游者的伦理衍变：论菲利普·拉金的诗歌》，博士学位论文，华中师范大学，2011年，第187页。

转中无法获得对抗死亡的信心,本身还会损伤自然,在自然中制造死亡"[1]。除上述博士论文以外,肖云华的专著《菲利普·拉金文化策略研究》分析了哪些内外因素共同塑造了拉金诗歌中的英格兰性,他在细读《空缺》("Absences")这首诗后指出,拉金所写的自然是孤独和冷漠的,正如拉金眼里的英格兰文化和社会也是孤立的。[2]

从以上总结可以看出,国内外对拉金自然主题的专门研究还比较少,学者们对自然意象的解读也存在一定分歧,拉金所写的自然究竟是现实的还是超验的,是冷漠的还是美好的,其中包含怎样的文化和社会意义,他又是否具有生态意识,这些都值得全面深入的探讨。

(二)对休斯自然主题的研究

就休斯的自然主题而言,学者们也在其中发现了多种诗学传承。格雷厄姆·布拉德肖(Graham Bradshaw)指出,休斯和前辈诗人布莱克和劳伦斯一样批判基督教对自然的压制,因此他借鉴了布莱克对上帝的负面描述

---

[1] 刘巨文:《抵抗死亡:菲利普·拉金诗歌的核心动力》,博士学位论文,北京外国语大学,2017年,第70页。
[2] 肖云华:《菲利普·拉金文化策略研究》,华南理工大学2017年版,第141页。

和劳伦斯对耶稣重生故事的改写。①基思·塞格尔（Keith Sagar）进一步指出，休斯在布莱克和劳伦斯之外还借鉴了罗伯特·格雷夫斯（Robert Graves）的"白色女神"神话（the White Goddess）和西班牙诗人费德里科·加西亚·洛尔卡（Federico García Lorca）的"魔力"理论（the Duende），他和这些诗人的共同之处是提倡打破理性的束缚，通过想象来认识自然的真正力量。②

由于休斯出身于工人阶级家庭，学者们也对他的自然诗歌进行了政治解读。保罗·本特利（Paul Bentley）在《特德·休斯、阶级和暴力》（*Ted Hughes: Class and Violence*）一书中指出，休斯描写"狗鱼"等充满暴力的动物，其实是在挑战既有的政治秩序，支持爱尔兰民族和英国工人阶级等弱势群体。③肖恩·奥布赖恩（Sean O'Brian）的观点与此相反，他认为休斯有意用"自然界及其神话功能"来回避"英国正在发展的经济和社会

---

① Graham Bradshaw, "Creative Mythology in Cave Birds", in Keith Sagar ed., *The Achievement of Ted Hughes*, Manchester: Manchester University Press, 1983, pp. 213-214.

② Keith Sagar, *The Laughter of Foxes: A Study of Ted Hughes*, Liverpool: Liverpool University Press, 2000, pp. 14-15.

③ Paul Bentley, *Ted Hughes: Class and Violence*, London: Bloomsbury Academic, 2014, pp. 65-68.

现实"。① 史蒂夫·埃利（Steve Ely）也认为，休斯在描写约克郡时偏重北部的自然风光，而避免提及南部采矿业存在的社会问题，这体现出一种保守的政治立场。②

休斯经常将自然比作女性，所以也有学者从这个角度展开分析。事实上，女性主义学者对休斯的态度是矛盾的：从一方面看，她们谴责休斯用男权主义压制同为诗人的妻子西尔维亚·普拉斯（Sylvia Plath），这种压制可能导致了普拉斯的自杀悲剧；从另一方面看，她们也注意到休斯在诗歌作品里对男权主义的批判。纳塔莉娅·安德森（Nathalie Anderson）指出，尽管休斯对待普拉斯的态度遭人诟病，但他在诗歌中创造了充满力量的自然—女性意象，他认为自然—女性终将打破以男性为中心的社会价值观，获得真正的自由。③

随着20世纪90年代生态批评的兴起，休斯的生态意识成为学者们关注的焦点。生态批评最先出现于美国，也正是美国学者伦纳德·M. 希格杰（Leonard M.

---

① Sean O'Brian, *The Deregulated Muse: Essays on Contemporary British and Irish Poetry*, Newcastle-Upon-Tyne: Bloodaxe, 1998, pp. 34-37.
② Steve Ely, *Ted Hughes's South Yorkshire: Made in Mexborough*, Basingstoke, Hampshire: Palgrave Macmillan, 2015, p. 98.
③ Nathalie Anderson, "Ted Hughes and the Challenge of Gender", in Keith Sagar ed., *The Challenge of Ted Hughes*, Basingstoke, Hampshire: Macmillan, 1994, p. 98.

Scigaj）最早将休斯与"生态"这个词语联系起来。他在 1991 年出版的《特德·休斯》(*Ted Hughes*) 一书中指出，"休斯的诗歌是生态和心理的粘扣，将我们重新和生命的自然节奏联结起来，表现了自我需求和自然极限之间的必要平衡"，他还发现休斯的生态意识受到中国道家思想的影响，即鼓励人们融入不断变化的自然。① 此后，还有其他学者从不同角度探讨了休斯的生态意识。安·斯基亚（Ann Skea）指出，休斯借鉴了凯尔特神话里的女神形象，以此说明"我们依赖大地生存……我们只有与自然合作而不是企图征服自然，才能实现自己真正的潜能"②。特里·吉福德（Terry Gifford）则提出"后田园诗"（post-pastoral）这个新概念来总结休斯的自然观，其核心是人与自然之间的联系，具体包括物质和精神之间的张力、外在和内在之间的统一，自然和文化之间的互动。③ 近年来，休斯的生态意识仍是研究的热点。伊冯娜·雷迪克（Yvonne Reddick）在 2017 年出版的

---

① Leonard M. Scigaj, *Ted Hughes*, Boston: Twayne, 1991, pp. 4, 113.
② Ann Skea, "Regeneration in Remains of Elmet", in Keith Sagar ed., *The Challenge of Ted Hughes*, Basingstoke, Hampshire: Macmillan, 1994, p. 122.
③ Terry Gifford, "Gods of Mud: Hughes and Post-Pastoral", in Keith Sagar ed., *The Challenge of Ted Hughes*, Basingstoke, Hampshire: Macmillan, 1994, pp. 134–136.

《特德·休斯：环境主义者和生态诗人》(*Ted Hughes: Environmentalist and Ecopoet*)一书中探讨了休斯的生态意识是如何萌芽和发展的，以及他的诗歌如何用生态语言来描写生态环境、生态过程以及社会生态。而在2018年出版的论文集《特德·休斯：自然与文化》(*Ted Hughes: Nature and Culture*)里，包括吉福德在内的多位学者也分析了休斯对生物和环境的看法，以及这些看法所包含的文化意义。

国内对休斯的研究始于1984年休斯获选英国桂冠诗人的前后，正衡和张中载等学者对他进行了译介。进入新世纪以来，对休斯的研究获得显著进展，主要成果是四篇博士论文，其中两篇专门针对休斯的自然主题，另外两篇也提及这个主题。陈红的博士论文《兽性、动物性和人性》分析了浪漫主义诗歌中的野性传统，这一传统从布莱克经由劳伦斯传至休斯，休斯和两位前辈诗人一样赞美自然界的野兽和人类的野性。刘国清的博士论文《从断裂到弥合：泰德·休斯诗歌的生态思想研究》分析了休斯的生态意识，休斯将人类中心主义和理性主义视为生态问题的根源，为此他创作了在情节和叙事上留有空白的自然神话诗，促使读者在解读诗歌的过程中思考生态问题。此外，李子丹的博士论文《泰德·休斯诗歌中的人类关怀》有一个章节专门分析凯尔特神话和道家思想对休斯生态意识的影响,对国外的相关研究进行了富有意义的拓展。凌喆的博士论文《特德·休斯诗学研究》也提到,休斯继承了浪漫主义传统,用自然诗歌来治疗工业化和现代化给社会带来的负面影响。[①]此外,陈红和刘国清还陆续发表了一些期刊文章来探讨休斯自然诗歌中的暴力观、社会生态观和田园理想等热点话题,引起了较大反响。陈红还有一篇文章《休斯与动物》("Hughes and Animals")被收入2011年出版的《剑桥版特德·休斯指南》(*Cambridge Companion to Ted Hughes*),这说明国内的休斯研究逐渐获得国际关注。

  从上述总结来看,有关休斯自然主题的研究较多,这既是因为休斯的大部分诗歌都围绕自然展开,也是因为20世纪后半期兴起的生态思潮对文学研究产生了显著影响。那么在现有研究的基础上,本书是否还能有所作为呢?这个问题的回答是肯定的,本书要做的是将休斯和拉金、希尼联系起来,通过他们的共性来寻找战后诗歌自然主题的发展脉络。与此同时,休斯的自然诗歌数

[①] 凌喆:《特德·休斯诗学研究》,博士学位论文,浙江大学,2013年,第56—58页。

量庞大、含义丰富，本书将重新阐释他的经典作品，也会解读一些受关注较少的作品。

（三）对希尼自然主题的研究

在希尼的自然主题中，学者们也找到多种传统。美国著名评论家海伦·文德勒（Helen Vendler）认为希尼延续了浪漫主义的抒情诗传统，以精准的语言表达对自然的感悟。①伯纳德·奥多诺休（Bernard O'Donoghue）注意到古典田园诗传统对希尼的影响，古典田园诗可分为世外桃源和乡村困境这两种类型，他认为希尼对爱尔兰乡村的描写属于后者。②此外，也有一些学者注意到希尼与具体诗人的关联。迈克尔·帕克（Michael Parker）指出希尼受到华兹华斯和霍普金斯的影响，强调内心世界与外部自然的紧密联系。③乔恩·斯托沃西（Jon Stallworthy）和安德鲁·莫菲（Andrew Murphy）则指出希尼深受叶芝和帕特里克·卡瓦纳（Patrick Kavanagh）等爱尔兰诗人的影响，他所写的自然既具有

---

① Helen Vendler, *Seamus Heaney*, Cambridge, MA: Harvard University Press, 1998, p. 12.

② Bernard O'Donoghue, "Heaney's Classics and the Bucolic", in Bernard O'Donoghue ed., *The Cambridge Companion to Seamus Heaney*, Cambridge: Cambridge University Press, 2009, p. 119.

③ Michael Parker, *Seamus Heaney: The Making of a Poet*, Basingstoke, Hampshire: MacMillan, 1993, p. 20.

历史感和现实感，又逐渐走向超越的世界。[1]

由于希尼将自然景物与北爱冲突结合起来，有些学者从民族政治的角度来解读《进入黑暗之门》（*Door into the Dark*）和《北方》（*North*）等诗集中的沼泽诗和地名诗。夏兰·卡森（Ciaran Carson）和埃德娜·朗利（Edna Longley）对沼泽诗提出尖锐批评，他们认为希尼的沼泽诗看似将人类转化为沼泽的一部分，其实是将美学置于民族冲突和屠杀之上、用神话来掩盖现实。[2]戴维·劳埃德（David Lloyd）也用马克思主义和后殖民主义理论来批判希尼的地名诗，他指出希尼用凯尔特文化来建构统一的爱尔兰身份，掩盖了殖民问题和阶级差别等复杂的政治现实。[3]而尤金·奥布赖恩（Eugene O'Brien）在《谢默斯·希尼和写作的地方》（*Seamus Heaney and the Place of Writing*）一书中为希尼辩护，他运用雅克·德里达（Jacques Derrida）的解构理论来分析希尼的地名诗，这些诗歌并没有宣扬统一的爱尔兰

---

[1] Jon Stallworthy, "The Poet as Archaeologist: W. B. Yeats and Seamus Heaney", *The Review of English Studies*, Vol. 33, No. 130, May 1982, pp. 158–160.

[2] Ciaran Carson, "Escaped from the Massacre?", *The Honest Ulsterman*, No. 50, January 1975, p. 183.

[3] David Lloyd, "'Pap for the Dispossessed': Seamus Heaney and the Poetics of Identity", in Michael Allen ed., *Seamus Heaney*, Basingstoke, Hampshire: Macmillan, 1997, p. 180.

身份，而是解构了语言和地方之间的固定联系，从而使两者形成多元和开放的关系。

学者们也探讨了希尼在描写自然时使用的女性形象。约翰·哈芬登（John Haffenden）运用卡尔·古斯塔夫·荣格(Carl Gustav Jung)的"阿尼玛"理论（Anima）来解读希尼的诗歌，他认为"沼泽女王"等女性形象融合了异教的丰饶女神和天主教的圣母，这样的女性形象是希尼的灵感源泉。[1]而女性主义学者帕特里夏·库格兰（Patricia Coughlan）对希尼的性别观念提出异议，她指出希尼用两种女性形象来描写沼泽，一种是被动地接受男性的探索和给予，另一种是像母亲和配偶那样帮助男性实现自我，这两种女性形象是服从或服务于男性的。[2]另一位学者弗兰·布里尔顿（Fran Brearton）对库格兰的观点进行修正，他认为希尼在天主教传统和爱尔兰共和传统的影响下将爱尔兰的土地描述为被动的女性，但是后来希尼接触到女性主义思潮，

---

[1] John Haffenden, "Seamus Heaney and the Feminine Sensibility", *The Yearbook of English Studies*, Vol. 17, British Poetry since 1945 Special Number, 1987, p. 91.

[2] Patricia Coughlan, "'Bog Queens': The Representation of Women in the Poetry of John Montague and Seamus Heaney", in Michael Allen ed., *Seamus Heaney*, Basingstoke, Hampshire: Macmillan, 1997, p. 186.

有意减少了这样的描述。①

国内的希尼研究始于袁可嘉在 1986 年发表的五首译诗，随后王佐良在《英国诗选》和《英诗的境界》中对希尼进行专门介绍，进入 90 年代，尤其是 1995 年希尼荣获诺贝尔文学奖后，傅浩和黄灿然等学者进行了更多的译介。现有的主要研究成果是三篇博士论文和两部专著。李成坚的博士论文《爱尔兰—英国诗人谢默斯·希尼及其文化平衡策略》指出，希尼的沼泽诗和地名诗反映了爱尔兰的历史和文化；梁莉娟的博士论文《对话、平衡与超越——后现代语境下的希尼研究》提到，希尼对爱尔兰乡村的描写揭示了自然界的丑陋和暴力；和耀荣的博士论文《景观书写与身份构建：谢默斯·希尼诗歌研究》分析希尼如何用自然景观来建构自己的多重身份。两部专著也都有章节分析希尼的自然观，欧震的专著《重负与纠正：谢默斯·希尼诗歌与当代北爱尔兰社会文化矛盾》探讨了希尼对北爱尔兰社会文化矛盾的回应，其中"被想象的地方"这一章分析了希尼的自然诗歌：他引用特里·伊格尔顿（Terry Eagleton）的论述来分析希尼和华兹华斯的区别，华兹华斯是以英格兰城里

---

① Fran Brearton, "Heaney and the Feminine", in Bernard O' Donoghue, ed., *The Cambridge Companion to Seamus Heaney*, Cambridge: Cambridge University Press, 2009, pp. 83–87.

人的视角写自然,而希尼是以爱尔兰乡下人的角度写自然;他还探讨了希尼近期描写家乡风景的诗歌,自然不再受到历史和政治的困扰,而是"更接近和平和救赎的希望"。[1]刘炅的专著《人性的链条:谢默斯·希尼的诗歌与霍普金斯、叶芝、拉金的影响》是对希尼和前辈诗人的比较研究,其中有两个小节讨论了希尼的自然观。其中"自然主义者与自然:希尼与霍普金斯的自然诗"这一节提出,希尼的诗歌写到两种自然,一种是绿色的乡土自然,一种是白色书本中的自然,他的理想是实现这两种自然的交融;而"日常的奇迹:希尼与拉金诗中的田园传统"这一节提出,希尼写作田园诗是以爱尔兰图景来对抗英国文化的侵蚀,其核心是对黄金时代和纯真年代的追寻以及对朴素生活的颂扬。[2]近年来,还有一些期刊文章也涉及希尼的自然主题,比如朱玉分析了希尼的后期作品《草木志》("A Herbal"),指出希尼从对草木的直观感受中窥见宇宙的奥秘,并达到物我两忘的超然境界。

从上述总结可以看出,对希尼自然主题的专门研究

---

[1] 欧震:《重负与纠正:谢默斯·希尼诗歌与当代北爱尔兰社会文化矛盾》,中国社会科学出版社2011年版,第120—121页。
[2] 刘炅:《人性的链条:谢默斯·希尼的诗歌与霍普金斯、叶芝、拉金的影响》,北京大学出版社2020年版,第166、291页。

还比较少，而从现有研究的重点和争论来看，这个主题是值得深入研究的，尤其是爱尔兰乡村和民族问题之间的关系，以及希尼在后期诗歌中表达的自然观，本书将会对此进行详细的分析。

（四）对几位诗人自然主题的综合研究

值得注意的是，有些学者将两位或三位诗人的自然主题并列起来研究，由此寻找战后自然诗歌的新趋势。最早进行这种综合研究的是特里·吉福德（Terry Gifford），上文提到，他在1994年的文章中分析了休斯的生态意识，并提出"后田园诗"这个新概念来描述具有生态意识的自然诗歌。在1995年出版的《绿色的声音：理解当代自然诗歌》（Green Voices: Understanding Contemporary Nature Poetry）一书中，他又把休斯和希尼共同列为后田园诗的代表，并指出后田园诗是战后自然诗歌的新趋势，不再像传统的田园诗那样竭力抹去社会的痕迹，而是揭示自然与社会的紧密关联，以及社会对自然的生态责任。在1999年出版的《田园诗》（Pastoral）一书中，他还根据休斯和希尼的诗歌重新总结出后田园诗的六个特点，分别是对自然的敬畏、宇宙中创造与毁灭之间的平衡、内心本质与外在自然之间的联系、自然和文化的一体性、保护自然的责任、环境正义和社会正义之间的关联。①

爱德华·皮科特（Edward Picot）也注意到生态思潮对战后诗歌的影响，但是他的观点与吉福德有所不同。在《伊甸园的弃儿：1945年后英国诗歌中的景观思想》（*Outcasts from Eden: Ideas of Landscape in British Poetry Since 1945*）一书中，皮科特分析了拉金、休斯和希尼等战后诗人对自然的"失乐园"情结，这种情结继承了景观诗（landscape poetry）的传统，也体现出诗人们对生态问题的忧虑。就拉金而言，失乐园主要是指乡村传统的消失，因此拉金对亲近自然的乡村生活充满留恋；对休斯来说，失乐园是科学逐渐取代神话的过程，所以他致力于复兴神话，努力将人与自然重新连接起来；希尼也曾将爱尔兰乡村描绘成伊甸园，但是他后来摆脱了原始主义和民族主义，勇于接受现代人已经脱离自然的真实状况，最终超越了失乐园的怀旧情绪。从皮克特的分析可以看出，他对生态问题的认识与吉福德不同，他认为现代人应该像希尼那样清醒地接受与自然的分离，在此基础上正确地对待自然，而不是像拉金和休斯那样幻想重新融入自然。

---

① Terry Gifford, *Pastoral*, London: Routledge, 1999, pp. 150–169.

此外，苏珊娜·利德斯特伦（Susanna Lidström）也在《自然、诗歌与环境：生态批评与休斯和希尼的诗学》（*Nature*，*Environment and Poetry*: *Ecocriticism and the Poetics of Seamus Heaney and Ted Hughes*）一书中探讨了休斯和希尼的生态意识。她发现这两位诗人的部分作品与生态批评的某些观点相契合，如休斯的乌鸦神话符合林恩·怀特（Lynn White）对基督教自然观的批评，希尼的沼泽诗符合赫德利·特怀德尔（Hedley Twidle）等人的后殖民生态批评理论。她还认为两位诗人的观点形成一定的对照，休斯反对人类中心主义而希尼偏重自然的文化意义，休斯关注本地的生态环境而希尼逐渐发展出全球化视野，这为生态诗歌乃至生态主义提供了多种可能性。

上述研究说明，拉金、休斯和希尼的自然主题具有一定的共性，这种共性反映出战后自然诗歌的发展趋势，因此将这三位诗人综合起来研究既是可行的，也具有重要的意义。不过我们应该看到，皮科特和利德斯特伦的研究都存在不足之处。皮科特认为现代人已经与自然永远地分隔开来，重新融入自然不过是一种幻想，他还认为这种幻想导致了拉金的厌世思想，而希尼最终超越了这种幻想，这些论断是值得商榷的。利德斯特伦在休斯

绪 论

和希尼的诗歌中找到一些生态观点，但她的分析是片段式的，未能体现两位诗人自然主题的发展过程，她的分析也偏重生态理论，未能充分考虑诗歌本身的复杂性。相比较而言，吉福德的研究具有更大的启发意义，他不仅提出"后田园诗"的概念来描述战后自然诗歌的特点，而且他对后田园诗的定义是非常开放的。他指出后田园诗是一个描述诗歌的概念，应该和诗歌一样具有开放性，当他总结出后田园诗所探讨的六个问题时，他也期待"有其他读者告诉他，后田园文本其实提出了十二个问题，或者只提出了一个问题，或者这些都不是问题"[①]。这也就是说，战后自然诗歌具有极其丰富的含义，可以从不同角度进行讨论，本书所要做的正是参与到讨论之中，在观点的交流和碰撞中推动对战后自然诗歌的理解。

具体来说，本书将研究拉金、休斯和希尼的自然主题，寻找其中的共通之处，以此揭示战后自然诗歌的总体趋势。本书的主体部分分为三章，每章将细读一位诗人的典型作品，分析自然主题的构成要素和发展脉络。第一章将分析拉金对自然的审视。用审视这个词语来描述拉金看待自然的方式，是因为他是一个理性冷静的诗

[①] Terry Gifford, "Gary Snyder and the Post-Pastoral", in J. Scott Bryson ed., *Ecopoetry: A Critical Introduction*, Salt Lake City, UT: The University of Utah Press, 2002, p. 79.

041

人，不愿接受既有的观点，而是做出自己的判断。他首先审视的是自然与信仰的关系：从一方面看，他无法相信基督教的永生之说，因此他将自然界的运转视为通向死亡的进程，害怕死亡将自己摧毁；从另一方面看，他试图从孕育万物的自然元素中寻找新的信仰，从而超越死亡，不过他逐渐认识到，恰恰只有停止对自我死亡的关注，才能感受到自然的神圣性。他同时也审视了绿色英格兰的理想，他注意到工业化和城市化对英格兰乡村的侵蚀，这不仅造成了严重的环境问题，也引发了英格兰民族的危机，他担忧英格兰的历史和文化将会随着乡村的消失而消亡。

第二章将分析休斯对自然的想象。休斯提倡用非理性的想象看待自然，这似乎符合浪漫主义的主张，但事实上，休斯对自然的想象和大多数浪漫主义诗人很不相同，他的自然女神不是带来崇高的感化和永生的希望，而是带来令人畏惧的暴力和死亡。他对自然的想象有一个逐渐发展的过程：在20世纪50—60年代的早期诗歌里，他描述理性造成的社会困境，尝试用想象引入自然的暴力来打破困境；在70年代的中期诗歌里，他以神话的方式寻找出路，神话的主人公在一系列考验中消除了征服自然、对抗死亡的欲望，得以窥见自然女神的真貌；

绪 论

从 70 年代末开始的后期诗歌里,他想象走出困境的理想图景,人类与其他生物同样顺应自然的循环,英格兰的荒野也成为自然的所在。

第三章将分析希尼对自然的阐释。希尼把儿时的自己比作"传神言者",聆听苔藓之地的神秘信息并用自己的语言表达出来,这显然是对自然的阐释。[①] 他对自然的阐释是不断扩展的:他最初是用成长中的自我意识来阐释爱尔兰的乡村景物,揭示人与自然的共通之处,包括性和死亡;随着北爱冲突的激化,他开始表现出更加明显的民族主义倾向,阐释爱尔兰地貌中蕴含的民族历史和现状,尤其是将沼泽地比作带来暴力和死亡的女神,这是在休斯所写的自然女神的基础上加入了民族的维度;而在目睹民族主义引发的暴力之后,他重新思考自己的创作原则,逐渐超越民族主义,他构想出不受政治困扰的爱尔兰土地和具有抚慰作用的景物,并将眼光投向整个地球,温和地探讨气候变化等生态问题。

结论部分将总结这三位诗人自然主题的共性,他们都继承和发展了英国诗歌自然主题的若干要素。首先是自然的神圣性,这个要素出现于中世纪后期,又在浪漫主义诗歌中得到强化,三位诗人也对此展开深入的思考。拉金对

[①] Seamus Heaney, *Wintering Out*, London: Faber & Faber, 1972, p. 28.

基督教充满怀疑，因此他将信仰寄托于自然之中，希望借助自然的力量超越死亡，却发现只有停止对自我死亡的焦虑，才能感受到自然的神圣性。休斯比拉金更进一步，他认为自然女神在给予生命的同时也带来死亡，基督教宣扬超越死亡其实是对自然的压制，人们应当接受死亡的存在，才能真正顺应自然的节奏。希尼的观点与休斯相似，他在童年就认识到自然包含着生命和死亡，而步入老年之后，他对神圣的自然有更深的领悟，平静地等待自然的安排。

其次是自然作为民族性的依托，这个要素出现于文艺复兴时期的田园诗里，一直延续到20世纪初乔治朝诗派的怀旧田园诗里，三位诗人也进一步发展了这个要素。拉金不像乔治朝诗派那样追求复古的田园，他所写的乡村受到城镇化和现代生活的侵蚀，但是他仍然认为乡村承载着英格兰的历史和文化，希望它们能永远存留下去。休斯也尝试用自然来建构英格兰性，他理想中的自然不是美好的田园，而是凶猛的动物和原始的荒野。他认为英格兰被理性文明压抑，尝试用动物的野性唤起人们内心深处的力量，而在中后期的诗歌里，他把去工业化的荒野和按传统方式运作的农场作为英格兰的象征，英格兰由此成为自然女神的居所。希尼从创作之始就描写北爱尔兰的乡村，一方面是与现代化的英格兰形成对比，突出爱尔兰的天然质朴，另一方面又是为了揭示英国殖民统治对爱尔兰造成的深重伤害。而在北爱冲突爆发之后，他对艺术和政治的关系进行反复思考，最终勾画出超越政治纷争的爱尔兰乡村。

另一个要素是生态问题，包括动物权利、环境保护和气候变化等。这个要素源于对自然的敬畏和热爱，在战后时期发展为对具体生态问题的关注，形成了自然主题的新特点。拉金注意到工业化和城市化造成的环境破坏，希望人们改变唯利是图的态度，保护英格兰的绿色田园，他同时也呼吁人们尊重动物权利、真正关爱动物。休斯经常被称为"生态诗人"，他的诗歌涉及多种生态问题，包括按照生态理念经营摩尔镇农场、挽救濒危的非洲黑犀牛、保护英格兰乃至世界的河流和鱼类。希尼在最后两部诗集里集中写到环境污染和气候变化等问题，他并不直接提出批判对象和行动方案，而是用诗歌引发人们对这些问题的反思，唤起他们对自然的美好情感，促使他们做出恰当的选择。

因此拉金、休斯和希尼自然主题的共同要素是寻找自然的神圣性、将自然作为民族性的依托以及关注生态问题。这些要素与战后文化和社会的状况是紧密相关，也体现出战后自然诗歌的总体趋势。当传统宗教逐渐衰落时，诗人们将信仰的希望寄托于具有无穷力量的自然；当民族遭受危机需要凝聚人心时，诗人们描绘了承载着民族历史和文化的自然；而当人类的破坏导致自然本身陷入危机时，诗人们又为生态问题积极发声。需要指出的是，这些要素之间是相互关联的，并没有绝对的分界线，诗人们相信自然的神圣性，从而希望自己的民族从自然之中汲取力量，也因此呼吁人们停止对自然的伤害。此外，正如上文所说，诗歌中的自然主题是极为丰富和复杂的，本书只是聚焦于其中的几个要素，希望起到抛砖引玉的效果，引发更多的相关思考，比如自然与女性的关系、自然与阶级的关系、生态问题的社会根源等都是值得进一步探讨的。

第一章　拉金：审视自然

从总体上看，拉金的诗歌是理性冷静的，他不愿接受约定俗成的观点，也不愿陷入自我陶醉的感情之中，而是进行不断的质疑和反讽，直至做出最真切的判断。他对自然的描写也表现出这样的特征，无论是从远处观望退役的赛马，还是从近处察看春天的树木，或是从火车上观察铁路沿线的乡村，他经常用旁观者的眼光审视自然，反复追问自然的意义，最终做出自己的判断。

拉金对自然进行反复的审视，主要是为了应对战后的信仰危机和英格兰的民族危机。从科学革命以来，尤其是达尔文的进化论提出之后，基督教信仰不断遭受质疑，这种状况在战后时期越发明显，就像拉金在《去教堂》("Church Going")一诗里所写的，教堂似乎已经乏人问津，甚至将会成为仅供展览的遗迹，不过他在这首诗的结尾又表现出对信仰的渴求，希望仍然能有一种信仰帮助人们面对死亡。在这样的信仰危机之中，拉金将目光投向自然：自然界的运转似乎验证了他对基督教永生之说的怀疑，无论是日夜交替、季节变换还是动植物的生命历程，似乎都通向死亡的终点，因此他用具有否定意义的词汇来描述自然，表达自己对死亡和虚无的恐惧；但是与此同时，他又希望在自然之中找到新的信仰，他看到春天和太阳等自然事物不断孕育新的生命，试图借助这种神圣的力量来超越死亡，不过他最终发现，只有在停止对自我死亡的焦虑时，才能感受到自然的神圣性。

在信仰危机之外，战后英格兰还面临着民族危机。在布尔战争和两次世界大战之后，大英帝国走向衰落，殖民体系逐渐瓦解，美苏也取代了英国的霸主地位，拉金在20世纪60年代末发表的《向政府致敬》（"Homage to a Government"）和《当俄国坦克滚滚向西》（"When the Russian tanks roll westward"）里感叹，英国已经失去了往日的辉煌，甚至可能无法抵挡外来的威胁。以英格兰为核心的帝国权威不复存在，那么英格兰又以什么来实现民族认同呢？拉金和20世纪初的乔治朝派诗人一样将目光转向自然，希望将传承千百年的乡村作为民族性的依托。不过当拉金审视乡村时，却发现乡村并不像乔治朝派诗人描绘得那般古朴，它们早已受到工业化和

第一章 拉金：审视自然

城市化的侵蚀，人们的自私和贪欲还导致了严重的环境问题，因此他真实地描述乡村的现状，以此唤起人们对绿色环境和文化传统的珍视，希望英格兰的乡村能够永远传承下去。

第一节 通向死亡的进程

在拉金研究史上，安东尼·思韦特（Anthony Thwaite）于1988年编辑出版的《拉金诗集》（*Philip Larkin: The Collected Poems*）具有重要意义：作为拉金文学遗产的执行人之一，思韦特在这部诗集中收录了大量拉金生前未发表的作品，更加全面地展现了"一位主要诗人的成长历程，包括试验、过滤、舍弃、调整和成功，以及晚年让他深感遗憾的创作枯竭"；作为拉金研究专家，他还将拉金的创作生涯划分为两个阶段：他认为拉金从1938年至1945年的早期诗歌带有浓重的模仿痕迹，尚未形成明确的风格；而写于1946年年初的短诗《逝去》（"Going"）标志着拉金进入创作成熟期，开始表现出自己的特点。[1]

---

[1] Anthony Thwaite, "Introduction", in Philip Larkin, *Philip Larkin: The Collected Poems*, Anthony Thwaite ed., London: Faber and Faber, 1988, p. xv.

在写作《逝去》之前，拉金已经出版了处女诗集《北方的船》(*The North Shop*)，其中大多数诗歌是对叶芝早期唯美主义风格的模仿。根据拉金自己的回忆，1943年威尔士诗人弗农·沃特金斯（Vernon Watkins）到牛津大学举办讲座，向包括拉金在内的学生推荐叶芝的诗歌，拉金被叶芝的优美音韵吸引，将其作为自己创作的参考："我用接下来的三年时间尝试像叶芝那样写作，并不是因为我喜欢他的性格或者了解他的思想，而是因为迷恋他的音韵。"[①] 然而拉金对叶芝的模仿并不成功，诗集《北方的船》出版后几乎没有引起什么反响，当时仅有的一篇书评指出，拉金的诗歌还很稚嫩，语言不够明晰，意象也过于晦涩，只能隐约表达出一点伤感之美。[②] 在失败的困境中，拉金在1946年年初恰好读到哈代的诗集，这些诗歌让他认识到自己真正要写的是什么，不是像叶芝那样充满年少的激情，用华丽的音韵去写超越的理想，而是像哈代那样具有历经沧桑的沉稳，用清晰的语言来写真实的生活。他随后创作的《逝去》（"Going"）一诗就体现出这样的转变，标志着他的诗歌

[①] Philip Larkin, *Required Writing*, Ann Arbor, MI: The University of Michigan Press, 1999, p. 29.

[②] Andrew Motion, *Philip Larkin: A Writer's Life*, London: Faber and Faber, 1993, p. 132.

逐渐走向成熟:

> 有一种黄昏进来
> 跨过田野,没有人见过,
> 并且不点燃一盏灯。
>
> 远远看去像丝一般光滑,然而
> 当它贴近膝盖和胸膛的时候
> 并没有带来安慰。
>
> 那棵树到哪里去啦,那棵把大地
> 和天空锁在一块的树?是什么在我的手底,
> 我无法感觉到?
>
> 是什么东西使我的双手沉甸?(陈黎、张芬龄译)①

这首诗仍然留有一些叶芝的影响,黄昏和大树等意象更偏向于叶芝式的象征符号,而不是哈代式的真实事

---

① Philip Larkin, The *Complete Poems of Philip Larkin*, Archie Burnett ed., New York: Farrar, Straus and Giroux, 2012, p. 32.

物。但是与诗集《北方的船》相比，拉金没有使用华美的修饰词和婉转的音韵，而只用日常的单音节和双音节词汇，这与哈代更为相似。更为重要的是，这首诗的主题是通向死亡的自然进程，这是哈代常写的题材，也是拉金成熟时期的典型题材。值得注意的是，叶芝和哈代都曾写到由生到死的自然进程，但是他们的态度截然不同：叶芝渴望超越自然进程，他在《航往拜占庭》（"Sailing to Byzantine"）里寻求用永恒不朽的技艺来超越自然界的"成孕、出生和死亡"；而哈代认为自然进程是无法阻挡的，他在《伴随风雨》（"During Wind and Rain"）里写到人生的终结如同掉落的树叶和凋谢的玫瑰，"雨水顺着那些雕刻的名字流向深处"[①]。拉金诗里的叙述者随着黄昏的降临失去知觉、悄然死去，这更接近于哈代的宿命论而不是叶芝的超越理想。

拉金在这首诗里运用多种手法来表达他的观点——通向死亡的自然进程是不可阻挡的。他最初为这首诗起的标题是《死亡日》（Dying Day），后来又将其改为更委婉的《逝去》（Going），逝去和死亡的意思相同，前后两个标题用的都是表示进行过程的现在分词，都是为

[①] ［爱］叶芝：《叶芝诗集》中册，傅浩译，河北教育出版社2002年版，第463页。

第一章　拉金：审视自然

了突出通向死亡的自然进程。*黄昏的意象和叙述者的感受也体现了这种进程：黄昏是从象征着生命的白天转向象征着死亡的黑夜；叙述者感到黄昏从他的膝盖蔓延到他的胸口，最终使他的双手失去感觉，这也暗示了叙述者逐渐丧失知觉的死亡过程。那么接下来的问题是，人能不能超越这种进程呢？诗里的回答是否定的，黄昏没有点燃一盏希望之灯，也没有带来任何安慰。消失的大树更是强化了否定的回答，连接天地的神秘大树很可能是指《圣经旧约·创世纪》里记载的生命之树，它象征着灵魂的永生，可以抵挡通向死亡的自然进程。不过叙述者发现大树已经消失不见，这意味着在基督教衰落之际，人们不再相信在身体之外还有永生的灵魂，由此堕入自然的进程之中。最末诗节仅有短短一行，叙述者的话语被突然切断，也是在强调身体知觉的消失就是彻底的终结，人不能凭借灵魂的永生超脱于自然进程。

除了《逝去》之外，拉金还有多首诗用黄昏来表现自然进程。比如他在《建筑物》("The Building")里描绘了一栋医院大楼，尽管它比高级宾馆更气派、像机场休息室那样提供茶水、有无数房间提供诊疗服务，还是

---

* 拉金最初将这首诗收录在未发表的诗集《被光笼罩》(*In the Grip of Light*)中，原标题为《死亡日》("Dying Day")，后来将其选入1955年发表的诗集《较少受骗者》(*The Less Deceived*)，并将标题改为《逝去》("Going")。

无法消除人们对死亡的恐惧。这首诗的结尾特意写到黄昏时分的医院：

> ……那就是它的意义，
> 这如同刀削的悬崖；奋力超越
> 死亡之念，因为如果连它的力量
> 都无法超过教堂，那就没有什么再能抵挡
> 黑暗的降临，尽管每个黄昏人们都这样尝试
>
> 带着白费的、柔弱的、抚慰的鲜花。① (*PL* 86)

这里探讨的是医院能否成为教堂的替代品，帮助人们超越黄昏所代表的自然进程，"超越""抵挡"和"抚慰"（transcend, contravene, propitiatory）等具有拉丁语词源的多音节词说明这种探讨是严肃和沉重的。随着基督教的衰落，人们不再相信灵魂永生之说，而将疾病和死亡视为有关身体的自然现象，似乎只有医院才能治愈疾病，帮助人们摆脱死亡的威胁。但是拉金认识到，正如黄昏之后黑暗终会降临，医院也难以阻挡自然的进

---

① Philip Larkin, *The Complete Poems of Philip Larkin*, Archie Burnett ed., New York: Farrar, Straus and Giroux, 2012, p. 86.

程，它的功效与亲友探望病人所送的鲜花相似，仅有抚慰的效果，却无力抵抗死亡。这首诗的末句单独成行，强烈地传递出一种希望和遗憾交织的情感："鲜花"和前一个诗节里的"力量"押韵（flowers, powers），寄托着超越死亡的希望；而"鲜花"的三个并列定语"白费的、柔弱的、抚慰的"却又说明这种希望最终会变成遗憾。

除了转向黑暗的黄昏之外，本该充满希望的清晨也让拉金感到恐惧，因为清晨也让他联想到通向死亡的自然进程。《当日光唤醒睡眠》（"At the chiming of light upon sleep"）这首诗写的是一个清晨的梦境，具体的时间是圣米迦勒节（Michaelmas）的清晨。圣米迦勒节在每年的9月29日，相当于我国的秋分节气，在这天之后，位于北半球的英国开始进入夜长昼短的秋冬季节，人们在此时纪念天使长圣米迦勒，是为了借助神圣的力量来抵御即将到来的长夜和寒冬。叙述者在梦里所见的常青树林与这个基督教节日相对应，似乎也可以抵挡自然的进程：月桂、冬青和柏树都是四季常青的树种，"不变""保持"和"不会失去"等词语突出了静止的状态，这片树林似乎成为躲避死亡威胁的"庇护所"。[①] 不过

[①] Philip Larkin, *The Complete Poems of Philip Larkin*, Archie Burnett ed., New York: Farrar, Straus and Giroux, 2012, p. 261.

叙述者突然注意到，这片树林并没有代表着繁殖的"花朵"，这让他意识到这片树林很可能是天使长圣米迦勒守卫的伊甸园，而不是充斥着繁殖和死亡的尘世。

在这首诗的后半部分，叙述者描述了尘世的情形，尤其是解释了繁殖和死亡之间的关系。这个部分与前半部分的静止状态形成鲜明对比，尘世的万物都处在快速运转的自然进程之中：对死亡的恐惧促使树木开花结果，然后树木迅速走向死亡；同样的恐惧促使人们恋爱生子，然后人们也很快走向生命的终结。这也就是说，繁殖行为看似用新的生命来抵抗死亡，其实是由死亡驱动的，最终也必然通向死亡。这与通常的观点很不相同，比如莎士比亚在十四行诗里反复劝告友人生育后代，他认为将容貌和品性遗传给后代是抵挡死亡的重要方式，而拉金在这里强调的是，后代的出生并不能阻挡父辈的死亡，人们无法借助生育超越自然的进程。因此拉金诗里的叙述者感叹道："清晨，不仅仅 / 是清晨，拂过地面"，这是因为清晨让他联想到由生到死的自然进程，清晨虽然开启了新的一天，但是这一天终将以黑夜结束。[①]

在拉金晚年写作的另一首诗《晨曲》("Aubade")

---

① Philip Larkin, *The Complete Poems of Philip Larkin*, Archie Burnett ed., New York: Farrar, Straus and Giroux, 2012, p. 261.

第一章 拉金：审视自然

里，叙述者也在清晨感受到对自然进程的恐惧。"晨曲"是起源于法国的文学母题，一般是写同床共枕的恋人在清晨依依不舍地分别，比如邓恩在《太阳升起》("The Sun Rising")里就写到共卧床上的恋人不愿被清晨的太阳打扰："忙碌的老傻瓜、任性的太阳／你为何如此／穿过窗棂、透过帷幔，来招呼我们？"① 拉金却用这个标题来写单身汉对死亡的焦虑，这与《当日光唤醒睡眠》有些相似，很可能也是暗示人们不能通过繁殖超越死亡。这首诗的开头写道，孤单的叙述者在凌晨醒来，默默等待天色转明，看到的却是死亡正在不断向他靠近：

> 我工作终日，夜里喝得半醉。
> 凌晨四点醒来，我凝视着无声的黑暗。
> 窗帘的边缘迟早将会泛亮。
> 直到那时，我才看到，究竟是什么总在那儿：
> 永不停歇的死亡，距离又靠近了整整一天，
> 让所有思考都无法进行，只能想到以何种方式、
> 何处、何时我自己将会死去。②

---

① John Donne, *The Complete Poems of John Donne*, Robin Robbins ed., Harlow, Essex: Pearson Education Limited, 2010, p. 246.

② Philip Larkin, *The Complete Poems of Philip Larkin*, Archie Burnett ed., New York: Farrar, Straus and Giroux, 2012, p. 115.

这些诗句与拉金的早期诗歌形成一定的对照。他的早期诗歌常用问句对死亡进行猜测，《逝去》连续提出三个问题，《当日光唤醒睡眠》也提出四个问题，而《晨曲》的叙述者只是不知道自己死去的方式，他对死亡本身已经没有任何疑问，他甚至在清晨的光线里"看到"具有实体形象的死亡。这首诗的用词也表现出令人窒息的紧迫感。"永不停歇"（unresting）是拉金惯用的带有否定前缀的词语，与早期的"逝去"（going）等词语相比，它更加突出自然进程正在持续运转。"整整一天"则像是在倒计时，清晨的到来意味着生命的历程又缩短一天，叙述者更加接近死亡的终点。这种紧迫感很可能与拉金写作时的状态有关，莫申在拉金的传记中描述了当时的情形：1976年年末，英国国家剧院组织了名为"拉金之地"（larkinland）的演出，朗诵拉金的诗歌并演奏他评论过的爵士乐曲，演出的成功证明了拉金的艺术成就，但是他自己却为此感到烦闷，因为他的创作力日渐枯竭，已经无法写出像过去那样精彩的作品；而在1977年，拉金的多位好友以及最亲近的母亲去世，他更感到生命的衰竭和死亡的临近，由此完成了创作生涯的最后一首长诗《晨曲》。

第一章　拉金：审视自然

在这首诗的后半部分，拉金再次强调死亡是有关身体的自然现象。他将死亡描述为"无形，无声／无法触摸、品尝或嗅闻，无以思考／无以爱恋或连结／无人能够从中醒转的一种麻醉"。"无人能够从中醒转的一种麻醉"（The anaesthetic from which none come round）这句诗的句式和内容都令人联想起莎士比亚戏剧《哈姆雷特》里最著名的那段独白，哈姆雷特在痛苦之中生出自杀的念头，但是又担心死后的境遇可能比活着更加痛苦，他将死亡称为"那从来不曾有一个旅人回来过的神秘之国"。（The undiscover'd country, from whose bourn/ No traveller returns）[1]这两个有关死亡的比喻看似相近，其实有很大区别。莎士比亚认为人在死亡之后仍以某种状态存在，他只是无法确定这种状态是愉悦还是痛苦的。而拉金列举身体的各种感觉，是为了说明死亡是有关身体的自然现象；他还用大量的否定词描写"麻醉"，也是为了说明身体的死亡之后没有任何其他存在。

为了强调身体的死亡就是彻底的终结，拉金逐一排除了超越死亡的各种方式。最常见的方式是基督教的灵魂永生说，拉金认为基督教只是用悦耳的言辞来编织永

---

[1] ［英］莎士比亚：《莎士比亚全集》第五卷，朱生豪等译，人民文学出版社1994年版，第341页。

生的幻想，人们也已经不再相信这种幻想，因此他将基督教称为"被蛀虫咬坏的音乐锦缎／用来假装我们永远不会死去"。其次，人们经常希望用理性来克服对死亡的恐惧，而拉金认为理性并不能认识和控制死亡，因此无法消除恐惧，甚至还会加深对未知死亡的恐惧。此外还有个人对死亡的英勇抵抗，拉金在这里可能暗指充满浪漫主义情怀的威尔士诗人迪伦·托马斯（Dylan Thomas），这位诗人在20世纪50年代发表了广为流传的诗歌《不要温柔地走进那个良夜》（"Do not Go Gentle into That Good Night"），鼓励身患重病的父亲与死亡争吵和搏斗，而刚失去母亲的拉金却认为，对死亡的任何抵抗都是徒劳的，"勇气并没有使任何人避开坟墓"。

值得注意的是，拉金不仅描写通向死亡的自然进程，还揭示了人们惧怕死亡的根本原因。在《当日光唤醒睡眠》里，叙述者对死亡的恐惧伴随着对繁殖的排斥。繁殖是生物对抗死亡的基本方式，生物个体通过繁殖将某些性状遗传给后代，并保证物种的延续，但叙述者只关注自己的存在而不是血脉的传承，他认为繁殖是用自己的死亡来换取后代的生命，是对自己的摧毁而不是延续。这也就是说，叙述者具有强烈的，甚至有些偏执的自我意识，试图超越自然进程来保存自我，当他发现无法借

第一章　拉金：审视自然

助宗教、繁殖或任何其他方式实现超越时，就陷入了对死亡的恐惧。事实上，拉金在许多诗歌里都写到这种恐惧：《继续活下去》（"Continuing to Live"）表达的观点是生活的全部意义来源于自我意识，死亡的可怕就在于它将彻底摧毁自我意识；《多克里父子》（"Dockery and Son"）的叙述者认为家庭对男性来说不是"增长"而是"稀释"，他的同学多克里虽然早早娶妻生子，却为了维持家庭而消磨自我，最后也难逃死亡的召唤；《晨曲》的叙述者也在反复思考"以何种方式／何处、何时我自己将会死去"。（着重号为笔者所加）

人与其他生物都处在通向死亡的自然进程之中，自我意识使人对此感到畏惧，那么其他生物是否也有相同的感受呢？拉金在《吃草》（"At Grass"）和《树》（"The Trees"）等诗歌中探讨了这个问题，他的结论是其他生物没有自我意识，因此不会感到恐惧。《吃草》这首诗通过隐性叙述者来观察退役的赛马，暗示了赛马与人的区别。赛马昔日的荣誉完全是人所赋予的，"让它们成为传奇"（to fable them）和"人工造就"（were artificed）这两个动词的施动者都是人，强调人想让赛马出名，而不是赛马自己的意愿。相对于人对胜负和荣誉的关注，赛马显得毫不在意："记忆是否像苍蝇烦扰它们的耳朵？/它们摇晃脑袋。""摇晃脑袋"在此处具有双重含义：可能对上一诗行的问题给出否定的回答，它们并不留恋往日的辉煌；赛马也可能只是在驱赶苍蝇，根本没有思考和回答任何问题。这两重含义都表明，自我意识将人和动物区分开来。人注重荣誉而赛马并不在意，人对生活提出疑问而赛马并没有这样的思考。当赛马悠闲吃草之时，死亡正在迫近：

> 夏复一夏一切都消磨逝尽；
> 那起点的栅门、人群和吆喝——
> 惟独剩下的那些不恼人的草坪。
> 它们的名字被载入年鉴而活着，它们
>
> 已抖落它们的名字，而悠闲
> 伫立，或应该是为快乐奔驰；
> 没有望远镜目送它们把家回，
> 也没有好奇的计秒表发表预言：
> 只有马夫，还有马夫的儿子，
> 拿着笼头在黄昏中走来。[1]

---

[1] Philip Larkin, *The Complete Poems of Philip Larkin*, Archie Burnett ed., New York: Farrar, Straus and Giroux, 2012, pp. 45-46. 笔者在傅浩译文的基础上有所修改。

第一章 拉金：审视自然

"夏复一夏"和"黄昏"仍然是用季节变换和昼夜交替来表现自然进程。两个诗节之间的停顿也暗示了赛马的死亡：前一个诗节的末句像是尚未完成的对偶，赛马的名字将会活着似乎对应着赛马本身将会死去；尽管后一个诗节的首句没有写到死亡，但较长的停顿时间很容易让人猜想赛马的死亡。面对即将到来的死亡，年老的赛马没有丝毫恐惧：它们"悠闲伫立，或应该是为该快乐奔驰"；它们将顺从地套上马夫带来的笼头，就像是服从自然规律平静地走向死亡。整首诗表明赛马没有超越自然、保存自我的想法，也就没有对死亡的恐惧。

《吃草》用隐性叙述者间接地表现了人与其他生物的区别，而另一首诗《树》则是用显性叙述者对"我们"和"它们"进行直接比较，进一步揭示了人与其他生物对自然进程的不同态度：

> 那些树正长出新叶，
> 好像快要说出什么；
> 初绽的嫩芽悄然舒展，
> 点点新绿恰似某种悲哀。

是否它们再获新生，
我们却颓然老去？不，它们也会死亡，
它们簌然一新年年如是的把戏
正被刻写在树的年轮。

然而永不停歇的树丛依旧摇曳，
在成熟稠密的年年五月。
去年已死，它们似在诉说，
重新开始，重新，重新。[①]

希尼和詹姆斯·布思（James Booth）对这首诗持完全相反的意见。希尼认为这首诗是充满活力的，他发现这首诗的用词和《晨曲》有多处重复，但是这些词语表达的意思恰好相反：比如"永不停歇"（unresting）在《晨曲》中是指死亡不断向叙述者迫近，而它在《树》中是指茂盛的树冠随风摇摆，传递出"充沛的、海洋般的活力"；又如"重新"（afresh）在《晨曲》中是指叙述者对死亡的恐惧反复出现，而在《树》中是指春天的树

[①] Philip Larkin, *The Complete Poems of Philip Larkin*, Archie Burnett ed., New York: Farrar, Straus and Giroux, 2012, pp. 76-77. 笔者在舒丹丹译文的基础上有所修改。

叶带来了新生的希望。[①] 布思却认为这首诗是充满忧虑和绝望的：他认为首个诗节里"叶子"和"悲哀"（leaf, grief）这组韵脚暗示着新生的树叶也将面临死亡；他还从诗歌末尾的重复中读出一种不祥的预兆，自然的循环驱赶着生命走向死亡，今年很快会像去年那样死去。[②]

然而希尼和布思的解读都不全面，《树》这首诗同时包含两种情绪，前两个诗节的悲观情绪和最后一个诗节的乐观情绪形成对比。前两个诗节描写的是通向死亡的自然进程，人和树都处在此进程中。树的重生不过是假象，去年的树叶早已飘落，今春的新叶也将枯萎，无所不在的死亡营造出沉重的氛围。但是这种氛围没有继续下去，转折词"然而"使诗歌的结尾变得轻快起来。初春的叶芽像是尚未吐露的话语，而五月的树叶已经完全伸展，将树的感受清晰地传达出来。树说出"去年已死"承认了死亡的存在，但是紧接着又说出"重新开始"，强调在死亡之后还有新生。"重新"（afresh）这个词语连续重复三次，不仅是用辅音 /ʃ/ 模仿茂盛的树叶在风中发出沙沙声，也使"重新开始"从视觉上压倒"去年已

[①] ［爱］希尼：《希尼三十年文选》，黄灿然译，浙江文艺出版社 2018 年版，第 462 页。

[②] James Booth, *Philip Larkin: the Poets' Plight*, Basingstoke, Hampshire: Palgrave Macmillan, 2005, pp. 183–184.

死",这都说明树面对死亡表现出乐观的情绪。

悲观和乐观的前后对照其实反映了人和其他生物对自然进程的不同态度。第一诗节里的新生树叶并没有说出"悲哀"这个词语,是人们为这些树叶感到悲哀,第二诗节里的自问自答再次凸显人们想要超越自然、保存自我的愿望,人们试图在树的身上寻找重生的可能性,却从树的年轮里认识到死亡是无法超越的。相对于人们的悲哀和焦虑,树在死亡的阴影中努力地生长,它们最后说出的话语是对自然进程的乐观解读:如果不是执着于自我,而是放眼整个自然界的话,死亡之后总是还有新生,虽然去年已死,但是今年又重新开始了。

从上述两首诗来看,自我意识将人与其他生物区别开来,人执着于自我,因此排斥自然进程,而没有自我意识的其他生物坦然接受自然进程。除了《树》的第二诗节直接用"我们"指向人的自我意识之外,这两首诗里表示猜测的语气也暗示了自我意识的持续存在。《吃草》的叙述者用"似乎在观望"来猜想赛马的行为,又用"应该是为快乐奔驰"来猜想赛马的情绪,他还对赛马提出了一个猜测性问题——"记忆是否像苍蝇烦扰它们的耳朵";《树》的叙述者也用"好像快要说出什么"和"似在诉说"来猜想树的想法(着重号为笔者所加)。

这些词语都说明叙述者是从自己的视角对其他生物做出判断，由此暗示叙述者的自我意识一直都在运作之中，在这样的状态下，叙述者就很难像赛马和树那样毫无顾虑地接受自然的进程。

第二节 信仰的微光

当拉金带着自我意识审视自然的时候，他看到的是死亡的阴影，那么他能否摆脱自我意识的束缚，在自然之中发现积极的意义呢？我们可以从希尼对拉金的评价中获得启发：他认为拉金在大多数时候是用高度的理性来分析和批判现代生活，"但是他身上还保存着一个向往，向往一种使他可以对之效忠的更晶亮剔透的现实，当这种向往找到表达，某种东西便会洞开，某些时刻便会出现，它们都堪称为视域性的东西"[①]。这意味着拉金的诗歌并不是彻底的否定，他也在否定之中寻找肯定的存在。当我们把目光集中到拉金诗中"堪称为视域性的东西"之上，就会发现它们大多与自然有关，有迎接春天的画眉，浩瀚无边的海洋和天空，还有水、风和太阳

---

① [爱]希尼：《希尼三十年文选》，黄灿然译，浙江文艺出版社2018年版，第190页。

的神圣力量。因此,拉金对自然的感受是双重的:他从封闭的自我意识出发,将自然视为毁灭自我的可怕威胁;但同时他也努力摆脱这样的自我意识,将自然理解为积极的存在甚至接近于信仰。

拉金对每部诗集的布局都体现出这种双重性,他成熟时期的第一部诗集《较少受骗者》(*The Less Deceived*)里不仅有感叹死亡的《逝去》("Going"),还有迎接春天的《来临》("Coming"),两者在题目和内容上都形成明显对比。《来临》这首诗的时间被设置在冬日的傍晚,这对拉金来说一般是感叹死亡迫近的时刻,但这里的叙述者却用儿童般的直觉聆听画眉的鸣唱,从中获得莫名的喜悦:

> 在较长的傍晚,
> 光,清冷而昏黄,
> 沐浴着房屋
> 恬静的额头。
> 一只画眉鸣唱,
> 四周月桂环绕,
> 在幽深而赤裸的花园里,
> 它那新削皮的歌喉

第一章 拉金：审视自然

震惊着砖墙。
不久就是春天了，
不久就是春天了——
而我——我的童年
是一桩忘却了的无聊事儿——
感觉就像个孩子
碰见一个大人们
和解的场面，
什么也不懂，
只觉得那大笑声不同寻常，
于是也开始快活起来。（傅浩译）[①]

这里的画眉意象让人联想起哈代的《薄暮听画眉》（"The Darkling Thrush"），两首诗同样是写冬日的画眉，却营造出不同的氛围：哈代笔下的寒冬是孤寂凄凉的，大地如同干枯的尸体，树枝上的画眉也是年老憔悴的，而拉金所写的房屋和花园却显得宁静安详，画眉的周围也环绕着常青的月桂。对于画眉的歌声，两首诗的叙述者也有不同的反应：哈代的叙述者认为画眉的歌声也许

[①] Philip Larkin, *The Complete Poems of Philip Larkin*, Archie Burnett ed., New York: Farrar, Straus and Giroux, 2012, pp. 29–30.

蕴含希望，他为自己不能理解这种希望感到遗憾，而拉金的叙述者同样不能理解画眉的歌声，却愿意放弃思考，用儿童般的直觉从歌声中获取快乐。这两首诗的差别表明，成熟时期的拉金并不是模仿哈代，而是在哈代的启示下形成了自己的风格，没有在否定中放弃希望，而是仍然在寻找肯定的存在。

儿童般的直觉是这首诗的关键。只有当叙述者处于儿童的懵懂状态，不受自我意识的干扰，才能从自然中获得积极的感受，重复两遍的"不久就是春天了"就像是儿童发出的欢呼。拉金谈到这首诗时也指出："最难写的诗歌是表现一种猛烈而又纯粹的经历，对于这种生动的情感，你不能缓慢地迂回而只能尝试一次，要么写成好诗要么彻底失败。"[①]这也说明他的创作是由直觉驱动的，整首诗简短有力，由一个连贯的长诗节组成，似乎是要抢在自我意识介入之前迅速完成创作。不过我们也应该看到，拉金对直觉的肯定是有所保留的，他特意提到叙述者的童年"是一桩忘却了的无聊事儿"，这是与浪漫主义风格区分开来的。华兹华斯经常回忆自己的童年，儿时的他能直接感受到自然的神圣性，并从中获得有益

---

① Philip Larkin, *Further Requirements: Interviews, Broadcasts, Statements and Book Reviews, 1952-1985*, Anthony Thwaite ed., Ann Arbor, MI: University of Michigan Press, 2004, p. 82.

的启示。而拉金并没有把童年和直觉上升到这样的高度，童年般的直觉只是带来了一种愉快的感觉，并没有带来神圣的领悟，正如儿时的叙述者不懂大人们到底在做什么，现在的叙述者也没有理解自然究竟有什么意义。

拉金在1950年相继写作了两首有关春天的诗歌，写于2月的《来临》抒发了愉悦之感，写于5月的《春天》则表现了不同的感受。这首诗里的春天仍然是充满活力、让人赞叹的："春天，所有季节中最无偿赠予的/是纯真花朵的弧度，是湍急的流水/是大地最繁茂的、兴奋的女儿。"[1]但是观看春天的叙述者并不像儿童般天真，而是具有强烈自我意识的单身汉。拉金用"一种无法消化的不育"（an indigestible sterility）这个诗行来描述单身汉，从形式和内容上都突出了单身不育的特点：全诗采用十四行诗的传统形式，所有诗行的长度基本一致，只有这个诗行将五个音步压缩到三个单词中，这个显眼的短诗行形式与"一种无法消化的不育"的意思相对应，凸显了单身汉的血脉不能延续的特征。在观看春天时，单身汉行走的路线构成了"怯懦的环形"，这又暗示着单身汉在长期独居的情况下形成了封闭的自我意识。这种

---

[1] Philip Larkin, *The Complete Poems of Philip Larkin*, Archie Burnett ed., New York: Farrar, Straus and Giroux, 2012, p. 40.

自我意识将单身汉和自然隔离开来：由于没有繁衍后代，他们更加清楚地认识到春天的繁殖力；但是他们无法投入地赞赏春天，而是在对比之下感到自身的匮乏。

拉金的另一首诗《缺席》("Absences")再次证明只有直觉才能让人从自然中获得愉悦，封闭的自我意识将会破坏这种愉悦。这首诗的前两个诗节表现了人与自然的融合，而结尾的感叹却突然打破了这种融合：

> 雨拍打着倾斜和叹息的大海。
> 急速奔跑的水面，塌陷为深谷，
> 又突然耸起，披散着头发。与此相反，
> 一个浪头如高墙般坠下：另一个紧跟着，
> 枯萎和攀爬，不知疲倦地嬉戏
> 在没有船也没有浅滩的地方。
>
> 海面上方，那更加无边的天空，
> 被风筛过，勾勒出明亮的楼座：
> 又变成巨大的肋形拱顶，逐渐消散。
>
> 这样的顶楼没有我的位置！这样的缺席！[1]

---

[1] Philip Larkin, *The Complete Poems of Philip Larkin*, Archie Burnett ed., New York: Farrar, Straus and Giroux, 2012, p. 42.

第一章 拉金：审视自然

约翰·奥斯本（John Osborne）认为这首诗借鉴了法国象征主义诗歌：这首诗与波德莱尔的《人与海》("Man and the Sea")相似，海浪的急速翻滚如镜像一般反映人的情绪起伏；结尾的重叠感叹很可能是对兰波的模仿。[1] 拉金自己也承认，末尾的诗句"听上去像是对某位法国象征主义诗人不那么准确的翻译"[2]。然而我们仔细阅读就会发现，拉金只是部分地借用了象征主义的风格，他并没有将人和大海完全对应起来，两者之间终究还是有距离的。这首诗的前两个诗节使用的是隐性叙述者，一面描写奔腾的大海和广阔的天空，一面暗示叙述者激烈起伏的心情，这种人与自然之间的对应与鲍德莱尔的写法相似。但诗歌的结尾突然出现反转，叙述者由隐性转为显性，他与自然之间也产生隔阂，壮丽的天空仿佛是教堂的顶楼，他却无法在此找到自己的席位。这样的结论显然不同于鲍德莱尔，而是对封闭的自我意识的再次批评。叙述者的感叹具有双重含义，既是指自我意识产生之后，叙述者失去了在自然中的席位，反过

---

[1] John Osborne, *Radical Larkin: Seven Types of Technical Mastery*, Basingstoke, Hampshire: Palgrave Macmillan, 2014, pp. 58, 147.

[2] Philip Larkin, *Further Requirements: Interviews, Broadcasts, Statements and Book Reviews, 1952-1985*, Anthony Thwaite ed., Ann Arbor, MI: University of Michigan Press, 2004, p. 17.

来也是指只有自我意识缺席时,他才能积极地感受自然。

　　拉金经常仰望自然,《缺席》展现了浩瀚的天空,而《悲伤的脚步》("Sad Steps")描绘了高悬空中的明月。这首诗的题目出自菲利普·锡德尼的组诗《爱星者与星》(*Astrophel and Stella*),原本是写悲伤的年轻人向月亮诉说爱情的苦恼,而拉金的诗更为复杂,写到年轻人和中年人对月亮的不同感受。这首诗的叙述者在年轻时曾经用直觉感受月亮,获得恋爱的激情和艺术的灵感。他对月亮的赞美仍然具有象征主义的风格,"钻形纹章"和"大圆章"(lozenge,medallion)都源自法语,"浩瀚无边"(immensements)是模仿法语造出的新词,重复的感叹号传递出强烈的情感。* 而进入中年的叙述者已经形成封闭的自我意识,将自己和月亮完全分开。他眼中的月亮变成孤独的"单一"(singleness),甚至显得荒谬可笑,月光也像磨刀石一样冷硬,再也不能引起他的共鸣。在这首诗的结尾,叙述者并没有用中年的观点来否定年轻时的感受,这说明月亮仍然可以具有积极的意义,不过在最后一句中,"未曾减少"(undiminished)所包含的低调陈述和"某处"(somewhere)所包含的不确定性

---

　　* 法语词 immensément 是副词,相当于英语词 immensely,英语中相应的名词形式是 immensity。

说明，叙述者对月亮的积极意义是有所保留的。

从上述几首诗歌可以看出，拉金并不总是对自然充满畏惧，他有时也能从自然之中获得积极的感受。事实上，在他的某些诗歌中，这种积极的感受甚至接近于信仰。《缺席》中的云朵组成楼座和肋形拱顶，天空似乎变成教堂的顶楼，叙述者希望在顶楼找到自己的座位，这样的描写说明人们对天空的向往带有信仰的意味。另一首诗《高窗》("High Windows")对天空的描写也与教堂和信仰相关。这里的叙述者仍然是中年人，他看到年轻人开放的性行为，不禁感叹基督教的衰落似乎是好事，让年轻人毫无顾忌地享受自由。但是最后他又将目光投向墙上的透明高窗，由此联想到教堂的彩色高窗，两者的区别是，教堂的高窗绘有带有宗教意义的彩色玻璃画，透过这些高窗看到的天空是具有神圣色彩的，而墙上的高窗只是透明玻璃，透过这些高窗看到的是："深蓝的天空，无所／展示，无有定处，无穷无尽。"[1] 这里修饰天空的三个否定词表达了对信仰的渴望，尽管人们已经不再接受基督教的视角，但是仍然希望在天空中找到某种可以依托的信仰。

---

[1] Philip Larkin, *The Complete Poems of Philip Larkin*, Archie Burnett ed., New York: Farrar, Straus and Giroux, 2012, p. 80.

当拉金在自然中寻找信仰时,他最关注的是孕育和维持所有生命的自然元素,包括水、风和太阳,这些元素具有如此重要的作用,最有可能蕴含神圣的力量。在《水》("Water")这首诗里,他尝试用水来创建一种新的宗教:

如果我被召唤
建立一种宗教
我将会使用水。

去教堂
必须涉水而过
方能穿上干燥的各式衣裳;

我的礼拜仪式会用
浸泡的意象,
热烈而虔诚地浸透,

我会在东方举起
玻璃杯盛放的水,
各个角度的光线

第一章 拉金：审视自然

无穷无尽地聚集。[①]

这首诗的叙述者以普通人的身份寻找朴素的信仰，他一开始就用"如果"和"被召唤"等词语表明自己只是普通人，整首诗的语调也极为平实。他对"水"的选择出于两个最基本的原因，从一方面看，水是人们生活中常见和必需的，人类自古以来傍水而居，去教堂必须涉水而过，也需要饮用杯中之水来维持生命。从另一方面看，他本来就经常质疑社会规范，与其自己设计出，不如沿用人们已经熟悉的基督教的简单仪式，在水里浸泡是人们熟悉的洗礼，向东方举起水杯是模仿圣餐仪式。他将日常生活和基督教的仪式联系起来，很可能是提醒人们宗教起源于对自然的敬畏，人们不应受限于高度抽象化的现代宗教，而是要返回宗教的源头，重新建立对自然的信仰。

在这首诗的结尾处，"玻璃杯盛放的水"聚集着"各个角度的光线"。"玻璃杯"再次强调水的普通，而"光线"作为常见的宗教意象又说明水的神圣性。"各个角度"这个定语与人们穿着的"各式衣裳"相呼应，强调

[①] Philip Larkin, *The Complete Poems of Philip Larkin*, Archie Burnett ed., New York: Farrar, Straus and Giroux, 2012, p. 56.

了信仰上的开放性，现代社会不再有统一的宗教，人们可以用各种方式寻找自己的信仰。拉金还从形式上强调了这种开放性，全诗没有固定的格律和韵式，"各个角度"（any-angled）的两个部分都以元音开头，也传递出开放之感。

如果说《水》是对信仰的轻松畅想，那么《婚礼的风》（"Wedding-wind"）更加热切地从自然中寻找信仰。这首诗设定了原始的环境、新婚夫妇过着农耕生活，这样的设定与劳伦斯宣扬的理想生活非常相似。劳伦斯认为世界是一个充满内在联系的整体，人只有在与自然的连接中、在男女两性的连接中获得神圣的力量。而在高度理性的现代社会里，尤其是在基督教和工业革命的误导之下，人们用理性封闭自我，脱离了自然，两性关系也被扭曲，由此陷入困境之中。劳伦斯希望打破理性的压制，回归原始的信仰，实现人与自然的融合以及两性的和谐。将拉金的诗歌和劳伦斯的观点对照起来看就会发现，劳伦斯针对的正是拉金遇到的问题，拉金诗里的叙述者经常具有封闭的自我意识，于是对自然进程产生恐惧，也对两性关系产生排斥，而劳伦斯指出了这些问题的根源并提供解决方法，只有放弃理性的自我，与自然和异性重新连接起来，才能充满力量地生活。因此拉

第一章 拉金：审视自然

金在写给友人的信中谈道，牛津大学只是教他如何做一个善于分析的学者，而劳伦斯教他如何生活，这是更加重要的。他甚至将劳伦斯的作品和《圣经》相提并论："我必须承认，我还没有理解有关劳伦斯的一些古怪的东西，但是我们本来要做的也不是去理解什么东西。我们从劳伦斯的作品中得到力量和生命，我认为无法从其他任何一本书里得到更多。即便是《圣经》也只能给我们一些应对生活的力量而已。"[1] 从拉金的评价可以看出，他不是以理性去分析和理解劳伦斯的作品，而是从中获得应对生活的力量，因为劳伦斯的作品就像《圣经》一样，提供了一种人们赖以生活的信仰。

《婚礼的风》这首诗与拉金的大部分诗歌很不相同，不是由单身的男性叙述者审视自然，而是由新婚的女性叙述者感受和崇拜自然。题目中的"婚礼"是指两性的和谐，"婚礼"和"风"之间的连字符是指人与自然的融合，这与劳伦斯的观点是一致的。当叙述者听说夜晚的风雨声让马厩里的马匹躁动不安时，她充满同情地说道："我感到伤心 / 那个夜晚还有人或动物缺少 / 我所拥有的

---

[1] Philip Larkin, *Selected Letters of Philip Larkin, 1940-1985*, Anthony Thwaite ed., London: Faber & Faber, 1992, p. 50.

快乐。"①新婚之夜的快乐再次指向两性的和谐，而且叙述者希望所有人和动物也像她一样快乐，这也再次指向所有人之间、人与自然之间的联系。夜间的风雨形成了新的湖泊，第二天清晨，叙述者来到湖边跪拜并发出这样的感叹："死亡难道能吹干/这些愉快的新湖泊，终止/我们在如此丰沛的湖水旁像牲畜般跪拜？"牲畜跪拜是民间流行的基督教传说，据说在基督降生的圣诞夜，牛羊等牲畜会虔诚地跪拜。新婚夫妇朝着新形成的湖泊跪拜，不是崇拜基督，而是崇拜自然的生命力，就像风雨形成了新的湖泊，新婚夫妇的和谐性行为也将孕育新的生命。那么自然的生命力能够消除人们对死亡的恐惧吗？叙述者的感叹可以有两种不同的解读：结合整首诗的积极情感来看，这里应该是用反问来表示强调，自然的生命力甚至可以超越死亡；但是结合拉金一贯的保守态度来看，这里也有可能是怀疑自然的生命力也可能被死亡所终结。尽管拉金希望按照劳伦斯的引导，打破理性自我的封闭，从自然之中获得神圣的力量，但是他也可能会陷入旧有的模式，对自然产生怀疑。

在拉金所有诗歌中，《太阳》表现出的信仰应该是最

---

① Philip Larkin, *The Complete Poems of Philip Larkin*, Archie Burnett ed., New York: Farrar, Straus and Giroux, 2012, p. 28.

强烈的。这首诗被收录在诗集《高窗》（*High Windows*）中，恰好放在《悲伤的脚步》之后，拉金也许是用这样的顺序来暗示，虽然冷硬的月亮与人们隔绝开来，但是热情的太阳会给人们带来信仰。拉金描写的太阳仍然是独立的，它像是悬挂空中的狮面，又像是无需茎秆支撑的"单一"花朵。"单一"（single）这个词语颇为关键，它在《悲伤的脚步》中形容月亮的孤冷，而在此处形容太阳的无穷力量。太阳还将自己的力量洒播给人们：

> 在孤寂的地平线
> 中间被铸成金币，
> 你开放地存在。
> 我们的需求时常
> 像天使般攀上爬下。
> 像一只手不握拢，
> 你永远给予。（傅浩译）①

月亮"高远、荒谬、孤立"，而太阳却"开放地存在"，和人们保持互动。这种互动既是指太阳源源不断

---

① Philip Larkin, *The Complete Poems of Philip Larkin*, Archie Burnett ed., New York: Farrar, Straus and Giroux, 2012, p. 90.

地向人们传递热量，也是指人们仰望太阳获得精神信仰。拉金对太阳的崇拜也很可能与劳伦斯有关，劳伦斯在美洲研究了印第安人继承的阿兹特克文明，他希望用这种原始的信仰来打破基督教对人类本性的压制。阿兹特克文明崇拜太阳神，相信万物是相互联系的，所有的联系以太阳为中心，因此劳伦斯希望现代人打破理性自我的独立性和那些虚假的联系，然后从太阳开始，重新建立与自然和他人建立真正的联系：

> 所以我的独立性其实是一种假象。我是整体中的一部分，我永远无法回避。但我可能会否定这些联系，割裂它们，将自己变成碎片。这样我会陷入苦难。我们想要破除的是虚假和无机的联系，尤其是那些与钱相关的联系，然后重建具有生命力的有机联系，与宇宙相连，与太阳和大地相连，与人类、国家和家庭相连。从太阳开始吧，这样其余的就会慢慢实现。[①]

拉金遵循劳伦斯的建议，从太阳开始建立人与自然

[①] D. H. Lawrence, *Apocalypse and the Writings on Revelation*, Mara Kalnins ed., Cambridge: Cambridge University Press, 2002, p. 104.

第一章 拉金：审视自然

的有机联系。他在多首诗歌里写到太阳的神圣力量。在《伴随非常缓慢的咏叹调》("To a Very Slow Air")中，金色的阳光仿佛香膏那样涂抹在跪拜的小山上，仿佛正在进行某种神圣的仪式；在《融雪》("Thaw")中，春天的太阳如同张开双手的雕像，向人间洒播光与热，把肮脏的积雪融化到下水沟里。① 在《太阳》这首诗里，拉金更是直接用太阳来建立一种信仰："人眼看你 / 被距离简化 // 成一个原点"，这说明人们把太阳看作万物的本源；天使攀爬的意象引用了《圣经旧约·创世纪》中雅各梦见天梯的故事，也说明太阳是神圣的所在，可以成为人们的信仰。但是我们也应该看到，拉金没有将太阳完全确定为原点，这只是人们的观感，他也没有描写真正的天使，只是将人们的需求比作天使。这些细节似乎暗示，拉金的理性自我仍在运作，他对太阳的神圣性还有所怀疑。

一般来说我们将休斯视为劳伦斯的主要继承人，但事实上拉金有时也体现出劳伦斯的倾向。从一方面看，这些诗歌贯穿拉金创作生涯的始终，说明拉金愿意打破封闭的自我意识，用直觉去连接自然，从中获得积极的

---

① Philip Larkin, *The Complete Poems of Philip Larkin*, Archie Burnett ed., New York: Farrar, Straus and Giroux, 2012, pp. 261, 264.

感受甚至信仰，他曾经将《婚礼的风》称为自己生平的第一首好诗，也认为《太阳》表现出优美的情感。从另一方面看，此类诗歌的数量相对较少，语气也有所保留，这说明拉金对自然的信仰还不如劳伦斯和休斯那样坚定，他并听不懂画眉的啼鸣，无法融入大海和天空，对人与自然的有机联系也有一定的保留。

第三节 消失中的乡村

拉金不仅对自然进行抽象的思考，他还以英格兰人的身份审视历史和现实的乡村。他对乡村的态度依然具有两面性：他认识到理想的乡村原本就不存在，二战后的工业化和城市化更是对乡村造成严重的破坏，这再次体现了他的否定精神；但是他同时希望承载着英格兰传统的乡村能够永远延续下去，这又是在否定之中寻找肯定。

英国文化研究学者雷蒙德·威廉斯在20世纪70年代发表的《乡村与城市》(*The Country and the City*)一书中对英国文学中的田园理想进行了批判性分析，他认为对乡村生产和生活方式的理想化描述掩盖了真实的权力和经济关系。同处战后时期的拉金也认识到田园理想

第一章　拉金：审视自然

的虚构性，虽然他并没有像威廉斯那样采用马克思主义的视角，但是他也对乡村进行理性的审视，从多个方面揭示乡村并不是人们想象中的世外桃源。威廉斯在他的书里提到有关田园理想的一个常规，各个时代的英格兰作家都认为完美的乡村才刚刚消失、存在于不远的过去：比如20世纪的F.R.利维斯（F. R. Leavis）认为老英格兰的有机社会刚消失不久，19世纪后半期的哈代认为传统的乡村存在于几十年前，19世纪初的威廉·科贝特（William Cobbett）怀念自己童年时的乡村，这种对往日的留恋就像是自动扶梯不断开往更早的时期。[1]当拉金在《一九一四》（"MCMXIV"）这首诗里想象一战前夕的乡村，并发出"如此的淳朴永不再有"的感叹时，他似乎也落入了威廉斯描述的常规之中，将几十年前的乡村视为完美的存在，但是我们仔细阅读整首诗就会发现，拉金与其他作家有很大不同，他清醒地认识到过去的乡村并不完美。他在诗中呈现的昔日乡村是这样的：

……无忧无虑的乡村：
被繁花盛开的草丛

---

[1]［英］威廉斯：《乡村与城市》，韩子满等译，商务印书馆2013年版，第10—11页。

> 遮蔽的地名标牌，把
> 法定地界掩盖在小麦
> 不安的沉默之下的田野；
> 在大宅院中有小屋住的，
> 穿戴不一的仆人们，
> 老式轿车后尾的尘垢。（傅浩译）[①]

尽管乡村看起来无忧无虑，但宁静的表面下潜伏着战争的危机。被草丛遮蔽的"地名标牌"很可能与乔治朝派诗人爱德华·托马斯的名作《艾德斯垂普》("Adlestrop")有关，托马斯于1914年乘坐火车路过英格兰南部的小村庄艾德斯垂普，他被这里宁静美好的田园景色吸引，记住了草丛里地名标牌上的村庄名字。拉金提到"地名标牌"有两个用意，既是像托马斯那样表达对田园美景的欣赏，又是暗示战争的来临——托马斯是在1916年赶往前线参战时凭回忆写下了《艾德斯垂普》这首诗，他不久之后便牺牲在战场上。此外，不安的小麦掩盖之下的"法定地界"（domesday lines）是指诺曼征服之后威廉一世颁布的土地分界线，这暗示历史

[①] Philip Larkin, *The Complete Poems of Philip Larkin*, Archie Burnett ed., New York: Farrar, Straus and Giroux, 2012, pp. 60–61.

上的诸多战争,也预示着即将到来的一战。这些细节都说明美好的田园并非与世隔绝,它们也难以逃避战争的侵袭。

威廉斯在他的书中还指出,理想化的田园诗往往掩盖了乡村实际存在的阶级和经济关系,比如在17世纪的本·琼森(Ben Jonson)和托马斯·卡鲁(Thomas Carew)的田园诗里,似乎是自然秩序自动进行生产和加工、把食物献给地主享用,根本没有提到农民和仆人们的辛苦劳作。[①] 拉金的《一九一四》显然不是理想化的,他不仅写到战争的阴影,还暗示了乡村的阶级问题。"穿戴不一的仆人们"(differently dressed servants)既可以指主人和仆人属于不同阶级因而穿着不同,也可以指仆人分为不同的等级因而着装不同,两种含义都强调了严格的等级制度。"大宅院的小屋"使用了矛盾修辞法,主人拥有大宅院而仆人只能住在狭小的房间里,这个细节再次突出了主仆之间的阶级差别。因此,尽管拉金在这首诗里两次发出"如此的淳朴永不再有"的感叹,表达了战后时期人们对昔日乡村的怀念,但是他也用细节描写来揭示,人们总是对昔日的乡村进行美化,它们

[①] [英]威廉斯:《乡村与城市》,韩子满等译,商务印书馆2013年版,第46—48页。

其实并没有那么完美。

拉金的另一首诗《生计（之一）》（"Livings：I"）再次回望过去的乡村，时间设定在1929年，叙述者是一位粮食商人。这个时间显然与经济有关：1929年是美国经济大萧条开始的年份，英国的经济也开始衰退，身为粮食商人的叙述者和农民们大谈经济状况，"谁家收支相抵，谁家入不敷出/政府的关税、工资和股票的价格"①。这个时间也与战争有关：1929年处在两次世界大战之间，农民们不再留意旅馆墙上的战壕图画，粮食商人睡在一战时期的军用被子里，这暗示上一场战争已经过去，也可能警示下一场战争即将到来。通过这样的时间设定，拉金重复了他在《一九一四》中表达的观点，乡村并不等同于优美的风景，这里存在各种现实的关系和危机。

当拉金将目光从历史的乡村转向现实的乡村时，他自己也参与乡村理想的建构之中。他的建构仍然具有反思性，他一面像爱德华·托马斯那样将乡村视为英格兰人与自然的连接点，一面又揭示理想的乡村可能并不存在。《降灵节婚礼》（*The Whitsun Weddings*）这部诗集的标题诗是拉金对乡村理想的一次建构，它描述了叙述

---

① Philip Larkin, *The Complete Poems of Philip Larkin*, Archie Burnett ed., New York: Farrar, Straus and Giroux, 2012, p. 77.

第一章 拉金：审视自然

者从林肯郡前往伦敦的火车旅行，展现了沿途的田园风光和热闹的乡村婚礼。拉金后来在BBC广播节目中谈道，这首诗源于他的亲身经历：

> 你时不时会看到一些事件或情景，促使你想要记录下来，用语言来照相，然后你就有一首现成的诗了。几年前我有过这样的感觉，那是一个炎热的星期六下午，我去伦敦的途中看到沿路的车站都在举行婚礼。这些婚礼叠加起来让我产生一种情感，这种情感如此强烈，我害怕自己不能控制它；然而最后，这种情感创造了《降灵节婚礼》。①

降灵节（whitsun）象征着英格兰人与自然的联系。它起源于凯尔特时代的五朔节（beltane），凯尔特人在这天庆祝夏季的到来，祈求太阳将繁殖力赐予人类和牲畜；而在后来的基督教中，降灵节是指耶稣在复活升天后的第五十天降下圣灵，使徒们领受圣灵开始传道。正如拉金在《太阳》（"Solar"）中所描述的，自古以来人

---

① Philip Larkin, *Further Requirements: Interviews, Broadcasts, Statements and Book Reviews, 1952-1985*, Anthony Thwaite ed., Ann Arbor, MI: University of Michigan Press, 2004, p. 87.

们一直将太阳视为神圣的所在，降灵节是将凯尔特的太阳崇拜融合到基督教的复活节日中，体现出英格兰人与自然的悠久联系。《降临节婚礼》更是将这种联系置于现实的场景中。这首诗的叙述者先是感受到太阳的热量：这是"艳阳高照"的星期六，车厢里的座椅热得发烫，火车在"高温"中向南行驶。叙述者随后又看到太阳带来的生命力和繁殖力：太阳催发万物生长，成群的牲畜站在宽阔的农场上，铁路两旁长满树篱，青草的味道不时飘来；太阳也给人们带来繁殖力，沿途每个站台都在举行热闹的乡村婚礼，十几对新婚夫妇坐火车去伦敦度蜜月。人与自然相互呼应、充满生命力的情景让叙述者感到欣喜，他由此展开热烈的想象：

> 我想到伦敦在太阳下伸展，
> 它那紧密相连的邮区就像一块块麦田。
>
> 那是我们的目的地。当我们快速开过
> 闪亮的密集轨道，开过
> 静立的卧车，迎面来了长满藓苔的
> 黑墙，又一次旅行快要结束了，一次
> 偶然的遇合，它的后果

第一章 拉金：审视自然

> 正待以人生变化的全部力量
> 奔腾而出。火车慢了下来，
> 当它完全停住的时候，出现了
> 一种坠落的感觉，好像是密集的箭
> 射向视线之外，在某处变化为雨。（王佐良译）①②

叙述者的想象说明拉金甚至将城市的代表——伦敦纳入了乡村理想的建构之中。伦敦仿佛感受到太阳的能量，从现代化的大都市变成满是麦田的乡村；飞向伦敦的"箭雨"也具有性意味，它既暗示着新婚的夫妇生育后代，又将人类的繁衍和降雨的自然现象结合起来，再次强调人与自然的融合。然而拉金清楚地认识乡村理想的建构性，完美的乡村无论是一战前还是二战后都不存在。这首诗包含大量的工业化和城市化的细节，宽阔的农场挨着"漂浮工业废水"的运河，新建的城镇堆满"拆卸的废汽车"，随处可见"建筑工地和冷却塔"，农村

---

① Philip Larkin, *The Complete Poems of Philip Larkin*, Archie Burnett ed., New York: Farrar, Straus and Giroux, 2012, p. 58.

② 最后两句的原文为"A sense of falling, like an arrow-shower/Sent out of sight, somewhere becoming rain"，王佐良的译文为"一种感觉，像是从看不见的地方／射出了密集的箭，落下来变成了雨"。笔者认为此处是指人们在刹车时有前冲的感觉，就像箭矢射向远方，因此将译文改为"一种坠落的感觉，好像是密集的箭／射向视线之外，在某处变化为雨"。

091

姑娘也用"电烫的头发、尼龙手套和仿造的珠宝"来模仿城市的生活方式。就在热烈畅想的同时，叙述者眼前出现"闪亮的密集轨道"和"静立的卧车"，这说明他并没有处在完全自然的环境之中。飞箭化雨的想象也具有明显的不确定性，"某处"一词表示射出的箭脱离了人们的视线，人们不知道箭在何处变化为雨，或者是否真的能够变化为雨。

拉金在《这里》（"Here"）中再次建构乡村理想，这首诗与《降灵节婚礼》至少有三处重要的呼应。其一，《降灵节婚礼》写的是从林肯郡（很可能是拉金居住的赫尔）到伦敦的旅途，方向是从乡村前往城市，而《这里》写的很可能是从伦敦到赫尔的回程旅途，方向是从城市来到乡村。其二，《这里》的题目似乎承接《降灵节婚礼》末句中的"某处"，拉金想要确切地找到飞箭变化成雨的地方，也就是找到理想的乡村。其三，拉金在《降灵节婚礼》中发现，工业化和城市化正在阻碍英格兰人与自然的融合，因此他在《这里》中试图彻底去除工业化和城市化的痕迹，真正实现人与自然的交融。

《这里》使用的是隐性叙述者，这位叙述者从头至尾都未现身，只是带着读者去观察不断变换的风景。首个诗节从城市过渡到乡村，逐渐展开田园的画卷。叙述者

第一章　拉金：审视自然

乘坐的火车驶离英格兰东部"浓重的工业阴影和车流",途经一些杂草地和小车站,最后来到北部乡村。此处对乡村的描写比《降灵节婚礼》更加优美,缓慢流淌的河流没有被工业废水污染,还能看到"孤独的天空和稻草人、干草垛、野兔和野鸡"。接下来的两个诗节有些出人意料,叙述者没有继续描绘田园风光,他乘坐的火车突然转向一个还未完全建好的城镇。叙述者的语气延续了首个诗节的温和,他没有像《降灵节婚礼》那样嘲讽新建的城镇"毫无特色",而是客观地罗列各种店铺和商品,某些诗句甚至用短促的音节和大量的轻辅音透露出活泼感,比如"电动搅拌机、烤面包机、洗衣机、烘干机"(electric mixers, toasters, washers, driers)。叙述者对镇上居民也相当宽容,没有批评他们"拙劣地模仿时尚",而是觉得他们"虽是城里人但依然淳朴"。在如此平和的氛围里,叙述者带着读者穿过城镇,最后来到一片无人注意的郊野:

> ……这里静默伫立
> 就像热度驻留。这里树叶不受注意地生长,
> 野草掩藏花朵,无人在意的小河加速流淌,
> 充满光亮的空气向上升腾;

> 越过一片不受影响的偏蓝色的罂粟花
> 陆地突然在海滩处终止，
> 蜿蜒曲折，满是卵石。这里是没有围栏的存在：
> 面向太阳，不善言语，无法抵达。①

这些诗句消除了工业化和城市化的痕迹，甚至彻底抹去了人的痕迹。这首诗的叙述者从头至尾都没有出现，最后这个诗节更是突出人的缺席："不受注意""无人在意"和"不受影响"（unnoticed, neglected, neutral）都说明此处渺无人烟；"充满光亮"（luminously-peopled）这个词语看似指向拥挤的人群，但实际上指向充盈的光线。学者们对这种无人存在的状态提出各种观点。詹姆斯·布思认为拉金是在排除他人的存在，从而找到一种完全属于自己的自由生活，M.W. 罗韦则认为这个结尾符合法国现象学家庞蒂的观点，拉金放弃自己的主体性去认识存在的本质，从而克服对死亡的恐惧。②

布思和罗韦都认为《这里》的结尾表达了某种确定的观点。然而从拉金一贯的风格来看，他的诗歌经常具

---

① Philip Larkin, *The Complete Poems of Philip Larkin*, Archie Burnett ed., New York: Farrar, Straus and Giroux, 2012, p. 49.
② James Booth, Booth, James, *Philip Larkin: the Poet's Plight*, Basingstoke, Hampshire: Palgrave Macmillan, 2005, p. 149.

有不确定性,《这里》也是如此,它的结尾表现出乡村理想的矛盾之处。从一方面看,这片风景没有受到工业化和城市化的影响,应该是完美的乡村。风景中有树木、河流、海洋和太阳,拉金经常用这些意象来表达积极的情感,这片风景似乎符合他的理想。从另一方面看,这片风景彻底排斥人的影响,也就否定了人对自然的追求以及人与自然的融合。诗歌最后的"无法抵达"(out of reach)可以有双重解读,既可以指工业化和城市化没有影响此地,又可以指任何人都不能到达此地。这也就是说,有人居住的村庄被工业化和城市化侵蚀,而理想的自然只存在于渺无人烟之处,这样的矛盾再次说明,完美的乡村并不存在。

拉金认识到理想的乡村在历史和现实中都不存在,于是他调整了自己对乡村的预期。他的最后一部诗集《高窗》有两首关于乡村的诗歌,《在消失中》("Going, Going")强烈谴责了工业化和城市化对乡村造成的破坏,而《农展会的星期六》("Show Saturday")则真诚地接受不那么完美的乡村。《在消失中》不同于拉金一贯冷静克制的风格,对环境问题展开猛烈的批评,这与诗歌的写作背景有关。1972年联合国在斯德哥尔摩召开首届人类环境大会,这标志着世界各国开始关注环境问题,共同商讨对策并联合采取行动。英国政府也为此次大会撰写了本国环境报告，其中有一部分由牛津大学的研究员罗伯特·杰克逊（Robert Jackson）完成，他邀请拉金为这份报告写一首序诗，拉金便创作了这首诗，后来还发表在《观察家报》（*The Observer*）上。

《在消失中》极为真实地反映了英格兰的环境问题，城市的高层建筑挤占了田野和农场，人们随意污染土地和海洋，战后的人口增长让环境不堪重负，工厂也建到了纯净的港湾和山谷。英国生态批评学者乔纳森·贝特（Jonathan Bate）在其著作《地球之歌》（*The Song of the Earth*）的开篇引用了这首诗里对乡村的描写——"这样，英格兰也就消失/连同树影、草场和小路"，他认为拉金敏锐地观察到英格兰乡村的变化："草场"（meadow）是指种植牧草的草场，二战后复合饲料取代了牧草，英格兰的草场面积大幅减少；"小路"（lanes）是指田间小路，当现代农业技术取代了传统耕种方式之后，集中连片的农田取代了传统的棋盘式农田，田间小路也随之消失。[1]

拉金在这首诗里不仅描述了环境问题，还指出环境

---

[1] Jonathan Bate, *The Song of the Earth*, Cambridge, MA: Harvard University Press, 2000, pp. 6–7.

第一章 拉金：审视自然

问题的成因是人们的自私和贪欲，他从多个方面进行剖析。《在消失中》的标题来自拍卖术语，完整说法是"一次，二次，成交"（going，going，gone），这个题目暗示着美好的环境即将消失，也暗示着人们把环境看作可以出售的物品，用美好的环境来换取经济利益。当人们倾倒污染物时，不在乎对土地和海洋造成什么危害，只在乎土地还能产出东西、海滩还能供人游玩。战后的年轻人也不像经历过战争的长辈那样节俭，他们希望得到"更多屋子、更多停车场、更多拖车营地、更多钱"，不考虑自己的过度需求会造成环境的破坏。此外还有企业和政府的贪欲，企业主唯利是图，只顾扩大规模赚取利润，甚至把工厂搬到便于排污的港湾，而政府为了追求自己的政绩，用"高失业区拨款"鼓励工厂迁往经济不发达的山谷地区，无视工厂造成的严重污染。

拉金对环境问题的剖析是相当深刻的，事实上，人类的自私和贪欲不仅导致了环境问题，还对动物造成严重的伤害。拉金在《粘液瘤病》（"Myxomatosis"）里写到感染了黏液瘤病毒的野兔所经受的痛苦。20世纪50年代，英国农民为了减少野兔对牧草的危害，从国外引进对兔子具有高度传染性和致死性的黏液瘤病毒，杀死了大量的野兔。与拉金同时代的作家罗纳德·邓肯（Ronald Duncan）对此大加赞赏，认为这是一种新兴的控制野兔数量的方法，而拉金认为人类只考虑自己的利益，忽视野兔的生命，这种做法是极其残忍的，因此他专门写作此诗来表现患病野兔的痛苦，甚至不愿从这首诗获得稿费，因为这也是以野兔的痛苦为代价赚来的。而《带一只回家给孩子》（"Take One Home for the Kiddies"）这首诗写的是，宠物店卖给儿童的宠物很快就会死去。这一方面是批评宠物店为了赚钱兜售动物，而不在乎这些动物是否能受到良好的照料，另一方面又是批评家长和儿童，出于一时的兴趣把宠物当成新玩具买下，却不能好好照顾它们，两个方面都是指责人类出于自私对动物造成伤害。另外，他还在《实验室的猴子》（"Laboratory Monkeys"）里写到著名的恒河猴实验。恒河猴实验是美国心理学家哈里·哈洛（Harry Harlow）等人为了研究母子关系而对幼猴进行的残忍实验，在拉金的诗里，研究人员只关心自己能不能获得教职，而对幼猴的痛苦漠不关心。从上述诗歌可以看出，拉金希望用自己的艺术警醒人们，促使人们从环境和动物的角度、而不是自身利益的角度来思考问题。

回到《在消失中》这首诗中，拉金除了批评人类的自私导致了环境问题，他同时也将乡村和英格兰性联系起来，美好乡村的消失不仅意味着环境的恶化，更意味着"英格兰也就消失"。"英格兰性"（englishness）是指英格兰民族生活中具有特色的那些方面，在外族人或本族人看来是英格兰民族独有的性质。[①] 这个概念是相对现代的，最早在 1805 年由英国浪漫主义作家和翻译家威廉·泰勒（William Taylor）提出，泰勒对具有民族主义倾向的德国浪漫主义运动和法国大革命都相当了解，在它们的启发之下提出了英格兰性的概念。此后，各个时期的学者们对这个概念展开广泛的探讨，他们一方面书写英格兰性的历史，一直回溯至盎格鲁-撒克逊时期的民族意识，另一方面聚焦于英格兰性的新发展，尤其是从 17 世纪后半期到 19 世纪中期，位于欧洲边缘的英国如何变为居于世界中心的大英帝国。而从 19 世纪后半期开始，大英帝国遭受到外部和内部的诸多威胁，布尔战争和两次世界大战导致了帝国的衰落。二战之后，英国的地位被美苏取代，英属殖民地纷纷独立，英格兰以外的地区也要求权力下放。在内外交困的形势之下，二战后的英格兰性与此前相比发生了明显的变化。许多学者对此展开研究，其中 C.G.A. 布莱恩特（C. G. A.

[①] Paul Langford, *Englishness Identified: Manners and Character, 1650-1850*, Oxford: Oxford University Press, 2000, p. 2.

Bryant）的分析是比较具有代表性的。

布莱恩特采用时间和地点这两个维度，将当代英格兰人对本土的建构划分为四种：第一种是"盎格鲁－英国的英格兰"（Anglo-British England），它是对大英帝国的传承，将英格兰置于英国的中心，具有向外拓展的雄心；第二种是"小英格兰"（Little England），它起源于布尔战争时期英格兰内部的反帝国主义倾向，希望减少与其他国家接触，尤其是与欧盟保持距离；第三种是"英格兰人的英格兰"（English England），它突出英格兰的传统特质，其中最典型的是浪漫主义诗人布莱克描述的"绿色宜人"的环境；最后一种是"世界性的英格兰"（Cosmopolitan England），它适应二战后新的世界政治格局，不反对苏格兰和威尔士的权力下放，并且认为外来移民对英格兰的社会和文化具有积极影响。①

		地点维度	
		本土	海外
时间维度	过去	英格兰人的英格兰	盎格鲁－英国的英格兰
	现在	小英格兰	世界性的英格兰

---

① C. G. A. Bryant, "These Englands, or Where does Devolution Leave the English ?", *Nations and Nationalism*, Vol. 9, No. 3, July 2003, p. 395.

第一章 拉金：审视自然

　　从《在消失中》这首诗歌可以看出，拉金对英格兰性的建构聚焦于本土而不关注海外，因此包含"小英格兰"和"英格兰人的英格兰"。他首先建构的是对外排斥的"小英格兰"，他在描写了一系列环境问题之后，发出这样的嘲讽：英格兰将变成"欧洲第一号贫民窟：这个角色不难赢取／有这帮骗子和妓女"。这是在批评英国政府的对外政策，拉金的这首诗写于1972年，恰逢英国首相爱德华·希思（Edward Heath）签订了加入欧洲经济共同体的协议，拉金和许多保守的英格兰人一样表示反对，认为欧洲劳工的涌入会对英格兰经济和社会造成负面影响，因此他把政客比作欺诈国人的骗子和崇媚外人的妓女，担心入欧之后英格兰将变成欧洲劳工聚集的贫民窟。事实上，拉金一直对其他国家保持军事和文化上的警惕，他曾在《当俄国坦克滚滚向西》（"When the Russian tanks roll westward"）一诗中批评英国政府削减军费开支，担忧英国的军队无法抵挡苏联的进攻，他也曾在题为《忽视的责任》（"A Neglected Responsibility"）的演讲中提醒英国的图书馆重视本国作家的手稿，如果这些手稿都被财大气粗的美国图书馆买走，那么英国的文化也将流失。

　　在讽刺政府的对外政策之后，拉金还描写了传统的

审视·想象·阐释——论拉金、休斯和希尼的自然主题

英格兰乡村——以"树影,草地,小路"为代表的自然景观和以"市政厅,雕花的教堂唱诗台"为代表的传统文化,这种建构属于强调内部历史传承的"绿色宜人"的英格兰。最早将"绿色宜人"(green and pleasant)作为英格兰特质的是浪漫主义诗人布莱克,他在长诗《弥尔顿》(*Milton*)的序言中写道:英格兰原本是耶稣降临过的圣地,而撒旦正在用工业革命玷污这片圣地,人们应当奋起反抗,在"英格兰绿色宜人的土地上"建立起圣城耶路撒冷。[1] 在一战时期,英国作曲家休伯特·帕里(Hubert Parry)根据布莱克的诗改编出爱国主义歌曲《耶路撒冷》("Jerusalem"),鼓舞人们保卫美好的家园,使"绿色宜人"的说法获得更广的传播。拉金对英格兰的设想和布莱克极为相似,二战后的人们应当改变错误的观念和过度的需求,保留传统的畜牧和耕作方式,以及历史悠久的市政厅和教堂唱诗台。二战后英格兰失去了往日的辉煌,这使得拉金等英格兰诗人越发珍视本土的历史和文化,希望从中找到英格兰的出路,《在消失中》反映的正是战后英格兰诗歌的这种趋势,拉金唤起人们的环境意识,是要维护英格兰的传统和特性,确保

---

[1] William Blake, *The Complete Poetry and Prose*, David V. Erdmaned., New York: Anchor Books, 1988, pp. 95-96.

英格兰走向美好的未来。

拉金为城市扩张和环境污染而忧虑,他同时也认识到工业化和城市化已经不可避免地融入乡村生活之中。他在《农展会的星期六》中接受了乡村的现实,并且希望乡村能够永久地存在下去。根据莫申的推断,拉金描写的是历史悠久的贝灵厄姆农展会(bellingham show)。全诗共有八个诗节,每个诗节各有八个诗行,这样的长度对拉金来说并不多见,或许这样的长度才足以表达他对英格兰乡村的深厚情感。拉金用大量的排比来展示农展会的丰富细节:这里有传统的比赛,包括动物比赛、摔跤比赛和农产品比赛;也有制作精美的手工艺品,如"牧羊棍、地毯/刺绣、手工编织的帽子、篮子"。拉金也注意到工业化和城市化的影响,人们开汽车来参加农展会,比赛的裁判聚集在吉普车旁边。然而拉金没有对汽车表现出不满,他将汽车融入农展会的画面之中:"摔跤开始了,有点晚;围着一大圈人;然后是汽车;然后是树。"他不再追求纯粹的乡村理想,而是希望现有的乡村能够保留下去,不要完全被工业化和城市吞噬:

> 带着猎犬的男人们,养狗养羊的女人们,
>   炫耀骑术的孩子们,表情呆笨的中年妇人们

眼睛紧盯着果子冻，不用去花园干活的丈夫们
像黄鼠狼一样张望，鼓捣汽车、头发极短的儿子们——
他们所有人，现在都要回归原本的生活：
回到厢式货车上的名字，挂在厨房里的
商务日历；回到谷物交易所
喧闹的场面，回到赶集日的酒吧，

回到即将来临的冬天，当拆除的农展会
本身萎缩到日常工作的领域之中。
让它像力量一样潜伏在那里，藏在
销售单据和商业欺诈的下面；某件人们会做的事情，
不会注意到时间的锻炉浓烟
遮蔽了更加重要的意图；某件人们分享的事情，
祖祖辈辈以来每年都会重新
复苏的联盟。愿它长存。[1]

此处的乡村仍不完美：汽车已经成为乡村生活的一

---

[1] Philip Larkin, *The Complete Poems of Philip Larkin*, Archie Burnett ed., New York: Farrar, Straus and Giroux, 2012, p. 93.

第一章 拉金：审视自然

部分；"销售单据和商业欺诈"再次揭示乡村的各种经济关系；农展会"更加重要的意图"是庆祝粮食的丰收，感谢自然的恩赐，如今只剩下娱乐比赛和商品买卖。尽管乡村不甚完美，拉金仍然希望农展会存在下去。农展会具有两方面的重要意义。它一方面是所有英格兰人的"联盟"，拉金的描写用到大量的头韵和复合词，比如"养狗养羊"（dog-breeding, wool-defined）、"炫耀骑术"（saddle-swank）和"表情呆笨的中年妇人们"（mug-faced middle-aged wives），头韵和复合词是古英语诗歌的特征，拉金用这样的形式来表现农展会的历史性，农展会不仅把现在的人们聚集起来，也将现在的英格兰人和过去的英格兰人联系起来，它是所有英格兰人的联盟。农展会另一方面也是英格兰人与自然的联盟，拉金将农展会比作一株植物，每到冬天这株植物都会枝叶"萎缩"，而第二年这株植物又重新"复苏"，这说明农展会已经融入四季的循环，它代表着英格兰人和自然的联系。正是出于这些认识，拉金搁置了对乡村的质疑，真诚地希望英格兰的农展会和乡村能够延续下去。

　　从整体上看，拉金对自然概念的建构主要是回应战后英国社会的两个问题。第一个问题是基督教的衰落。拉金不再相信基督教的永生之说，却又渴望保存自我，

105

因此他将不断推进的自然过程视为对自我的毁灭。与此同时，他希望摆脱自我意识对死亡的恐惧，从赋予自己生命的自然之中寻找新的信仰，但是他又怀疑这种信仰只是虚幻的空想。另一个问题是工业化和城市化对英格兰乡村的侵蚀。拉金认为工业化和城市化不仅会造成环境的污染，还会导致英格兰民族的消亡，乡村消失之后英格兰的传统文化将会失去载体。

第二章　休斯：想象自然

如果说拉金只在少数时刻才能摆脱封闭的自我，认识到自然的积极意义乃至神圣性，那么休斯的态度比拉金更为积极，他坚持用开放的想象来代替封闭的理性，坚信自然的神圣力量是创造和推动整个世界的根本。他经常用眼睛意象来强调想象的重要性，人们用不同的眼光看待自然，就会形成完全不同的认识：以自我为中心的书呆子用理性的眼光看待自然，他眼里的地球是可怕的威胁，仿佛张开血盆大口要将他吞噬；牙牙学语的小女孩弗里达用童真的眼光看待自然，她指向的月亮是充满诗意的，是将人类创造出来的艺术家；牧师拉姆在历经考验之后用崇敬的眼光看待自然，他看到是一棵贯穿古今、庇护万物的神圣橡树，在大地之上舞蹈和飞翔。

从休斯的整个诗歌创作来看，他对自然的想象可以分为三个循序渐进的阶段。20世纪50—60年代的《雨中鹰》(*The Hawk in the Rain*)、《牧神节》(*Lupercal*)

和《林中野人》(*Wodwo*)等诗集是发现问题的阶段，他揭露了理性对现代社会的全面压制，诗人失去了创造力，两性之间的关系被扭曲，人们冷漠地宰杀动物，甚至掀起大规模的战争。面对这样的困境，休斯希望用想象将人与自然重新连接起来，用动物的野性唤醒人们内心的力量。接下来，70年代的《乌鸦》(*Crow*)、《喜乐》(*Gaudete*)和《洞穴鸟》(*Cave Birds*)等诗集是艰难探索的阶段，他借鉴古典神话的要素和形式，创造出一系列新的神话，以男主人公寻找自然女神的故事情节来探讨人与自然之间的关系，男主人公在痛苦的考验中改变自己的认识，最终识得自然女神的真貌，也获得自然女神的救赎。* 最后，从70年代末开始的《埃尔默遗迹》(*Remains of Elmet*)、《摩尔镇日记》(*Moortown Diary*)和《河流》(*River*)等诗集是达成理想的阶段，他想象了走出困境的绿色图景，自然女神抹去了工业化和城市化的痕迹，荒野和河流回归本真的状态，人类在传统的农牧生活中顺应自然的循环，英格兰民族也从自然之中获得丰沛的生命力。

---

* 国内学者大多将拉丁语词 Gaudete 译为"沉醉"，而该词对应英文 Rejoice，是指基督徒内心感受到的"喜乐"(xǐ lè)。

第二章 休斯：想象自然

第一节 理性的困境

1951年休斯进入剑桥大学英文系就读并成为崭露头角的校园诗人，而在二年级末的时候，他突然做出不寻常的决定，从英语专业转到考古学和人类学专业。他后来谈道，奇异的狐狸之梦促使他做出这样的决定。当时的剑桥英语系推崇I.A.瑞恰兹（I. A. Richards）和F.R.利维斯（F. R. Leavis）的新批评理论，要求学生按照规定的方法来分析文本，每周都要完成一篇这样的论文。虽然休斯写起论文来并不费力，但是他对这种用理性解剖文学作品的方法非常抵触。在某个撰写论文的夜晚，他梦见一只浑身烧伤的狐狸，它把血手印按在论文稿纸上并大声喊道："停下！你正在毁灭我们！"[1]

狐狸之梦反映了休斯的思想体系，其核心是人类应当如何看待自然，他在《莎士比亚与完满存在的女神》（*Shakespeare and the Goddess of Complete Being*）这部论著以及多篇文章中都谈到这个问题。他认为自然的神圣力量创造并推动整个世界，人们的内心和外部的自然界都存在这种力量。在此基础上，他梳理了人类认识自

---

[1] Ted Hughes, *Winter Pollen*, *Occasional Prose*, William Scammell ed., London: Faber and Faber, 1994, pp. 8-9.

然的历史，在苏格拉底之前的原初时代，人类用想象认识自然，从内在和外在的世界窥见神圣法则；而在苏格拉底的思辨哲学产生之后，尤其是近代的理性主义兴起之后，人类改用理性排斥和征服自然，整个社会陷入了严重的困境。①狐狸之梦暗示了理性对自然的破坏，讲求规范的论文烧伤了野生的狐狸、损害了休斯的诗歌创造力；而他选择考古学和人类学专业，正是想返回苏格拉底之前的原初时代，用原始的想象重新来认识神圣的自然。

休斯的前三部诗集《雨中鹰》《牧神节》和《林中野人》可以说是对狐狸之梦的扩展，人们用理性压制内在和外在的自然，造成了现代社会的各种困境。作为诗人，休斯首先注意到诗歌的困境，二战后的英国诗坛弥漫着沉闷的气氛，诗集《雨中鹰》里有一首《著名诗人》("Famous Poet")，正是对这种现象的讽刺。诗里所写的"著名诗人"陷入了创作的枯竭，想方设法寻找灵感："依靠人们的金钱和赞扬"以及"依靠家长指过来的手指"是指他想从主流价值观中寻找灵感，但是正如

---

① 休斯对这个问题的论述比较分散，此处的总结主要参考《莎士比亚与完满女神的存在》第85页前后和第215页前后、休斯的两篇同名文章《神话与教育》("Myth and Education")以及另一篇文章《诗歌与暴力》("Poetry and Violence")。

第二章 休斯：想象自然

休斯所说，现代社会的理性价值观只会压抑灵感；"依靠燃烧自己的月桂花环"是指他想反叛自己原来的风格来制造新意，但是这种反叛没有触及问题的根本，也不会带来灵感。在所有无效的尝试之后，这位诗人仿佛变成衰弱的剑龙，这首诗的韵律也由结尾的两组参差不齐的斜韵（obsolete，plate，set 以及 so，zoo）也传递出强烈的挫败感。休斯描写著名诗人的失败，很可能是在批评前辈诗人 W.H. 奥登（W. H. Auden），奥登在 20 世纪 30 年代以激进的政治诗歌成名，但是在前往美国之后，他重新皈依圣公会，此后几十年一直在写有关宗教的诗歌。休斯对奥登的转变持批评态度，他在写给友人的信中甚至将奥登的后期诗歌称为"60 年代的蠢事"，认为它们体现了牛津高教会派枯燥乏味的规范。[1]因此他在这首诗中写道，理性的社会规范就像动物园的栏杆，禁锢了诗人的内心力量；而真正的剑龙来自燃烧着火焰的原始时代，这暗示着诗人应当回归原始状态，从自然之中获取创造力。

理性不但压制了诗人的创造力，也在压抑人们的性

---

[1] Ted Hughes, *Letters of Ted Hughes*, Christopher Reid ed., London: Faber and Faber, 2007, p. 426. 牛津高教会派（oxford high anglicanism）是指 19 世纪由一些拥有英国牛津大学教职的神职人员在圣公会内部发起的天主教复兴运动，主张恢复罗马天主教的礼仪，反对新教倾向。

本能。拉金常写单身汉对性的复杂态度，而休斯在《金刚鹦鹉与小姑娘》（"Macaw and Little Miss"）和《秘书》（"Secretary"）中探讨了单身女性的性问题。"小姑娘"已经开始具有性欲望，但她不能理解雄健的金刚鹦鹉，甚至想用女性化的名字把它变成乖巧的宠物。"女秘书"是三十岁的单身女性，她在工作中遇到许多公牛一般的男性，但是禁欲的道德规范和父兄加于她的家务劳动消磨了她的性冲动。金刚鹦鹉和公牛都代表原始的性本能，年轻姑娘无法与金刚鹦鹉交流，女秘书不敢触碰公牛，这意味着理性压制了现代女性的性本能，使她们背离了神圣的自然。

单身女性受到理性的压抑，婚姻并不能改变这种状况。拉金所写的婚姻总是沉闷无聊的，休斯也在《她的丈夫》（"Her Husband"）中写到矿工妻子的失望。这首诗显然受到劳伦斯的影响，出生于矿工家庭的劳伦斯认为现代工业用理性摧毁了人类的本能，它一面切断人类与土地的联系，一面破坏两性的和谐。休斯从小生活在约克郡的工业区，尽管他的父母不是工人，但是他的许多玩伴来自工人家庭，劳伦斯的作品引起了他的极大共鸣。《她的丈夫》就像是劳伦斯的小说《儿子与情人》（*Sons and Lovers*）的片段，同样批判了高度理性的现

第二章 休斯：想象自然

代工业：矿工的"满身煤灰"暗示着工业对土地的伤害；矿工回家后又用钢铁般的粗暴态度对待妻子，妻子"佝偻的身躯"暗示着工业对两性关系的扭曲。[1]

休斯还从两性关系延伸，展现整个社会的困境。拉金的《酬应诗》（"Vers de société"）表现了毫无活力的英国社会，休斯笔下的美国社会同样如此。休斯的妻子普拉斯是来自美国的诗人，她将休斯的诗歌整理和打印成诗集《雨中鹰》，寄往美国参加由哈珀兄弟出版社（Harper Brothers Publishers）资助的诗歌竞赛。在赢得比赛并获得出版资助之后，休斯和妻子普拉斯在1957年前往美国寻求发展，他到美国之后写作的《七月四日》（"July the Fourth"）表达了对新大陆的感受。从自然环境来看，哥伦布的"商贩气息"导致北美猛犸象的灭绝，南美的亚马逊河也被"征税和巡逻"；从社会环境来看，人们的热情原本是奔腾的河流和大海，现在却变成"下水道的入海口和堆着鳟鱼的冰湖"；人们的内心原本是神秘的岛屿，现在只能"在交通路口无聊地等待/或低头看报纸的新闻标题，没有真正看进去"。[2] 这也就是说，

---

[1] Ted Hughes, *Collected Poems*, Paul Keegan ed., New York: Farrar, Straus and Giroux, 2003, p. 148.

[2] Ted Hughes, *Collected Poems*, Paul Keegan ed., New York: Farrar, Straus and Giroux, 2003, p. 65.

哥伦布从欧洲将理性文明带到新大陆，征服了这里内在和外在的自然，美洲大陆失去了原始的自然面貌，迁入城市的美洲人也失去了内心的自然力量。

理性对自然的压制导致了上述困境，而过度的压制将造成更加严重的困境，即休斯所说的负面暴力。休斯的早期诗歌反复描写暴力，从愤怒的美洲虎到猎食的雄鹰再到嗜杀的狗鱼，引发了学者们的激烈争论。争论主要围绕两个焦点：他是表现动物的暴力还是影射人类的暴力？他对暴力的态度是赞赏还是批判？面对这些争论，休斯专门撰写了《诗歌与暴力》("Poetry and Violence")一文来解释自己的暴力观：

> （暴力）这个词的总体形象是打破某种东西的激烈行为……单独来看，这个词并没有表明程度，也没有表明正面或负面的含义，这些关键的因素完全是由语境决定的。
>
> ……暴力的负面力量在"违背"这个义项中显现出来，该义项揭示了某种破坏，摧毁神圣的信任，违背神圣的法则。通常所说的违法犯罪和身体暴力的核心就是可怕的"渎圣行为"。同时负面暴力具有极大的道德和精神影响——它的罪恶影响会传播和

第二章 休斯：想象自然

蔓延开来。这种极端、负面和强烈的暴力似乎是暴力这个词的主要义项。当我们把希特勒及其同伙称为"暴徒"时，就使用了该义项。我们确实应该对这种暴力保持警惕和忧虑。该义项包含了我们所知道的人性中一切剧烈的罪恶。

然而暴力也可以有积极的含义。与上面提到的行为相反，它不再是破坏神圣法则的残忍行为，而是维护神圣法则、带来生命的行为，这种行为以突然的方式消除了对神圣法则的压制和违背。关于这种强烈、积极的暴力（"可敬的暴力"），我想到的形象是扫罗突然自发地变成保罗。正面暴力的道德和精神影响也是巨大的、会传播和延伸开来，但它被认为是完全善良的。[①]

从上面的解释可以看出，休斯对暴力的定义不同于我们通常的理解，他将一切有所突破的行为都归入暴力，然后根据神圣法则来区分正面和负面的暴力。前文已经提到，休斯所说的神圣法则是指创造并驱动人与自然界的原始法则，因此负面暴力就是以严重的方式破坏人与

[①] Ted Hughes, *Winter Pollen*, *Occasional Prose*, William Scammell ed., London: Faber and Faber, 1994, pp. 253-254.

自然界的本来状态，休斯以希特勒发起的战争作为负面暴力的例子，因为二战造成了大规模非自然的死亡，破坏了生死循环和平衡的本来状态。正面暴力则是以强烈的方式驱除负面暴力并恢复人与自然应有的状态，休斯以《圣经新约·使徒行传》中扫罗变为保罗的故事来进行解释。扫罗曾经是逼迫基督徒的法利赛人首领，他在接近大马士革的时候被神光击倒在地，并听到耶稣对他的严厉责备，经历此事之后他就改信基督教，成为积极传教的使徒保罗，这是以激烈的方式破除错误的信仰、转向正确的信仰。需要指出的是，休斯曾经批评基督教，尤其是新教的教义导致了人类对自然的压迫，因此他引用《圣经》只是用人们熟悉的方式来证明暴力也可以有积极的意义，他真正赞赏的正面暴力是动物和人类的自然本能以及艺术的创造力。

休斯在这篇文章里进一步区分了动物和人类的暴力：动物的捕食行为看似血腥却是出自原始本能，只是为了基本生存而进行有限的捕食，这是遵从于神圣法则的正面暴力；而人类的理性违背了神圣法则，有可能引发负面暴力，对自然界和人类自身造成巨大的痛苦和破坏。他的《猪之观察》("View of a Pig")这首诗就写到人类对动物施加的负面暴力：

第二章 休斯：想象自然

> 我把它重重摔下，毫不内疚。
> 人冒犯死者，在坟头踏过，
> 会有罪恶感。但是这头猪
> 似乎没有能力指责。
>
> 它死透了。只不过是
> 按磅计算的猪油和猪肉。
> 它最后的尊严早就没了。
> 它的模样也不逗乐。
>
> ……它的重量
> 令我烦恼——怎样才能把它运走？
> 把它切成块该多麻烦啊！
> 它前颈的切口触目惊心，但是并不令人同情。[1]

休斯没有直接描写屠宰的场景，而是描述叙述者的心理活动，这是从根源上揭露人类对动物实施的负面暴力。以人类为中心的理性主义导致了这种暴力：叙述者

---

[1] Ted Hughes, *Collected Poems*, Paul Keegan ed., New York: Farrar, Straus and Giroux, 2003, p. 75.

认为道德的对象仅限于具有理性的人类，因此他对亡故之人心怀尊重，却"毫不内疚"地将死猪"重重摔下"；叙述者认为动物的价值仅在于满足人类的需要，因此他对猪没有丝毫同情，只是将它看成"按磅计算的猪油和猪肉"，只关心怎样把它切块运走、送上餐桌。休斯的描写与英国学者彼得·辛格（Peter Singer）后来在20世纪70年代提出的动物权利论有些相似。辛格反对人类中心主义，主张将所有能够感受痛苦的动物都列为道德的对象，要求人们尊重这些动物的权益。他还特别提出，人们应该用素食代替肉食，因为只要有大量的肉食需求，那么就会有唯利是图的人用低成本的方式来饲养和屠宰动物，这些低成本的方式必然是对动物的压榨甚至虐待。[1] 休斯诗里的叙述者只追求利润，将猪视为出卖的商品而不是生命体，对它没有任何尊重和同情，这与辛格的观点相呼应。实际上，休斯还在《诗歌与暴力》一文中直接批判肉食习惯和屠宰方式的残忍："我们中的大多数人每周都依靠吞食各种死去动物的部位来维持生存——甚至每天如此。而且与我们杀死这些动物的方法和情形相比，任何野生动物的捕猎都显得那么仁慈和

---

[1] Peter Singer, *Animal Liberation*, New York: Ecco, 2002, pp. 8-9, 162-164.

正当。"①

《猪之观察》在语言和形式上的原始风格同样是对现代理性文明的反对,休斯偏向于盎格鲁－萨克逊英语的简短词汇,而不是拉丁英语的复杂词汇,他在形式上也使用了古英语诗歌的头韵和突出的辅音,而不是更为现代的尾韵和突出的元音。在上面的诗句中,"我把它重重摔下"(I thumped it)、"它死透了"(It was too dead)和"它前颈的切口"(the gash in his throat)等重要意象完全由单音节词组成,再加上不断重复的辅音 /t/ 和 /d/,带来强烈的听觉冲击。从这个意义上看,休斯对语言和形式的尝试比拉金更为大胆,拉金只是在口语词汇中加入少量不雅之词,他偶尔也在《农展会的星期六》("Show Saturday")中使用头韵;而休斯是要彻底打破现状,从古英语诗歌中寻找原始的力量。

人类的负面暴力不仅表现为虐待动物,还表现为大规模的战争。休斯没有亲历战场,但是他对战争有深刻的认识。他的父亲是一战老兵,哥哥参加了二战,休斯本人也于1949年到1951年在英国皇家空军服役,置身于冷战的紧张氛围中。《霍尔德内斯的求救信号》

---

① Ted Hughes, *Winter Pollen: Occasional Prose*, William Scammell ed., London: Faber and Faber, 1994, pp. 253–254.

("Mayday on Holderness")就写作于休斯服役期间，体现了他对战争的思考。兰德尔·史蒂文森（Randall Stevenson）在《牛津英国文学史》(*The Oxford English Literary History*)中将休斯的这首诗与拉金的《这里》("Here")进行对比，他指出两位诗人都是描写赫尔附近的风景，拉金赞美此处的绿色田园，休斯却对自然的繁殖力感到恐惧，甚至发出mayday的紧急求救信号。[①][*]事实上，史蒂文森对两首诗的解读都有偏差：拉金对美好田园的态度是有所保留的，他在末句所写的"无法抵达"可能是指理想的田园并不存在；而休斯其实是对战争的负面暴力感到恐惧，他向自然发出求救信号，希望用自然的力量来消除战争的破坏。

《霍尔德内斯的求救信号》首先展现了自然的生死循环，这也就是自然的神圣法则：水面上漂浮着腐烂的落叶，下面却游动着成群的幼虫；北海吞噬亨伯河带来的废弃物，又在不断延伸和呼吸；当一些生物进行猎杀之时，另一些生物正在孕育和新生。人类原本也处于这样的循环

[①] Randall Stevenson, *1960-2000: The Last of England?* Vol. 12 of *the Oxford English Literary History*, Jonathan Bate, ed., Beijing: Foreign Language Teaching and Research Press, 2007, p. 192.

[*] 赫尔（Hull）位于霍尔德内斯平原（Holderness）的西南角，它是亨伯河（Humber）的入海口，拉金曾在赫尔大学担任图书馆员，《这里》一诗是写他从伦敦乘火车回到赫尔附近时的见闻。

第二章 休斯：想象自然

之中，"谈情说爱的情侣们正在小巷里欢笑"，他们的交往将会带来新生的婴儿。但是现代战争严重地破坏了自然的循环，夺走了无数年轻的生命："北海静默地躺着。它的下面／酝酿着战争：指向心跳、炸弹和刺刀。／'母亲，母亲！'被刺穿的头盔喊道。／加利波利的无烟火药慢慢流出。"[①] 理性价值观扭曲了人们之间的关系，导致了大规模的冲突和对抗，而理性的科学又制造出杀伤力更大的无烟火药，催生了毁灭性的现代战争。这里提到的加利波利战役是一战中最惨烈的战役之一，死亡总人数超过十万，休斯父亲所在的兰开夏郡燧发枪团第五团第一营在此役中几乎全军覆没，仅有包括休斯父亲在内的 17 人幸存。作为一战幸存老兵的孩子以及二战和冷战的近距离观察者，休斯深刻感受到战争对自然法则的巨大破坏，因此这首诗标题里的 Mayday 其实是一个双关语：它一方面是指英国传统的五朔节（may day）所代表的自然繁殖力，兰开夏郡燧发枪团登陆加利波利的时间恰好在五朔节前，这本该是用新生取代死亡的时节；它另一方面又是指人类在战争的困境中向自然母亲发出 Mayday 的求救信号，希望用自然的力量来消除战争的破坏。

[①] Ted Hughes, *Collected Poems*, Paul Keegan ed., New York: Farrar, Straus and Giroux, 2003, p. 61.

值得注意的是，休斯描写各种困境都用到眼睛的意象：著名诗人虚弱地眨着眼睛，禁欲的女秘书紧闭双眼，人们漫不经心地浏览报纸，"我"冷漠地注视着死猪。这些意象说明人们正在用错误的方式看待自然，也就是用理性建构自然的概念。休斯的另一首诗《书呆子》（"Egg-head"）是对这种建构的总结。固守理性的书呆子对自然充满恐惧，即使小小的树叶和蚂蚁也是可怕的他者。为了抵挡自然的侵袭，他的脑袋变成鸟蛋（egg-head 的另一重含义）："大脑灵巧地躲在不透明中 / 隔绝在半透明中，看似欢迎 / 实则将世界拒之门外；让世界说话 / 但是谨慎地睁大眼睛、充耳不闻。"[1] 不透明的蛋壳和半透明的蛋清比喻书呆子用理性封闭自我，"看似欢迎 / 实则将世界拒之门外"和"睁大眼睛、充耳不闻"的矛盾修辞法也说明他其实在排斥自然。

在这首诗的后半部分，"充满诡辩术的眼光"把书呆子孵化为狂妄的小鸟，他大声吹嘘"我存在"并试图对抗地球和太阳。"诡辩术"指向苏格拉底的思辨方法，"我存在"指向笛卡尔的著名论断"我思故我在"。休斯认为这两位哲学家将人类引向歧途，苏格拉底推动了古

---

[1] Ted Hughes, *Collected Poems*, Paul Keegan ed., New York: Farrar, Straus and Giroux, 2003, p. 34.

第二章　休斯：想象自然

希腊对理性的崇拜，笛卡尔的理性主义更是催生了现代人征服自然的野心。诗歌的结尾再次描写书呆子的眼睛，总结了理性所建构的自然概念：书呆子的目光是"视而不见"——自然成为被屏蔽的威胁，他的眼中泛出"跳蚤的血色"——自然又成为必须征服的对象。不过在广阔的自然面前，他的举动就像小小的跳蚤一样荒唐可笑。

理性对自然的压制引发了各种困境，而想要打破困境，人类必须重新用想象认识自然。从这个意义上看，休斯比拉金更进一步。拉金偏重描述困境，只在少数诗歌中寻找希望；而休斯具有改变社会的雄心，始终都在探索出路。休斯的各部自选集都将《思想之狐》("The Thought-Fox")置于开篇，这是在回应早先的狐狸之梦。狐狸之梦反映了诗歌的困境，理性的论文烧伤神圣的狐狸、损害内心的创造力；而《思想之狐》为诗歌指明方向，诗人用想象接纳林中的狐狸，由此激发自己的创造力。

> 像夜幕中的雪一样冰冷的
> 狐狸鼻子轻轻地触摸着嫩枝，树叶；
> 双眼缓缓移来，于是，
> 于是，于是，于是，

把工整的足迹印在树间的雪地，
一个躯体贸然穿过了
空旷的林地，它那跛脚的
影子小心翼翼地蹒跚于树墩边，

凹地中，一只眼睛，
一点扩散着加深着的墨绿，
耀眼地、专注地
操持它自己的生计，

直到突然携着一股热的刺鼻的狐气
钻入头部黑的洞里。
窗外依旧不见星星；钟声嘀嗒，
白纸印满字迹。（杨立信译）[①]

在 BBC 广播节目中，休斯曾以这首诗为例介绍诗歌创作的经验，他将写作诗歌类比为"捕捉动物"："重要的是想象你所要写的东西。看到它，感受它。不要像做

[①] Ted Hughes, *Collected Poems*, Paul Keegan ed., New York: Farrar, Straus and Giroux, 2003, p. 21.

第二章 休斯：想象自然

算术题那样费力地去想。只要观看、触摸、嗅闻、聆听，把你自己变成它。当你这样去做，词语就会像魔法一样自动出现。"[1] 休斯进行这样的类比，是因为他从小就经常接触动物，对动物非常熟悉，后来也写作了大量的动物诗。根据他的回忆，他幼年时的爱好是照着动物模型捏橡皮泥、对着动物照片画画，等到稍大一些，他就跟着哥哥去奔宁山（the pennines）打猎，帮着捡拾哥哥打到的喜鹊、兔子、黄鼠狼等猎物，有时他也独自去附近的运河边捞鱼。当他们家搬到南约克郡后，他又发现了新的农场、树林和湖泊，继续享受打猎的乐趣。休斯通过这些经历了解动物，后来才能用诗歌捕捉动物。就《思想之狐》而言，休斯熟知狐狸这种山林间常见的动物，甚至喂养过抓到的狐狸幼崽，因此他描写的狐狸如此真实。

更为重要的是，捕捉动物的类比突出了想象的作用，想象能将内在和外在的自然连接起来。《思想之狐》的叙述者是一位诗人，他通过想象与林中的狐狸建立联系：他在夜晚的房间独处，狐狸也在树林独行；他努力寻找灵感，狐狸也专注地寻找洞穴；狐狸钻入洞穴之时正是

---

[1] Ted Hughes, *Winter Pollen: Occasional Prose*, William Scammell ed., London: Faber and Faber, 1994, p. 13.

他写出诗歌之时；print 这个双关语既是指狐狸留下的脚印，也是指他写下的字迹。正如休斯介绍的创作经验，诗人要调动所有的感官展开想象。他从触觉上想象狐狸的鼻子"像夜幕中的雪一样冰冷"，从听觉上想象它的脚步声像重复的"于是"（now），从视觉上想象它的眼睛是"一点扩散着加深着的墨绿"，从嗅觉上想象它带来"热的刺鼻的狐气"。狐狸最后"钻入头部黑的洞里"，这意味着诗人用想象捕捉到狐狸，甚至与它融为一体。

值得注意的是，休斯写作《思想之狐》是对狐狸之梦的回应，也就是暗含对新批评的反对，但是这首诗将诗人和狐狸这两个有所冲突的意象融合起来，似乎又符合新批评的观点，因此这里有必要进行一些辨析。新批评理论的一个核心观点是，作家应该将相互矛盾的因素融合成富有内部张力的和谐整体，其代表人物 I.A. 瑞恰兹（I. A. Richards）曾经任教于剑桥大学英语系，他借用浪漫主义诗人柯勒律治对想象的定义来阐述新批评的观点：想象是神奇的合成能力，它将性质相反或互有冲突的事物调和起来。[1] 从这个方面来看，休斯通过想象将具有明显差异的诗人和狐狸融合起来，这似乎符合新批

---

[1] I. A. Richards, *Principles of Literary Criticism*. London: Routledge, 2001, p. 227.

第二章 休斯：想象自然

评的观点。但是我们还应当看到，新批评理论只关注文本内部的结构和意义，回避文本外部的价值判断，因此瑞恰兹并不是全盘接受浪漫主义的想象观，他明确指出自己借用的是柯勒律治的第二重想象，即对实在事物的想象，而不是柯勒律治的第一重想象，即对神圣本原的想象，因为后者属于对文本外部的价值判断。[1] 而在这个方面，休斯显然与瑞恰兹不同，他完全赞同柯勒律治的第一重想象，他用想象将诗人的内心和林间的狐狸融合起来，最终不是为了构成文本内部的张力，而是指向文本外部的更高意义，揭示人与自然共同遵循的神圣法则。从这个意义上看，《思想之狐》这首诗超越了新批评的范畴：诗人与狐狸看似毫不相关其实属于同一体系，都遵循着神圣法则，因此当诗人认识到自己与狐狸的深层联系时，"刺鼻的狐气"就会带来神圣的灵感，引领他走出创作的困境。

除了英国乡间常见的狐狸，曾在动物园工作的休斯还写到充满力量的美洲虎。《美洲虎》("The Jaguar")的开头描写了慵懒困倦的各种动物，这令人想起《著名诗人》中关在动物园栏杆后面的剑龙，可能是在暗示英

---

[1] I. A. Richards, *Principles of Literary Criticism*. London: Routledge, 2001, pp. 177–178.

国诗坛乃至整个社会的压抑状况。不过随后出现的美洲虎迸发出惊人的力量：

> 但是你像别人一样跑过这些动物，来到
> 一个笼子跟前，人群驻足凝视，如被催眠，
> 如孩童注视梦境，望着一只发怒的美洲虎
> 在牢笼的黑暗中带着钻头一般的目光疾行
>
> 怒火即将爆发。没有厌倦——
> 眼睛满足于在火中失明，
> 大脑中血液的撞击震聋耳朵——
> 他在栏杆里转圈，但是笼子对他而言并不存在
>
> 就像牢房对幻视者而言：
> 他的步伐是自由的荒野：
> 世界在他脚踵的推力下转动。
> 笼子的地面后退，地平线移来。①

美洲虎代表善于想象的诗人。"幻视者"（visionary）

---

① Ted Hughes, *Collected Poems*, Paul Keegan ed., New York: Farrar, Straus and Giroux, 2003, p. 20.

一词非常关键，它是指能看到神圣事物之人，休斯推崇的布莱克、柯勒律治和G.M.霍普金斯（G. M. Hopkins）等诗人都是著名的幻视者，能够看到常人所不能见的神明和天使等。美洲虎就像这些诗人：它一面处于失明和失聪的状态，摒弃了通常的理性价值观；它一面又具有幻视者的想象力，用"钻头一般的目光"穿透表象、发现自然的神圣性。在诗歌的结尾处，美洲虎踏上自由的荒野，它的脚步甚至能够转动世界，这再次突出想象的作用。在《思想之狐》中，诗人用想象摆脱了创作的困境；而在《美洲虎》中，诗人的想象不仅带来个人的自由，还将打破整个社会的困境。

《美洲虎》同时也代表了想象的对象——内在和外在的正面暴力，这首诗与布莱克的《老虎》（"The Tyger"）颇为相似，都有燃烧和敲击的意象，暗示猛兽出自神明之手。休斯自己就曾用《老虎》来解释正面暴力：老虎是布莱克神话体系中的罗斯（Los），即神圣的生命力，布莱克在法国大革命期间写下《老虎》，是将猛兽的生命力和欧洲人追求自由的力量联系起来。[1]休斯的美洲虎同样融合了内在和外在的力量。"如被催眠"和"如孩童注

---

[1] Ted Hughes, *Winter Pollen*, *Occasional Prose*, William Scammell ed., London: Faber and Faber, 1994, p. 264.

视梦境"涉及休斯熟知的精神分析学说,指向人们的潜意识。美洲虎既是想要挣脱牢笼的野兽,又是人们内心想要摆脱束缚的本能,两者都充满正面暴力。

  这首诗的形式也凸显了自然的力量。休斯反对死板的常规格律,赞赏霍普金斯的弹跳格律(sprung metre)。他在《神话、格律和节奏》("Myths, Metres, Rhythms")一文中指出,弹跳格律仅用重读音节的数量决定音步,而不考虑非重读音节的数量,这是对日常语言和民谣的模仿,传递出原始和朴素的力量。①《美洲虎》使用的正是弹跳格律,最典型的诗行是"The wórld rólls under the lóng thrúst of his héel"。此行共有五个重读音节,其中四个出现在相邻位置上,不符合重读音节和非重读音节交替出现的常规格律,而是富有激情的弹跳格律。这首诗还大量地使用了霍普金斯偏爱的斜韵,韵脚的元音不同而只有辅音相同,也显示出打破定势的力量。

  休斯用灵动的狐狸和威武的美洲虎来展现正面暴力,这是读者比较容易接受的,但是他还经常用到动物猎食的意象,这些意象看起来相当残忍,似乎称不上正面:正欲扑食的雄鹰宣称"我随心所欲地杀戮,因为这一切

---

① Ted Hughes, *Winter Pollen*, *Occasional Prose*, William Scammell ed., London: Faber and Faber, 1994, pp. 333–334.

第二章　休斯：想象自然

都属于我"；啄食虫子的画眉鸟具有"子弹一般、不由自主的意图"；吞食同类的狗鱼"拖着下坠的肚皮，露出天生的咧嘴笑容"。前面已经提到，休斯的这些意象引发了学者们的争论，有些学者甚至认为休斯是在鼓吹凶残的暴力，于是休斯专门分析了自己所写的《画眉鸟》("Thrushes")这首诗，详细地解释自己的写作意图。他的诗是这样描写画眉鸟的：

> 草地上那些羽毛光滑的画眉鸟专注得可怕
> 不像是活物，更像是盘绕的钢铁——镇定
> 而又致命的黑色眼睛，纤细的双腿
> 为感觉之外的萌动而触发——骤动，跳跃，刺穿
> 猛然突袭，叼出还在扭动的什么东西。
> 没有懒惰的拖延和打着呵欠愣神。
> 没有叹息和挠头。只有跳跃和刺穿
> 就在掠食的瞬间。
>
> 是否它们只能容纳单一思维的头颅，或是训练有素的
> 　身体，或是天赋，或是一窝顽劣的雏鸟，
> 　使它们的日子具有子弹一般、不由自主的

审视·想象·阐释——论拉金、休斯和希尼的自然主题

意图？……①

休斯在写作这首诗时设计了两个层面的意义。第一个层面是直接表现画眉鸟的正面暴力，也就是完全遵循神圣法则的巨大力量。画眉鸟捕食是出于生存的本能，或是为了喂养"一窝顽劣的雏鸟"，这显然是符合神圣法则的，而且休斯还特意用"为感觉之外的萌动而触发"和"不由自主的意图"来说明画眉鸟的行为完全受到神圣法则的触发和指挥。与此同时，画眉鸟捕食又包含巨大力量，这是因为它在捕食时具有"可怕的专注"，不受其他想法的干扰，将自身的全部力量都注入这一瞬间，凝聚成一种具有冲击性的正面暴力。在这首诗的后半部分，休斯还将画眉鸟的捕食和莫扎特作曲相提并论，莫扎特也是完全服从于神圣法则的指引，用专注的力量写出具有灵性的乐曲，这既是说明艺术创造力属于正面暴力，也是进一步突出画眉鸟捕食具有正面的意义。第二个层面是间接批判人类的负面暴力。休斯用"钢铁""触发"和"子弹"等有关枪支的词语来描写画眉鸟，并不是指向画眉鸟本身的想法，而是指向观看画眉鸟之人的

---

① Ted Hughes, *Collected Poems*, Paul Keegan ed., New York: Farrar, Straus and Giroux, 2003, p. 82.

第二章 休斯：想象自然

联想。画眉鸟并不知道武器和战争是什么，而观看画眉鸟之人由它的捕食行为联想到武器和战争，这是因为人类已经背离了神圣法则，这种背离使他们无法接受动物出于本能的捕食行为，也使他们制造出破坏神圣法则的武器和战争。从这个意义上说，休斯绝不是鼓吹凶残的暴力，而是在批判人类的负面暴力。

休斯的双重意图也体现在《鹰之栖息》("Hawk Roosting")和《狗鱼》("Pike")等其他有关动物捕食的诗里。从一方面看，雄鹰是由神圣法则创造出来的、它以永恒不变的方式分配死亡，狗鱼在鱼卵中就注定是杀手，这些动物毫无偏差地遵循本能，它们的力量是正面的。从另一方面看，雄鹰很容易让人联想起纳粹德国的雄鹰标志，狗鱼的同类相食也让人联想到人类的相互屠杀，这又是在间接地批评人类的负面暴力。通过这种双重书写，休斯是要引起人们的深刻反思：人们为何会排斥动物的本能，为何会制造出武器和战争，又要怎样才能走出这种困境？实际上，休斯也用自己的诗歌回答了这些问题：当人们用理性分析和征服自然时，自然就会显得苍白无力或狰狞扭曲，人们也会陷入包括战争在内的各种困境；而当人们转而用开放的想象认识自然时，自然就会展现出神圣的力量，人们也会由此找到出路。

休斯提倡从理性到想象的转变，但他也深知其中的艰难，正如《著名诗人》《七月四日》和《书呆子》等诗所写的，理性价值观在古希腊就已经形成，到近现代更是成为社会的主流思想。因此从理性到想象的转变不是一蹴而就的，休斯设想了一条漫长而崎岖的路径：人类将返回无意识的原初状态，在意识萌发的过程中重新认识自然，理性仍然会出现并造成破坏，但人类终将破除理性的束缚，用想象认识神圣的自然。

尽管休斯要在70年代的诗集中才会全面设计人类重新认识自然的路径，他在1967年出版的诗文集《林中野人》里也已经有所暗示。从结构上看，休斯将这部诗文集分为三个部分，前后两个部分都由诗歌组成，而中间部分包含广播剧本《创伤》(*The Wound*)和五个短篇小说。从内容上看，这三个部分也对应人们所处的三个不同阶段。第一部分的诗歌主要是表现人们无法理解暴力和死亡的反复出现，为此感到痛苦迷茫，比如《蓟》("Thistles")这首诗从每年长出的刺蓟联想到世代好战的维京人，《灭去》("Out")这首诗是通过休斯自己的经历来思考，父辈经历过惨痛的一战之后，子孙是否还将陷入战争。第二部分是表现人们思想上发生的转变，其核心是广播剧本《创伤》，写的是士兵里普

第二章 休斯：想象自然

利（Ripley）在战场上头部中枪，在濒临死亡的昏迷状态中梦见包括食人女魔和美好少女在内的一系列幻象，最终在美好少女的帮助下回到清醒的状态。根据休斯的自述，他在写作《创伤》时主要参考了佛教典籍《西藏度亡经》（*Bardo Thödol*）。《西藏度亡经》又称《中阴得度》，旨在引导处于中阴阶段（已经离世而尚未投生）的亡灵领悟佛法，从而获得更好的转生，甚至脱离轮回达成涅槃。休斯在美国期间曾经与华裔音乐家周文中合作，试图将此书改编成歌剧，尽管改编未能完成，休斯后来的写作多次涉及此书的内容。《创伤》对《西藏度亡经》的借鉴主要有两个方面：首先是对死亡的态度，西方理性文明对死亡是排斥的，基督教的永生之说也可以算是对死亡的一种逃避，而《西藏度亡经》将死亡视为领悟真理的契机，所以休斯写到里普利在接近死亡的状态下获得了一些领悟；更为重要的是对死亡的认识，西方理性主义认为死亡是对自我的摧毁，而《西藏度亡经》的主要启示是所有外界的幻象都是内心的投射，只有保持内心的静定才能获得真正的智慧，所以休斯通过食人女魔和美好少女的双重形象来说明，人们只有改变对死亡的看法，把它看成是神圣法则之下生死循环的一部分，才能消除对死亡的恐惧并顺应自然的循环。

诗文集《林中野人》的第三部分是表现人们在得到有关死亡的领悟之后，返回原初状态重新认识自然，其中最后两首诗《满月与小弗里达》("Full Moon and Little Frieda")和《林中野人》("Wodwo"，即这部诗集的标题诗）是最具代表性的。弗里达是休斯与普拉斯的长女，《满月与小弗里达》以父亲的视角记录了女儿初次说出"月亮"这个词语的情景：

一个凉爽的小黄昏收缩成一声狗叫与水桶的叮当——

以及倾听的你，
一张蜘蛛网，因露水的滴触而紧张。
一只吊桶悬着，静止而盈满的镜子，
引诱第一颗星颤抖。

母牛正沿着那边的小径回家，它们用温暖的呼吸圈饰着树篱。
一条暗黑的血河，许多大的鹅卵石，
平衡着身子不叫牛奶溢出。

第二章 休斯：想象自然

"月亮！"你突然叫出来，"月亮！月亮！"

月亮举步后退，像一个艺术家惊奇地凝视作品——
作品也惊奇地指着他。（陈黎、张芬龄译）[1]

这首诗将纯真的童话和性的暗示交织在一起，是借用西格蒙德·弗洛伊德（Sigmund Freud）的儿童性心理学说来表明，年幼的弗里达处于原初的心理状态。沾着露水的蜘蛛网、反射星光的吊桶、归家的母牛、艺术家般的月亮，这些都是童话和童谣中的常见意象。而休斯在这些意象中加入了明显的性暗示：露水和蜘蛛网之间的"滴触"和"紧张"（touch, tense），吊桶和星星之间的"引诱"和"颤抖"（tempt, tremble），还有成群的母牛汇成了一条"血河"和"牛奶"的河流，这些描写都指向弗洛伊德的儿童性心理学说。弗洛伊德将儿童性心理的发展分为五个阶段，其中最关键的是第三阶段性器期，儿童开始产生对性器官的兴趣，与此同时，儿童的自我也从本我中分离而形成，弗洛伊德认为这个阶段不

---

[1] Ted Hughes, *Collected Poems*, Paul Keegan ed., New York: Farrar, Straus and Giroux, 2003, pp. 182–183.

仅对个人的发展具有重要意义，也体现了人与动物的区别。① 在这首诗里，休斯使用具有性暗示的语言，其实不是要分析儿童性心理，而是为了说明弗里达正处于自我意识萌发的阶段，她惊奇地指着月亮并初次说出"月亮"这个单词，这意味着她开始将自我和月亮区分开来，并用语言描述月亮这个客体。纯真的弗里达用原初的想象看待自然，因此她和月亮之间有着良好的互动，月亮是将她创造出来的艺术家，她也用好奇的眼光打量月亮。

《林中野人》这首诗的主人公也在原初的状态下认识自然。wodwo 是休斯根据中古英语词 wodwoses（woodmen，林中野人）仿造的单数形式，原词出自中世纪著名的浪漫传奇《高文爵士与绿衣骑士》，高文爵士在寻找绿衣骑士时遇到包括林中野人在内的野蛮物种并与之搏斗。《高文爵士和绿衣骑士》其实可以被解读为理性和自然的交锋，奉行骑士精神的高文爵士代表着理性，而砍头不死的绿衣骑士代表着自然，高文爵士虽然号称勇敢诚实，但是与绿衣骑士进行生死决斗时，却因为害怕死亡而躲避和撒谎，这意味着理性并不能完全压制自

---

① 弗洛伊德对性器期的论述比较分散，包括《自传式研究》（*An Autobiographical Study*）第三章，《精神分析新论》（*New Introductory Lectures on Psychoanalysis*）第五章和《精神分析纲要》（*An Outline of Psychoanalysis*）第七章等，这里参考了这些论述。

第二章　休斯：想象自然

然，尤其是对死亡的恐惧，这与休斯的观点颇为相似。为了进一步说明人们需要摆脱理性重新认识自然，休斯特意选择林中野人作为自己诗歌的主角，这是刚从动物进化为人类、刚萌发出自我意识的原始人，与前一首诗里的小女孩弗里达类似。林中野人的位置和提问都反映出临界的状态：他从河流的边缘进入水中，悬空在河面和河床之间；他提出"我是什么"和"我应该叫什么"等问题，说明他觉察到自我的存在但还不确定自我的性质。初具意识的林中野人不仅追问"我是什么"，他对自然也充满好奇：

>……为什么我
>觉得这只青蛙这么有趣，当我检视它最隐秘的
>内部并把它变成我的？这些水草
>认识我吗互相说起我的名字吗他们
>曾经见过我吗，我属于他们的世界吗？我似乎
>与土地分离没有扎根而是偶然
>从空无之中掉落出来没有什么线
>把我系在某处我能去任何地方
>我似乎可以在这里随意
>行动那我是什么呢？

> ……如果我坐着不动所有的东西会
> 怎样停下来看我呢我想我是正中心
> 但还有这一切它是什么呢树根
> 树根树根树根这里是水
> 还是非常怪异但我将继续寻找①

林中野人用原初的想象看待自然，他对自然的认识是开放性的。他饶有兴趣地观察青蛙，而不是只将它当作食物，他把水草视为可以交流的对象，最为重要的是，他还在努力探索自己与土地和其他自然物之间的关系。"我似乎／与土地分离没有扎根"以及"我想我是正中心"等诗句似乎意味着林中野人会落入理性主义的陷阱，但是结合上下文来看，大量的疑问句式以及"似乎"（seem）和"想"（suppose）等表示推测的词语说明，林中野人仍在探究之中，尚未形成固定的观念。"正中心"只是他的某个不确定的猜想，而且就在他提出这个猜想之时，他又发现自己并不处在控制者的位置——"但还有这一切它是什么呢"。接下来重复的"树根"（roots）既是指林中野人身处茂密的树林，也与之前的

---

① Ted Hughes, *Collected Poems*, Paul Keegan ed., New York: Farrar, Straus and Giroux, 2003, p. 183.

not rooted 形成鲜明的对比，预示着林中野人有可能认识到自己来源于自然并与自然紧密相连。所以从整首诗来看，休斯是希望人们返回原始状态重新认识自然，尽管仍有可能受到理性的干扰，但是终有希望与自然建立更加和谐的关系。

休斯描写原初状态下对自然的认识，因此他使用的语言和形式也具有原始感。《满月与小弗里达》营造出童话的氛围，既有"凉爽的小黄昏"（a cool small evening）和"第一颗星"（a first star）等稚嫩的语言，又有奇幻的比喻和拟人，仿佛将读者带回童年、重新认识神奇的自然。《林中野人》更是将读者带回整个人类的童年时代。这首诗的词汇大部分来自盎格鲁－撒克逊英语，句式也极其简单，这是在模仿《高文爵士与绿衣骑士》的古旧感，也暗示林中野人只初步具备语言的能力。全诗没有划分诗节，没有格律和韵式，甚至省略了大部分标点，也促使读者在原始的状态下思考"我是什么"和"它是什么"的问题。

从书呆子大喊"我存在"并企图征服自然，到林中野人追问"我是什么"并尝试理解自然，休斯的早期诗歌描写了人们用理性对抗自然所造成的困境，以及用想象重新认识自然的可能性。在20世纪70年代的中期诗集里，他将通过神话的形式更加充分地探讨这种可能性，正如《林中野人》的结尾所说："我将继续寻找。"

第二节　女神的救赎

写于1976年的《神话与教育》（"Myth and Education"）是休斯最重要的文章之一。[*]他在此文中写道，人类应当用想象认识自然，而神话恰是想象的最佳载体：

> 柏拉图提议将神话和传奇作为教育青年公民的材料，它们广泛地记录了内心世界的力量与外在世界的艰难境遇之间的协调，普通的男人和女人们必须在这样的艰难境遇下生活。神话和传奇是宏大的，它们同时又细致地勾勒出理解和协调两个世界的可能性。换句话说，它们是档案馆，存放着有关我们所探讨的这种想象的设计草图。
>
> 从这个意义上看，神话和传奇是准确和有用的，因为它们最初是基于真实理解的真实投射。它们是最具灵感和最真实的种族梦境。它们真实地记

---

[*] 休斯有两篇题为《神话与教育》（"Myth and Education"）的文章，分别写于1971年和1976年，第二篇集中体现了休斯的主要观点，收录于散文集《冬日花粉》中。

第二章　休斯：想象自然

录了两个世界碰撞时的内心状况。这种真实性被反复证明，后来每个时代都有善于想象之人，他们都从神话和传奇的基本模式和意象中获得帮助。①

从休斯的阐述可以看出，神话能够储存和传递想象。原始的人类用想象来理解内在和外在的自然，并将想象的经验记录于神话之中，后来者可以从神话中提取经验，在此基础上展开自己的想象。休斯正是这样的后来者，他向古典神话学习想象的方式，从而更好地认识自然。他的早期诗歌就已经广泛使用了神话和宗教的因素，比如《牧神节》的诗集名指向罗马神话中的母狼卢帕（Lupa），《鹰之栖息》一诗指向埃及神话中的鹰首男神何露斯（Horus），《公牛摩西》《神学》和《歌革》等诗指向基督教，广播剧本《创伤》指向藏传佛教，《林中野人》一诗则指向中世纪的亚瑟王传奇。

休斯不仅推崇神话，他还注意到神话之间的共性："神话收集者最开始都会惊讶，世界各地的神话竟然出奇地相似，它们就像人的手纹一样近似。"② 因此他的中期

---

① Ted Hughes, *Winter Pollen*, *Occasional Prose*, William Scammell ed., London: Faber and Faber, 1994, p. 151.

② Ted Hughes, *Winter Pollen*, *Occasional Prose*, William Scammell ed., London: Faber and Faber, 1994, p. 152.

诗歌不再分散地使用神话因素，而是寻找神话的共同模式，在此基础上自己创作新的神话。在休斯之前已有不少学者对神话的共同模式进行研究，包括C.G.荣格（C. G. Jung）的《集体无意识的原型》(The Archetypes of Collective Unconscious)、罗伯特·格雷夫斯（Robert Graves）的《白色女神：诗性神话的历史语法》(The White Goddess: A Historical Grammar of Poetic Myth)和保罗·罗丁（Paul Rodin）的《恶作剧者：美国印地安神话的研究》(The Trickster: A Study in American Indian Mythology)。* 休斯熟读这些有关神话的著作，借鉴各种神话的共同要素创作出新的神话故事，《乌鸦》《喜乐》和《洞穴鸟》等诗集是他产出的成果。**

《乌鸦》的整部诗集和《洞穴鸟》的部分诗歌组成了一个以乌鸦为主人公的神话。由于神话遵循想象而非理性，这两部诗集都没有明显的逻辑顺序，不少读者和评论家都感到困惑。休斯为此进行了多次说明，后来他的朋友兼评论家塞格尔（Keith Sagar）将这些说明整理成

---

* 恶作剧者（the trickster）是指神话里生命力和性欲旺盛的角色，他经常制造恶作剧。

** 除这三部诗集以外，休斯还写作了《悬崖上的普罗米修斯》(Prometheus on His Crag) 和《亚当与九只圣鸟》(Adam and the Sacred Nine) 这两部篇幅较短的诗集。

第二章 休斯：想象自然

乌鸦神话的主线。[1]上帝在梦中听到神秘的"声音"（the voice），这个声音嘲讽上帝造出的人类是消极苦闷的，愤怒的上帝向"声音"发出挑战，要求后者进行新的创造。"声音"从黑影中造出充满活力的乌鸦，上帝感到好奇并试图用自己的方法教导乌鸦，乌鸦却制造了许多恶作剧。最后乌鸦准备到河对岸寻找自己的新娘，有位老巫婆要求骑在他肩上一起过河，当他们来到河中央时老巫婆提出多个谜题，乌鸦在反复失败后终于找到正确的答案，老巫婆也变身为纯洁的新娘。

从上述主线可以看出，乌鸦神话探讨的是人类如何重新认识自然，其中包含三个元素。第一个元素是自然女神，她是嘲讽上帝并创造乌鸦的"声音"，既像老巫婆那样令人畏惧，又像新娘那样使人向往。这样的女神与格雷夫斯和荣格的理论有关。格雷夫斯在《白色女神》中总结了从旧石器时代流传下来的女神崇拜，这位女神具有母亲、新娘和送葬者（对应着丰饶、纯洁和死亡）的三重身份，人类可以在月相和季节的变换中看到她的身影。[2]荣格也在《集体无意识的原型》中写到以女神形

---

[1] Keith Sagar, *The Laughter of Foxes: A Study of Ted Hughes*, Liverpool: Liverpool University Press, 2000, pp. 170–180.

[2] Robert Graves, *The White Goddess: A Historical Grammar of Poetic Myth*, New York: Farrar, Straus and Giroux, 2013, pp. 24–25.

象出现的"阿尼玛"原型（the Anima），她是生活本身的原型，像生活一样复杂多变，有时是骑在人们头上吸食生命的女妖，有时是让儿子依恋或逃离的母亲，有时又具有隐秘的智慧。[1]休斯的自然女神与"白色女神"和"阿尼玛"相似，她是创造并驱动自然界和人类的神圣法则，贯穿于内心和外在的世界，在生命和死亡之间维持平衡。

需要指出的是，自然—女性的类比在不同的语境里有完全不同的含义：西方传统的价值观以人类中心主义和男性中心主义为特征，将自然和女性同时驱逐至被忽视的边缘；而新兴的生态女性主义认为自然和女性具有天然的关联，两者所受的压迫进一步加强了这种关联，女性应该揭示两者所受的压迫并争取两者的权利。[2]休斯具有生态女性主义的倾向，他认为20世纪50年代以来原始神话的复兴推动了自然和女性地位的同步上升：随着现代社会逐渐向旧石器时代回归，"有关野生动物和自然史的书籍和电视节目几乎已经形成一股风潮……同时

---

[1] C. G. Jung, *The Archetypes and the Collective Unconscious*, Vol. 9 Part 1 of *the Collected Works of C. G. Jung*, trans. R. F. C. Hull, Gerhard Adler ed., Princeton: Princeton University Press, 1980, pp. 25-30.

[2] Greta Gaard, "Living Interconnections with Animals and Nature", in Greta Gaard ed., *Ecofeminism: Women, Animals, Nature*, Philadelphia: Temple University Press, 1993, pp. 4-6.

第二章　休斯：想象自然

以一种奇特的方式恢复了自然界的首要代表——女性的神圣地位"[1]。休斯所写的自然女神充满了不受约束、令人敬畏的力量，这是对自然和女性的双重赞美。

第二个元素是理性的上帝，他与自然女神相对立。休斯将人类的历史视为自然和理性的冲突史，其间有两个关键的转折。首个转折发生在古希腊，苏格拉底和他的弟子们用理性驱逐了代表自然的奥林匹亚山诸神，为基督教奠定基础。在诗集《牧神节》的《完美形式》("The Perfect Forms")一诗中，休斯就曾批评苏格拉底并指出他的思想与基督教的关联，他将苏格拉底形容为"不断摇晃尾巴/愚蠢的驴子/驮着基督"。另一个转折发生在17—18世纪的理性时代。中世纪的天主教还没有完全背弃自然女神，圣母玛丽亚与自然女神仍有关联；而宗教改革用绝对的理性践踏自然女神，彻底走向歧途。休斯在《莎士比亚与完满存在的女神》和多篇文章中都写到这个转折，在乌鸦的神话里，上帝用理性创造的人类也毫无生活的热情，甚至请求上帝收回他们的生命。

休斯对基督教的看法与深层生态学（deep ecology）相似。深层生态学与所谓的"浅层生态学"相对，不是"肤

---

[1] Ted Hughes, *Winter Pollen: Occasional Prose*, William Scammell ed., London: Faber and Faber, 1994, p. 267.

浅地"为了人类的利益保护自然,而是承认自然本身的内在价值,以尊重自然的方式来保护自然。有些深层生态学者专门批评《圣经旧约·创世纪》里上帝安排人类统治地球和其他物种的观点,提倡借鉴佛教、道教和萨满教等东方宗教和原始宗教的自然崇拜,由此认识自然本身的神圣性。休斯也批判基督教把自然当成"上帝给予人类独享和谋利的一堆原材料"、把其他生物当成"由人类独享和谋利的、本身没有灵魂的尘土之物"。[1] 他广泛地研究原始的神话和宗教,正是要寻找自然内在的神圣性,唤起人们对自然的尊重和爱护。

第三个元素是顽强的乌鸦,他不同于上帝创造的理性之人,代表着充满本能力量之人。1967年休斯开始为好友伦纳德·巴斯金(Leonard Baskin)的版画配诗,这些版画中凶猛而滑稽的乌鸦令他联想到人类学家罗丁搜集整理的印第安神话。乌鸦在印第安神话里经常以恶作剧者(the trickster)的形象出现,具有超强的生命力和性能力,他的行为不受任何规范的约束,造成巨大的破坏又体现出神秘的智慧。心理分析学家荣格专门对罗丁的研究进行评论,他认为恶作剧者相当于集体无意识

---

[1] Ted Hughes, *Winter Pollen*, *Occasional Prose*, William Scammell ed., London: Faber and Faber, 1994, p. 128.

第二章 休斯：想象自然

的阴影原型（the shadow），是人类心理深处接近于动物的原始本能。[①] 受到巴斯金画作和印第安神话的启发，休斯用乌鸦来象征具有充沛本能之人，乌鸦一度受到理性上帝的误导，但是最终摆脱了错误的理性，认出并接纳自己的创造者——自然女神。

诗集《乌鸦》讲述了整个神话的前半部分，从乌鸦的降生直到他开始认出自己的创造者。其中第二首诗《谱系》（"Lineage"）颇为关键，交代了乌鸦的来历，也集中体现了整部诗集的风格：

太初有尖叫

然后生鲜血

然后生眼睛

然后生恐惧

然后生翅膀

然后生骨骼

然后生花岗岩

然后生紫罗兰

然后生吉他

[①] C. G. Jung, "On the Psychology of the Trickster Figure", in Paul Rodin, *The Trickster: A Study in American Indian Mythology*, New York: Philosophical Library, 1956, pp. 202–204.

> 然后生冷汗
>
> 然后生亚当
>
> 然后生玛丽亚
>
> 然后生上帝
>
> 然后生空无
>
> 然后生永不
>
> 永不永不永不
>
> 然后生乌鸦……①

休斯用戏仿的手法介绍了乌鸦的来历。《圣经新约·约翰福音》的首句是"太初有言",其中"言"对应希腊文里的"Logos",表示神圣的理性和语言。休斯却写道"太初有尖叫",动物的尖叫(scream)是自然女神的神秘声音,这说明自然先于理性和语言,是世界的真正本原。另外《马太福音》清楚地记录了从亚伯拉罕到大卫再到耶稣基督的家谱,而乌鸦的谱系是模糊不清的,读者只能大致辨认出乌鸦的来历:自然最初孕育了人类,人类却畏惧自然并造出理性的上帝来压制自然,于是自

---

① Ted Hughes, *Collected Poems*, Paul Keegan ed., New York: Farrar, Straus and Giroux, 2003, p. 218.

第二章　休斯：想象自然

然重新孕育出乌鸦，"无毛的双肘"暗示乌鸦其实也是人类，他处于"尖叫着寻找鲜血"的本能状态。休斯没有明确描述乌鸦的身世，还插入"花岗岩""紫罗兰"和"吉他"等含义模糊的意象，鼓励读者展开想象，这与反理性的主题相呼应，也预示整部诗集没有严格的逻辑，留出了想象的空间。

从风格上看，《谱系》这首诗几乎没有修辞和技巧，只有最基本的词汇和句式，这与休斯此前的诗歌有明显区别。休斯一直在追求贴近自然的语言，他原来用霍普金斯式的弹跳格律和浓重辅音来实现这个目标，但现在他认为语言还可以进一步简化甚至接近于动物的声音。这样的改变起源于休斯在20世纪60年代末的经历：一方面他阅读了瓦斯科·波帕（Vasko Popa）等东欧诗人的作品，这些诗人面对战争的创伤无法再使用任何修辞，只能用最原始的语言寻找生存空间；另一方面他与英国皇家国立剧院的导演彼得·布鲁克（Peter Brook）合作时还创造出一种模仿动物声音的原始语言，他认为这种语言能够触及世界的本质。[1]《谱系》这首诗充分体现了休斯的新风格，简短的词句暗示着诗人在困境中艰难地

---

[1] Ted Hughes, *Winter Pollen*, *Occasional Prose*, William Scammell ed., London: Faber and Faber, 1994, pp. 124–127, 222–224.

发声，"鲜血""蛆虫"和"污秽"等词语最直接地指向原始的本能，重复的"然后生"（who begat）也似乎在模仿乌鸦的叫声，带来神秘的启示。

接下来的《传奇两则》（"Two Legends"）和《子宫口的考试》（"Examination at the Womb Door"）这两首诗也描写了原初的乌鸦，分别突出了他的无意识状态和本能力量。在《传奇两则》这首诗里，乌鸦被比作黑色自然界孵出的黑色彩虹，这是戏仿上帝与诺亚订立的彩虹之约，说明乌鸦来自无意识的自然界，不过乌鸦同时又在努力钻出黑暗，这预示着乌鸦将从自然界中分离出来并产生意识。《子宫口的考试》则写到乌鸦的生存本能。即将出生的乌鸦正在接受考试，其中最关键的考题是"谁比死亡更强大"，乌鸦自信地回答"显然是我"于是得以降生。这说明乌鸦不同于理性而悲观的现代人，他用生存本能勇敢地面对死亡。

乌鸦逐渐产生意识并开始认识自然，但是他像是印第安神话里的恶作剧者，必须在一系列荒唐可笑甚至严重错误的尝试之后才能找到自然女神。《黑色野兽》（"The Black Beast"）这首诗记录了一次失败的尝试。乌鸦隐约意识到"黑色野兽"的存在，他在每个角落寻找这头野兽，甚至"将青蛙钉死在显微镜下，费力地打量

第二章 休斯：想象自然

狗鲨的大脑"，然而这种科学和理性的观察方式是无济于事的，他没有认识到黑色野兽是潜藏于万物之中的自然女神。《乌鸦的堕落》("Crow's Fall")记录了理性导致的另一次失败，这首诗的开头写道，"当乌鸦是白色时，他断定太阳过于白了。/他断定太阳的光芒过于白了。/他决定攻击并征服它"。乌鸦的白色与原本的黑色相对，说明乌鸦已经具有意识，但他的意识在理性的误导之下走向诗题所说的"堕落"。乌鸦将太阳当成假想敌并用理性的语言来操控事实——尽管他被太阳烧得焦黑，他却声称"在白色就是黑色、黑色就是白色的地方，我胜利了"。

当乌鸦用理性认识自然时，自然不仅是隐藏的野兽和敌对的太阳，还是令人厌恶的母亲。在《乌鸦和妈妈》("Crow and Mama")这首诗里，乌鸦想坐汽车和飞机逃离妈妈但是没有成功，他最后乘火箭飞往月球，着陆后却发现妈妈还压在自己的身上。各种交通工具影射了科技的发展，人类的科技看似超越了自然，其实仍然受到自然的约束。在《复仇寓言》("Revenge Fable")这首诗里，母子间的冲突更为激烈。儿子为了摆脱母亲使出各种手段，用"数字、等式和定律"攻击母亲，用"调查、控告和处罚"伤害母亲。数学和法律都代表理性，

153

人们用理性破坏自然却没有认识到自己完全依赖于自然，这首诗的结尾揭示了可怕的后果：当自然母亲像大树那样死亡之时，儿子的脑袋也像树叶那样掉落下来。

乌鸦的尝试并不总是错误的，就像印第安神话里的恶作剧者，他可能会做出看似可笑实则正确的行为，在《乌鸦的第一课》("Crow's First Lesson")这首诗里，乌鸦制造的恶作剧就具有积极意义。上帝试图教乌鸦说"爱"这个词语，但乌鸦的嘴巴怎么也发不出声音，同时旁边的白鲨潜入海底觅食、蚊蝇开始吸血。上帝并没有放弃教导：

> "最后再试一次，"上帝说道，"来，爱——"
> 乌鸦抽搐、张嘴、干呕，然后
> 男人没有身体的头颅
> 滚到地上，眼睛在打转，
> 还有叽里咕噜的抗议——
>
> 然后乌鸦再次干呕，在上帝阻止他之前。
> 然后女人的外阴掉在男人的脖子上，不断收紧。
> 两人在草地上一起挣扎。
> 上帝奋力把他们分开，他咒骂、哭泣——

第二章 休斯：想象自然

乌鸦愧疚地飞走了。[1]

上帝和乌鸦看似是师生其实是对手。上帝代表着理性，他企图用语言控制自然。在理性的视野中，白鲨猎食是恐怖的，蚊蝇吸血是可恶的，男女性交是粗俗不堪的，因此上帝用"爱"这个抽象的词语来掩饰和美化这些行为，让动物显得温顺、使人类变得文雅。然而乌鸦用本能反抗上帝的理性，他不会说话甚至对语言感到恶心。他眼中的爱不是抽象的单词，白鲨和蚊蝇对食物的热爱是出于生存本能，男女之间的情爱是出于性本能，乌鸦看到的爱是无法压制和值得尊重的本能。

历经磨难之后乌鸦终于摆脱理性的误导，开始接受自然女神，尤其是她所包含的死亡。诗集最后的《小血儿》（"Littleblood"）描写了谦卑而坚强的乌鸦。休斯不再用"乌鸦"（crow）的称呼，而是造出"小血儿"（littleblood）这个新名字，前者的刺耳发音对应着《子宫口的考试》里蔑视死亡、横冲直撞的乌鸦，后者的词义和轻柔发音对应着尊重死亡、更加成熟的乌鸦。自然

---

[1] Ted Hughes, *Collected Poems*, Paul Keegan ed., New York: Farrar, Straus and Giroux, 2003, p. 211.

女神现在以老巫婆的形象出现，她折磨乌鸦甚至令他失去骨头和皮肤，而乌鸦"吸吮死亡那霉烂的乳头"，从中获得深刻的智慧。希尼在评论这首诗的时候指出，它很可能与普拉斯有关，休斯在痛苦中逐渐接受妻子死亡的事实。[①] 不过从整部诗集的探索过程来看，休斯还有更宽阔的视野，他认识到死亡是自然的重要组成部分：死亡的存在令人们感到痛苦，但又促使人们清楚地看到自然的规律，人们不应执着于自我而是要勇敢地接受包括死亡在内的整个自然。

与大多数神话一样，乌鸦从磨难中得到领悟，将从下降之路转向上升之路。诗集《乌鸦》并未完成整个神话，"小血儿"还处在低谷处的转折点，诗集《洞穴鸟》将写到后续的上升。不过在续写乌鸦的神话之前，休斯还发表了另一部诗集《喜乐》(*Gaudete*)。题目的这个拉丁语词是指基督徒的喜悦之情，天主教和圣公会在12月中旬都有"喜乐主日"（Gaudete Sunday），表达对基督降生和复活的期待。诗集《喜乐》也讲述了一个带有宗教色彩的神话，主人公是圣公会牧师拉姆（Reverend Lumb）和他的木头替身。拉姆牧师来到英格兰北部的小

---

① ［爱］希尼：《希尼三十年文选》，黄灿然译，浙江文艺出版社2018年版，第541页。

第二章 休斯：想象自然

镇，他看到堆积的尸体和一位具有半人半兽形象的受伤女子，正当他为女子查看伤势之时，精灵们将他带往另一个世界。随后精灵们用树木制造出拉姆的替身，这个替身来到英格兰南部的村庄与女人们肆意交媾，想要生出拯救人类的弥赛亚。最终木头替身被愤怒的男人们杀死，而拉姆牧师在爱尔兰的西部重新出现，吟唱出赞美自然女神的诗篇。

诗集《喜乐》和《乌鸦》的内容具有相似性，都描述了人类认识自然女神的过程，但是休斯的语言风格发生了极大的变化，从复古精练的语言转向类似于散文的大段描写。这样的变化引起了一些反对的声音，美国诗人罗伯特·平斯基（Robert Pinsky）在认为《喜乐》是缺乏诗意的失败之作，美国评论家朱利安·莫伊纳汉（Julian Moyhahan）也认为这部诗集远不如《乌鸦》精彩，"相当松散，几乎是不知所云"[1]。而休斯在写给友人的信中专门解释了自己语言上的变化：

> 我写作（这些诗歌）是试着更加直接、灵活和简单地表现事物，而深思熟虑和更具"文学性"的

---

[1] Robert Pinsky, "Review of *Gaudete*", *The New York Times Book Review*, December 25, 1977, p. 5.

形式不能达到这样的效果。每首诗都从特定的冲动中跳出来，然后以即兴的方式逐渐成形——这种组织语言的方式就像你在争吵中想说服别人，或者你解释自己为何做了令人费解的事情，或者你恳求别人去做某件事情。①

我们可以看到，休斯的目标是用"自然的语言"来表现自然的主题，那么《乌鸦》和《喜乐》其实是从两个不同的方向接近这个目标：前者使用了类似于动物叫声的简单语言，从而回归原始的自然状态；后者使用了类似于日常生活的即兴语言，从而达到不受限制的自然状态。因此平斯基所说的缺乏艺术的诗意，莫伊纳汉所说的过于松散，恰是休斯追求的贴近自然的语言。

诗集《喜乐》首先展现了理性的困境，然后用肉体和精神两种方式来打破困境。它的序幕部分（prologue）用直白甚至夸张的方式描写了悲惨的困境：

天空暗下来。
焦黑的烟囱如锯齿般刺向黄紫色。

---

① Ted Hughes, *Letters of Ted Hughes*, Christopher Reid ed., London: Faber and Faber, 2007, p. 635.

第二章 休斯：想象自然

寂静随着时间的推移越发可怕
就像沙漠里的黄昏。

……层叠、交错、扭曲、被遗弃，
这些尸体凝望着变紫的天空
或是黑色的围墙，或是相互注视
就像躺在万人坑底。①

成排的烟囱污染了天空和大地，杀死了鸣叫的鸟儿和昆虫，这是人类对自然的破坏。整个小镇变成巨大的坟墓，这又说明人类其实属于自然，对自然的破坏将导致人类自身的毁灭。接下来出场的自然女神再次证明这一点：这位女神身披狼皮，有着半人半兽的脸庞，意味着人与自然紧密相关；受伤的女神置身于衰败的小镇，也体现了人与自然命运相连。那么究竟是什么造成小镇的悲剧？休斯给出的答案仍然是"理性"。焦黑的烟囱和黄紫色的浓烟代表着工业的理性，它直接造成环境的污染。圣公会则代表着宗教的理性，它压抑人类的本能，

---

① Ted Hughes, *Gaudete*, London: Faber & Faber, 1977, pp. 11-12. 保罗·基根（Paul Keegan）编辑的《休斯诗集》(*The Collected Poems*) 只收录了《喜乐》的尾声部分，本论文对这部诗集的引用出自1977年费伯出版社的单行本。

使人类背弃自然。值得注意的是，这两种理性是交织在一起的，圣公会牧师的名字拉姆（Lumb）在英格兰北部的方言中就有"烟囱"的意思。

《喜乐》的主体部分在英格兰南部的村庄展开，这里也随处可见理性对自然的压制。成天举着望远镜的哈根少校（Major Hagen）和埃斯特里奇中校（Commander Estridge）显然是理性的代表，前者喜爱打猎，用猎获的老虎头骨来做镇纸，参与公牛精液的交易，后者爱好收集武器，还将各种鸟儿锁在笼中。然而木头替身的到来打破了理性的困境，他首次出场便是与哈根少校的妻子交合，这是用性本能来对抗理性的压制：

> 柳树都在震动，它们盘绕和舒展，银白色，就像天鹅振翅欲飞。流苏般的长叶片在日式小桥上不断拂过。在桥上，两个身影补全了风景画家的构图。

> 拉姆牧师那灰黄色的长脑袋
> 像上过油的胡桃木一般发暗
> 靠在上校的妻子
> 保利娜·哈根的肩头，
> 她三十五岁的身体随着子宫的震颤而放纵

第二章 休斯：想象自然

温暖着她宽大时尚的外套下面的
他那双令人感到安宁的手。①

平斯基和莫伊纳汉在诗评中都指责《喜乐》的性描写过于直白，从上面这个场景可以看出，休斯并非渲染色情，而是用肉体的本能来摆脱理性、亲近自然。拉姆的替身是由树木制成的，他与理性的哈根少校形成对比，用充沛的性本能来安抚久受压抑的哈根夫人。木头替身与哈根夫人在野外交合，他们的身影既像是摇摆的柳树，又像是振翅的天鹅，这也说明人类的性本能是贴近自然的。休斯后来还多次将性行为与土地联系在一起，在木头替身的注视下，赤裸的哈根夫人"把自己的脸按到泥土里，按到潮湿的霉菌里／径直向下尖叫，深入土石的黑暗处"，木头替身和戴维斯夫人（Mr. Davis）也在"袋装的爱尔兰泥炭上"交合。这些细节都意味着肉体的本能在冲击理性的压制。

然而人类仅凭本能还无法找到出路，人类与自然界的其他生物不同，不是完全遵从本能，还要从精神层面认识自然。因此主体部分的木头替身只是破除理性的压制，并没有完成拯救的任务，尾声部分（epilogue）的

---

① Ted Hughes, *Gaudete*, London: Faber & Faber, 1977, p. 25.

拉姆牧师才能实现这一目标，诗中并没有描述他被精灵们带走后经历了什么，但是他再度出现时显然已经从一位圣公会牧师转变为自然女神的追随者。拉姆牧师在爱尔兰的西部重新出现，具有特别的意义，这个地区至今保留了自然的原貌和古老的凯尔特文化。他吟唱的赞美诗也包含对自然的真知：

> 我挪动身体，就像被遗弃的胎儿，
> 已经头发花白，
> 在明亮的粒子的吹拂中。
>
> 火热的云中伸出一只手
> 把大拇指给我吸吮。
>
> 将我举到乳房前
> 这乳房从母狮子的额头长出。①

"头发花白"隐含着思想成熟之意，是指拉姆牧师从工业小镇的悲剧和木头替身的闹剧中获得有关自然的智慧，他像是"被遗弃的胎儿"找到真正的母亲——自然

---

① Ted Hughes, *Gaudete*, London: Faber & Faber, 1977, p. 188.

女神。这里的自然女神以母狮子的形象出现,很可能是古埃及的狮首女身塞赫迈特(Sekhmet),她既是战争之神又是治愈之神,用丰沛的乳汁哺育人类。在拉姆牧师的赞美诗中,自然女神还有许多不同的形象,她有时是吞噬地球的可怕地狱,有时是需要保护的美貌女子,有时又是拯救人类的弥赛亚。这些形象与格雷夫斯的"白色女神"和荣格的"阿尼玛"原型相呼应,再次说明自然的复杂性和变化性,人类不应用理性来排斥和限定自然的意义,而是要用开放的想象接受自然的一切。

在写作诗集《喜乐》的同时,休斯还与画家巴斯金进行联合创作。他们的创作分为三个阶段,第一阶段的主线是小公鸡(cockerel)因为伤害雌鸟而被审判和处死,第二阶段的主线是乌鸦被处死之后重生为猎鹰(falcon),第三阶段不再使用鸟类的象征,而是用人类的形象重述前两个阶段的故事。最后完成的诗集(或称诗画集)《洞穴鸟》将这三个阶段的作品混合起来,形成连贯的整体。休斯还为诗集设计了副标题"苏格拉底之死以及他在埃及的重生",后来他觉得过于直白而弃之不用,我们却可以从中看到整部诗集的主题。* 小公鸡、乌

---

* 根据休斯的解释,苏格拉底用理性谋害地中海女神(原始的自然女神),因此被审判和处死,他的灵魂在历经磨难之后接纳了女神,最终以埃及女神伊西斯(Isis)之子、鹰兽男神何露斯(Horus)的形象重生(*LH* 491–492)。

鸦和苏格拉底属于同一个神话：人类用理性践踏自然女神，受到致命的报复，人类由此认识到理性的错误，回归自然女神并获得新生。与之相应地，诗集题目中的"洞穴"很可能与柏拉图的"洞穴寓言"有关，柏拉图认为人类不应受困于洞穴所代表的心理感受和物质世界，而要走出洞穴寻找纯粹的理念世界，休斯的观点恰好相反，他认为理念世界是错误的虚构，洞穴里的心理本能和自然界才是真实的存在。

上文已经提到，《洞穴鸟》可以被视为《乌鸦》的续集：它的前半部分与《乌鸦》有所重合，男主人公以小公鸡、乌鸦和年轻男子的形象出现，用理性伤害自然女神；它的后半部分延续了《乌鸦》未完成的故事，男主人公去除自身的理性，重新认识和接纳自然女神。在开头的《尖叫》（"Scream"）等诗歌中，男主人公大谈理性文明，甚至喊出"理智、还是理智、无上的理智"的口号，如此极端的理性产生了"空洞的、钢铁般的重量"，将人类自身压扁，也将仔兔和牛犊的头颅压碎。

接下来的审判和死刑则是为了揭示男主人公的罪行，促使他摒弃理性。《被剥皮的乌鸦身处审判大厅》（"A Flayed Crow in the Hall of Judgment"）这首诗描写了他的深刻转变：看似可怕的"剥皮"和"死亡"其实是指清除理性，此时的男主人公不再咄咄逼人，而是试探着发问，他不再认为自己创造了世界，而是感到自己是被创造和照料的。尽管还没有见到自然女神的真容，他已经心生敬畏，愿意接受她的任何安排。值得注意的是，这里运用了矛盾修辞法，男主人公微小的本体发散出孢子般丰富的想象，黑暗的死亡引发光明的领悟，接受自然女神的统治才能获得自由的永生。这种对立面之间的联系和转化是休斯的重要观点，来源于他对原始宗教的了解：在北美的印第安部落，萨满巫师通过斋戒和自残获得法力；在中太平洋的土著部落，只有经受极度苦难的人们才能获得神圣的曼纳（mana）。[1] 以这样的观点来看，剥除理性对男主人公来说就像死亡般痛苦，但是这种痛苦激发了他的想象力，使他真正认识自然女神并有可能获得新生。

用想象取代理性之后，男主人公终于找到自然女神，《洞穴鸟》的倒数第三首《新娘和新郎隐秘地缠绵三日》（"Bride and Groom Lie Hidden for Three Days"）用热情的笔调描写了男主人公与自然女神的结合：

她给他牙齿，把牙根套在他身体的中心销上

---

[1] Ted Hughes, *Winter Pollen: Occasional Prose*, William Scammell ed., London: Faber and Faber, 1994, pp. 55-56, 93.

他将指环安在她的指尖

她用钢丝般的紫线缝补他的身体各处

他为她嘴里的精细齿轮上油

她在他的后颈嵌入涡形雕饰

他将她的大腿内侧安装到位

就这样,快乐地喘息,惊喜地喊叫
仿佛两位泥土之神
在尘土中打滚,但又无比细致地

他们将彼此塑造至完满。[①]

休斯经常用性意象来表现人与自然的关系,拉姆替身的性闹剧便是如此。而这里的新郎和新娘不再像拉姆

[①] Ted Hughes, *Collected Poems*, Paul Keegan ed., New York: Farrar, Straus and Giroux, 2003, p.438.

第二章 休斯：想象自然

替身和他的情人们那样盲目地宣泄性本能，他们彼此理解和呵护，在交合中达到完满的状态。从这个意义上看，这首诗是乌鸦神话的高潮，似乎实现了人与自然的完全融合。但是我们还应该看到，休斯特意用组装机器来类比人与自然的融合，"中心销""钢丝般"和"齿轮"（centrepin, steely, cogs）等词语显得跟语境格格不入。大多数评论家没有谈及这个问题，只有吉福德简单提到，休斯用这些词汇来避免"怀旧感和理想化"。①

事实上，组装机器的类比是为了突出人与自然的特殊关系，人与其他生物一样都是由自然创造出来的，但是人又具有其他生物所没有的意识和语言，由此产生了认识和描述自然的特殊行为。从这个意义上说，即使是人将自然视为女神、追求与自然融合，其实也是人的意识形成的一种认识，或者说是人的意识建构出来的一种自然概念，休斯用组装机器而不是更加自然的意象来描写人与自然的融合，正是为了强调人应该有意识地选择与自然的融合。与此同时，组装机器的意象也与语言的性质有关。休斯曾经试图用"自然的语言"直接呈现自然，他声称《乌鸦》的语言就像最原始的神话，没有经过筛选和概括，《喜乐》也是不加控制的即兴之作。然而

---

① Terry Gifford, *Pastoral*, London: Routledge, 1999, p. 170.

他必须排除现代新词和过多的修辞，才能营造出《乌鸦》的原始效果，这本身就是筛选的过程。后来他在《喜乐》中不再刻意排除现代新词和修辞，试图用即兴的方式创造自然的语言，但是语言中出现大量的比喻等修辞，仍然带有浓重的人工痕迹。上述语言实验使休斯认识到，完全自然的语言是不存在的，因此他在描写人与自然的融合时，索性使用组装机器的类比，以此凸显语言的人造性和自然概念的建构性。

当然，组装机器的意象还可能有另外一层含义，那就是人与自然的融合并不是终点，人有可能再度落入理性的陷阱之中。这部诗集的最后两首诗《复活者》（"Risen"）和《尾声》（"Finale"）也对此有所暗示。《重生者》与"新娘缝补新郎的身体"相呼应，引用埃及女神伊西斯救夫产子的典故，把通过想象力获得新生的男主人公比作自然女神诞下的神圣猎鹰，但是诗的结尾提出疑问——"而他何时会落在/人的手腕上"。[*]《尾声》也似乎潜藏危机："在仪式的最后/升起了一只妖精（goblin）。"神圣的猎鹰可能会落入驯鹰人的控制之中，

---

[*] 在埃及神话中，女神伊西斯（Isis）既是鹰首男神荷鲁斯（Horus）的母亲又是他的妻子，因此休斯在《新娘和新郎隐秘地缠绵三日》这首诗中将自然女神当作男主人公的配偶，而在《复活者》这首诗里将自然女神当作男主人公的母亲。

甚至变成意义不明的妖精,这些都暗示着人与自然的融合并不是稳定的终点,人对自然的认识过程是不断进行的,可能再次受到理性的干扰和破坏。

需要指出的是,休斯曾经提到《洞穴鸟》这部诗集也与佛教典籍《西藏度亡经》有关。在《西藏度亡经》里亡灵所能达到的最高境界是涅槃解脱、超越生死轮回,而未能达到这种境界的亡灵则会转生,如果亡灵转生于人间的话,他将见到男女交配的幻象,然后进入真实的子宫之中投胎。《洞穴鸟》结尾的几首诗与《西藏度亡经》形成明显的呼应,新郎和新娘交合之后生出猎鹰,这意味着男主人公没有达到涅槃的境界而是进入转生,将这种状况和自然主题结合起来看,休斯很可能是说明人与自然相处的理想状态并不是人失去自主意识完全融入自然之中(相当于涅槃),而是有意识地认识自然,在此过程中去除错误的认识,从而与自然更和谐地相处(相当于更好的转生)。

第三节 永恒的荒野

休斯在《神话与教育》一文中指出神话能够引导人们认识和面对世界,这也就是说,我们不仅要从神话中获得对自然的认识,还要依照这些认识去生活。在后期的诗歌里，休斯将目光转向英格兰的荒野，在这里寻找自然女神的踪迹。[*]从这个意义上看，他和拉金一样在建构绿色英格兰，但是他们的观点有所不同。拉金认为英格兰的乡村即将在污染和侵蚀中消失，而休斯在诗集《埃尔默遗迹》中写道，自然的伟力将会抹去工业的痕迹；拉金向往优美的风景，而休斯在诗集《荒野镇日记》中所写的自然既是美好的又经常是严酷的；拉金认为对外开放会摧毁英格兰的田园，而休斯的诗集《河流》将英格兰的荒野与其他国家和地区连接起来。

1971年休斯开始与女摄影家费伊·戈德温（Fay Godwin）合作，用照片和诗歌相结合的方式来描述西约克郡的科尔德河谷（Calder Valley）。科尔德河谷拥有悠久的历史，它曾经属于凯尔特人的埃尔默王国（Elmet），后来被盎格鲁－撒克逊人的诺森伯里亚王国（Northumbia）征服。由于便利的航运条件，河谷地区在工业革命期间建起了大量的纺织厂，纺织业的兴盛一直持续到20世纪经济大萧条之前，此后由于纺织等传统工业的国际性转移，河谷地区进入了去工业化的过程。休斯1930年在这里出生，小时候目睹了去工业化的过

---

[*] Moor 有高沼地和荒野等释义，由于休斯追求的是不受工业侵扰的原始状态，因此笔者将其称为荒野。

第二章　休斯：想象自然

程，戈德温在70年代初拍摄的废弃工厂和教堂再次唤起他的回忆，促使他写下《埃尔默遗迹》。这部诗集旨在展现自然女神在现实世界的威力，她将清除理性的工业和基督教，重现埃尔默王国的荒野，这也是休斯理想中的英格兰。

休斯想象了自然与理性之间的长期冲突，由此建构英格兰的荒野。他认为理性对自然的首次入侵是诺森伯里亚王国征服了埃尔默王国，盎格鲁－撒克逊人的基督教取代了凯尔特人的自然崇拜。* 此后基督教在科尔德河谷不断发展，从天主教到圣公会再到更为严苛的卫理公会。休斯家对面就有一所名叫"锡安山"的卫理公会教堂，他在这里上过主日学校，《锡安山》("Mount Zion")这首诗展现了他对这座教堂的记忆。根据《旧约圣经·出埃及记》的记载，上帝在锡安山将刻有十诫的石版赐予摩西，为人们提供神圣的指引，这也是锡安山教堂名称的由来。休斯却有完全不同的看法，他眼中的石版像墓碑那样压抑，教堂像陷阱那样危险，基督教遮蔽了太阳和月亮所代表的自然，把人们带入理性的困境。休斯最后写道，教堂的墙缝里突然传出蟋蟀的叫声，引

---

* 一般认为盎格鲁－撒克逊人、诺森伯里亚的国王埃德温（Edwin of Northumbria）征服了埃尔默王国，这位国王改宗基督教，死后被封为圣人。

发了长老们的恐慌,"黄昏""蟋蟀""音乐"和"墙缝"(dusk, cricket, music, crack)等词语包含大量的辅音/k/,模仿着蟋蟀持久的叫声。长老们费尽力气也无法把蟋蟀赶走,这意味着基督教的理性只能暂时压制自然,自然将随时发起反击。

《锡安山》描写了基督教的暂时兴盛,而《赫普顿斯托尔老教堂》("Heptonstall Old Church")这首诗从时间上延展想象,宣告自然才是最后的胜利者。赫普顿斯托尔老教堂是科尔德河谷的另一所著名教堂,它在19世纪中期被大风刮倒。休斯把这所老教堂比作落在荒野上的"巨鸟",它为荒野套上"挽具",又在人类的头脑中植入代表理性的"水晶"。不过这只巨鸟已经死去:

> 它巨大的骨头
> 变黑,成为秘密。

> 人们头脑里的水晶
> 变黑,裂成碎片。

> 河谷跑出来。

第二章 休斯：想象自然

荒野也逃脱。[1]

这里的描写让人联想起拉金的《去教堂》("Church Going")，拉金同样预想了基督教的衰落，教堂有可能变成"雨水和羊群的免费居所"或者"难以辨明的形骸"。拉金感到有些遗憾，因为基督教曾经满足人们对信仰的渴望，放弃基督教之后人们将陷入迷茫。休斯则是对基督教没有丝毫留恋，他把教堂的倒塌看作自然的胜利，河谷和荒野获得自由，人们也摆脱了理性的压制，将在自然之中找到真正的信仰。这首诗的风格与《去教堂》也有明显差别，拉金用五步抑扬格和尾韵来表达对基督教的怀念，而休斯没有遵循常规的音韵，用词随意甚至有简单的重复，表现出对自然的向往。

除了基督教之外，理性还以工业革命的形式出现，这两种形式其实互有关联，18世纪兴起的卫理公会宣扬勤劳和服从的美德，与资本家对工人的要求相符。在《山石感到满足》("Hill-Stone was Content")这首诗中，休斯想象了纺织工业入侵科尔德河谷的情形：山石离开了大地的怀抱，它们被切割成砖块垒在工厂的水泥

---

[1] Ted Hughes, *Collected Poems*, Paul Keegan ed., New York: Farrar, Straus and Giroux, 2003, p. 490.

墙里；工人们也被训练得像砖块那样"方正和冷漠"，他们在织机上重复着单调的操作。然而正如《锡安山》最后写到教堂墙缝里的蟋蟀，这首诗的结尾也将山间的河水比作"耐心的游击队员"，预示着自然将收复这片河谷。

《拉姆的烟囱》("Lumb Chimneys")这首诗就展现了自然的反攻。上文已经提到，"lumb"在英格兰北部的方言里可以指工厂的"烟囱"，休斯家附近有一处名为"拉姆河岸"（Lumb Bank）的地方，原本建有纺织厂后来变成荒地，休斯很可能是描写这里的状况：*

> 荨麻恶狠狠地抢占位置
> 就像等待食物的队伍里肆无忌惮的老妇人
> 荆棘使劲争夺空间
> 就像婴儿拱到乳房前。
> 那棵西克莫树，脖子挨过一刀，
> 长出五六个新头，富有生命力的邪恶。
>
> 在这些烟囱得以重新绽放之前，

---

* 休斯于1969年买下拉姆河岸，后来将其改造成作家们研修和交流的中心。

第二章　休斯：想象自然

它们必须倒在泥土里，那是唯一的结局。①

荒野上的植物像是老妇人抢食物、婴儿吃奶和怪物复活，用顽强的生存本能夺回了纺织厂侵占的土地，"The bramble grabs for the air, /Like a baby burrowing into the breast"中重复的辅音 /b/ 也突出了本能的力量。值得注意的是，休斯写到废弃的烟囱会像植物那样重新开花，吉福德（Terry Gifford）根据这个比喻指出工业和植物一样遵循着自然的规律，人类文明与自然界是完全相同的。② 这样的解读可能有失偏颇，休斯始终认为工业所代表的理性文明是反自然的，尽管烟囱有可能再次投入使用，它们的唯一结局是"倒在泥土里"，理性文明最终必须让位于自然。

从上述诗歌可以看出，休斯从时间的维度上建构了英格兰的荒野——理性只会造成短暂的破坏，英格兰终将回归荒野。其实整部《埃尔默遗迹》都在强调，人类的文明史与漫长的自然史相比是微不足道的。休斯将莎士比亚的名言"全世界是一个舞台，所有的男男女女不过是一些演员"改写为荒野是风云雷电的舞台，人类只

---

① Ted Hughes, *Collected Poems*, Paul Keegan ed., New York: Farrar, Straus and Giroux, 2003, p. 457.
② Terry Gifford, *Pastoral*, London: Routledge, 1999, p. 162.

是"偶然的观众"。对于科尔德河谷的自然史来说，工业的兴衰和第一次世界大战只不过是"童年的片段"。当休斯在夜晚漫步时，看到的是"多少次新月沉入石南丛中／多少次金黄色的满月／凸显在废旧的墙头"；当他登上山顶时，看到的是群山缓慢地"筛去"工厂和城镇，唯有荒野会永远存在下去。①

值得注意的是，休斯将科尔德河谷的去工业化等同于自然的胜利，这样的描写具有高度的选择性。去工业化其实是由产业转移引起的，休斯在《工厂废墟》("Mill Ruins")一诗中提到日本人剽窃了英格兰的纺织技术，这个细节恰好反映出国际性的产业转移，由于日本等亚洲国家的劳动力成本更为低廉，纺织业逐渐转入这些国家，科尔德河谷的纺织厂因此大量倒闭。去工业化事实上也导致了一系列的社会问题，20世纪70年代中期，整个约克郡地区的失业状况相当严重，爆发了多次罢工运动，1979年保守党候选人玛格丽特·撒切尔（Margaret Thatcher）进行竞选宣传时还专门在《约克郡邮报》（*Yorkshire Post*）上发表了反对罢工运动的文章。休斯将工业和城镇的衰落描述为自然的胜利，是因为他

---

① 上述描写分别出自《荒野》("Moors")、《先有工厂》("First, Mills")、《杓鹬》("Curlews")和《当人们来到山顶》("When Men Got to the Summit")这几首诗歌。

第二章　休斯：想象自然

和拉金一样怀有绿色英格兰的理想，而且他的理想比拉金更为坚定，当拉金为工业化的进程感到忧虑时，休斯特意选择工业衰退的科尔德河谷来表明绿色英格兰的理想将会实现。

诗集《埃尔默遗迹》展现了英格兰的荒野，同年出版的另一部诗集《荒野镇日记》则描绘了荒野上的理想生活。1970年休斯与第二任妻子卡罗尔·奥查德（Carol Orchard）结婚，他们在德文郡购买了名叫"荒野镇"的畜牧农场，休斯的岳父负责管理农场，休斯夫妇也参与其中。荒野生活有美好的一面：休斯在《狍子》（"Roe-Deer"）里写到玄妙的幻视，两头狍子突然出现在雪地里，它们凝视着诗人，似乎在传达神秘的信息；他还在《彩虹的降生》（"Birth of Rainbow"）里写到初生牛犊的生命力，"试着启用悬臂梁似的前肢／撑起肩膀，抬起膝盖／然后抬起后身，向前倾斜／弯曲着膝盖和脚踝，在泥里打滑／摔得满身泥浆"。然而《彩虹的降生》的结尾却转向沉重：荒野突降冰雹，牛犊能否存活将由上天决定。这与休斯反复描写的自然女神相呼应，体现了休斯对自然的整体性认识——自然孕育着生命又不断带来死亡，它在生命和死亡之间保持平衡。

在《渡鸦》（"Ravens"）这首诗里，休斯还将这种整体性的认识传递给一个年幼的孩子。这个孩子来到羊群中间，惊喜地看到一只新生的羊羔努力站了起来，但是他马上又看到另一只夭折的羊羔，渡鸦已经啄空了它的脑部和腹腔。孩子为此伤心哭泣，而休斯试着向他解释：

> 但这只羊羔也是幸运的
> 因为它努力来到温暖的风中
> 它出生又死去的日子是蔚蓝而温暖的
> 喜鹊在幸福的窝里变得安静
> 云雀没有任何烦恼
> 黑刺李充满信心地开花
> 天空映衬出群山的轮廓，经历了数百万年的艰辛，
> 柔和地坐。①

荒野并不是冷酷无情的，这只羊羔曾经出生并感受过温暖的春风。而且从整个生态系统来看，生命和死亡处于平衡的状态：孱弱的羊羔成为渡鸦的食物，健壮的

---

① Ted Hughes, *Collected Poems*, Paul Keegan ed., New York: Farrar, Straus and Giroux, 2003, p. 518.

第二章 休斯：想象自然

羊羔存活下来，这是生态系统自我调节的方式；在死去的羊羔旁边，喜鹊、云雀和黑刺李充满生机，也说明生态系统在良好地运行。诗歌结尾处的"群山"与美国生态学者奥尔多·利奥波德（Aldo Leopold）所说的"像大山那样思考"（think like a mountain）颇为相似。利奥波德认为人类应该像大山那样理解狼群的必要性，因为狼群制约着野鹿和牧场的牛，从而保护山上的植被：

> 我猜想正如鹿群生活在对狼的极度恐惧中，大山也生活在对鹿群的恐惧中。后者的理由也许更为充分，因为被狼群吃掉的公鹿只要两三年就会有新鹿替代，而被太多的鹿啃光的草原几十年都无法复原。牛群也是如此，牧牛人清除了草原的狼，没有意识到自己破坏了由狼吃牛维持的草原平衡。他没有学会像大山那样思考。因此我们才有了尘暴，河水把未来冲到海里去了。①

休斯也用"群山"来表示整体的生态视角，人类应该具有这样的视角，接受冰雹和渡鸦等看似可怕的自然

---

① ［美］利奥波德：《沙乡年鉴》，侯文蕙译，吉林人民出版社1997年版，第123—124页。笔者对译文有所修改。

审视·想象·阐释——论拉金、休斯和希尼的自然主题

事物,因为生命的艰辛和死亡的存在是为了维持自然的平衡。与这样的主题相对应,休斯所用的词语和句式都很简单,没有格律和韵式,表达出顺应自然之意,而不断叠加的 and 又隐含着坚韧的生命力。

那么人类应当如何顺应自然呢?《茅屋匠之素描》("Sketching a Thatcher")和《他去世那天》("The Day He Died")等诗歌给出了回答。[①]茅屋匠已经78岁高龄,却还充满生活和劳作的热情,他爬梯子像灵巧的松鼠,闲谈的声音像公鸡打鸣,坐下喝茶的姿态又像老鹰。正如动物的生存是艰难的,茅屋匠也"从自然选择的狭窄缝隙里／挤过身来",用顽强的生命力经受住自然的考验,适应了荒野的生态系统。《他去世那天》则是休斯为岳父杰克·奥查德(Jack Orchard)所作的悼亡诗。老奥查德曾经精心照料"荒野镇农场",牛羊和土地都为他的逝去而哀伤:

> 明亮的田地看起来都很茫然。
> 他们的表情改变了。
> 就像去过可怕的地方,

[①]《茅屋匠之素描》最初收录在休斯与巴斯金(Leonard Baskin)合作完成的诗画集《毛利族刺青人头》(*Mokomaki*)中,休斯在《新编诗选》(*New Selected Poems, 1957-1994*)中将其归入《荒野镇日记》。

第二章 休斯：想象自然

回来时失去了他。

充满信赖的牛羊，背上落有白霜，
在等待牧草，在等待温暖，
站立着，感到陌生的空虚。①

这首诗与弥尔顿的田长诗《利西达斯》("Lycidas")有些相似，用拟人的手法描写自然界的悲伤，以此表达自己的哀痛。不过两首诗也有明显的区别，弥尔顿悼念的好友是宗教学者，与自然界没有直接关联，而休斯悼念的岳父是一辈子劳作的农民，始终与自然界保持联系。老奥查德对土地的深厚情感体现了利奥波德提出的土地伦理（the land ethic），土地伦理是指人类不应将土地视为奴隶和仆人，而是要建立土地共同体的概念，此共同体由人类、水、土壤和其他生物组成，人类应当采取必要的措施来维护共同体的其他成员。②老奥查德具有这样的土地伦理，他把土地和牛羊当作子女，像父亲那样关爱和照顾它们，他的去世对土地共同体造成沉重的打击。

---

① Ted Hughes, *Collected Poems*, Paul Keegan ed., New York：Farrar, Straus and Giroux, 2003, p. 533.
② ［美］利奥波德：《沙乡年鉴》，侯文蕙译，吉林人民出版社1997年版，第192—199页。

而且从整部《荒野镇日记》来看，老奥查德尊重农场的生态环境，他没有使用化肥或过度放牧，使用的机械也仅限于一台拖拉机。

由此可见，《埃尔默遗迹》和《荒野镇日记》从两个不同的视角建构了英格兰的荒野，前者从时间的视角来写荒野战胜理性文明，后者从整体的视角来写荒野的生态系统。需要指出的是，休斯建构的荒野尽管具有西约克郡的历史感和德文郡的特色，却没有"小英格兰"的排外倾向。休斯接下来的诗集《河流》更加清楚地证明了这一点，其中既有德文郡的西达特河（West Dart River）和托里奇河（River Torridge），也有日本传说中的河流、苏格兰斯凯岛的深潭、爱尔兰的巴罗河（River Barrow）和美国阿拉斯加的古坎纳河（the Gulkana River），它们都与自然女神有关，显现出神圣的力量。

在这部诗集的标题诗《河流》（"The River"）里，休斯借鉴基督降世拯救世人的故事，将河流比作自然女神之子，降落人间来展示自然女神的光芒，以牺牲自己的方式来唤起人们对自然女神的敬畏。休斯首先模仿基督教里的圣母怜子像来描写河流，河流原本躺在自然女神的怀抱里，降落到地面后却"被打破成百万个碎片并被埋葬"，这里既是指降水顺着地形流入无数沟谷，也是

第二章 休斯：想象自然

指人们将河水分流用作生产和生活，导致了河流的污染和枯竭。另外一个极具冲击力的意象是，河流"被倒挂在水坝的闸门前"，这与基督受难像有些相似，是指人们只顾自己的利益对河流进行改造，使河流彻底失去活力。尽管河流遭到人们的破坏，休斯仍然坚信自然女神的神圣力量，他所写的河流将会像基督那样复活，也会像末日审判那样重建神圣的秩序："他是神，不容亵渎。/ 永生不灭。将会洗去周身的死亡。"

神圣的河流里还游动着令人惊叹的鲑鱼。由于鲑鱼能长距离洄游至出生地，它在凯尔特神话里象征着智慧，而休斯认为鲑鱼的智慧在于服从自然女神的安排，努力完成从生命到死亡的历程。休斯写到多个地方的鲑鱼，它们之间有些差别，斯凯岛的鲑鱼是旧石器时代遗留的女妖，阿拉斯加的鲑鱼数量让人惊叹，而英格兰的鲑鱼却忍受着污染的环境。《十月鲑鱼》("October Salmon")这首诗写的是一条英格兰的雄鲑鱼，他在浅水沟里出生，成年后游向大海，现在又返回出生地进行繁殖：

> 这是他仅有的母亲，这游着小鱼的脏水沟，
> 　在工厂围墙底下，水里有自行车轮子、汽车轮胎、瓶子

以及沉底的波纹铁片。
傍晚遛狗的人们带着影子从他头上跨过，
要是男孩们发现，会想杀死他。

这一切，同样地，被纳入撕裂的丰富，
史诗英雄般的镇定
使他对伤痛如此平静，对死亡如此忠诚，如此耐心地
存在于天定的机制中。[1]

休斯在众多的河流生物中将鲑鱼选为主角，这不仅与他推崇的凯尔特传统有关，更是因为鲑鱼的习性完全符合他的自然观。鲑鱼的洄游体现了自然的循环：这条水沟既是他的出生地，又是他的坟墓；他在繁殖之后死去，他的后代又在水沟里孵出，开始新一轮的循环。鲑鱼的洄游同时也是对自然的绝对服从，长途跋涉和生殖器官的快速发育令他承受"撕裂"之痛，但他像"史诗英雄"那样不畏艰难，遵照自然的法则完成"丰富"的一生。值得注意的是，休斯对荒野的描写与前两部诗集

---

[1] Ted Hughes, *Collected Poems*, Paul Keegan ed., New York: Farrar, Straus and Giroux, 2003, p. 679.

第二章 休斯：想象自然

有所区别。《埃尔默遗迹》写到工业带来的酸雨和运河边的毛毯厂，不过休斯强调它们会被自然清除，《荒野镇日记》基本没有涉及生态问题，而在现在这首诗里，鲑鱼只能栖身于脏乱的水沟，这说明休斯不再单纯地偏重于对未来的想象，而是要提醒读者注意生态危机。

休斯很早就开始关注生态问题，他在1970年为麦克斯·尼科尔森（Michael Nicholson）的著作《环境革命》（*The Environmental Revolution*）撰写了书评，其中谈到生态问题的根源在于西方理性文明对自然的压制，只有通过教育改变人们的观念，促使人们认识到整个地球的一体性、外在自然和人们内心的关联性，才能真正解决生态问题。[1]事实上，《河流》这部诗集的发表也与生态意识相关，这部诗集因为配有彩色照片所以成本较高，特意找来英国天然气公司（British Gas）赞助，英国天然气公司希望有些照片能够表现该公司的生态意识，在河底铺设天然气管道时注意保护河流的环境和生物。后来在1993年，休斯将《埃尔默遗迹》《乌鸦》和《河流》这三部配有照片和版画的诗集整编为《三册书》（*Three Books*）重新发表，其中还新收录了一些诗歌，

---

[1] Ted Hughes, *Winter Pollen*: *Occasional Prose*, William Scammell ed., London: Faber and Faber, 1994, pp. 128–135.

其中包括《1984年写于"塔卡小径"》("1984 on 'The Tarka Trail'"),这首诗所描述的"塔卡小径"是一条位于北德文郡的陶河（River Taw）和托里奇河附近的路线,在亨利·威廉姆森（Henry Williamson）所写的著名童话故事《水獭塔卡》（Tarka the Otter）里,这是水獭塔卡躲避猎人和猎狗的追捕、追求幸福生活的地方。威廉姆森的童话故事发表于1927年,主要表现了人们为了获取水獭皮毛而进行捕杀的残忍行为,而休斯在1984年来到"塔卡小径",发现人们的贪婪已经对河流的环境造成了更为严重的破坏。休斯的这首诗分为两个部分,第一部分是写个人的贪婪,休斯先用绿色发臭的河水和贻贝的空壳来说明河流已死,然后以农民的行为来解释河流死亡的原因,农夫彼得看似是喜爱动物的"自然保护者",其实为了追求玉米的高产毫无节制地使用化学药剂,他的邻居也不断增加奶牛的数量,排放出大量的废弃物。第二部分是写人们整体的贪婪,陶河原本是美丽的仙女,现在却"溺死在具有放射性的爱尔兰海里",这是指人们为了获取更多的电能建立了塞拉菲尔德核电站（Sellafield）。此外,西南水务局（South West Water Authority）对陶河的过度利用被比作抽血,特快奶品奶酪公司（Express Dairy Cheese Factory）也将陶河当作排污的泄殖腔。这首诗歌以相当直白的语言发出警醒，人们的自私和贪婪已经造成严重的生态问题，只有彻底改变对自然的态度，才有可能解决这些问题。

1984年，在任的英国桂冠诗人约翰·贝杰曼（John Betjeman）去世，英国文化团体开始推选新一任的桂冠诗人。成名已久的拉金本是第一人选，但是他当时已身患重病，而且他并不想成为王权的代言人，本身也不愿担任这个职位。而休斯对诗人的作用有完全不同的看法，他认为诗人就像先知和巫医一样，负有引领国家和社会的重要责任，因此他欣然接受了这个职位。英国的桂冠诗人制度历史悠久，其正式确立可以追溯至17世纪。1616年，詹姆士一世任命本·琼生（Ben Jonson）为桂冠诗人，要求他为王室典礼赋诗（这些诗被称为桂冠诗）并给予俸金，后来查理一世还在此基础上增加了俸酒。1668年，查理二世正式设立桂冠诗人这一王室职位，向约翰·德莱顿（John Dryden）颁发任命证书，因此德莱顿也是严格意义上的第一位英国桂冠诗人。及至19世纪上半期，由于君主制陷入较大争议，桂冠诗人的职位有所变化，这一职位仅是对文学成就的嘉奖，不再负有服务王室的义务。从华兹华斯开始，桂冠诗人可以根据自己的意愿选择是否为王室写作。当然，绝大多数桂冠诗人仍然选择为王室和国家的重要事件赋诗,这些桂冠诗里不乏佳作,比如丁尼生为纪念克里米亚战争中的英国骑兵所写的《轻骑兵进击》("The Charge of the Light Brigade")就成为鼓舞人心的经典之作。

在成为桂冠诗人之后,休斯多次为王室典礼赋诗,其中他自己最满意的当数为庆贺哈里王子受洗所作的《为公爵领地所施的求雨咒》("Rain-Charm for the Duchy"),这首诗是他精心写作的第一首桂冠诗,也是他后来收录进自选集的唯一一首桂冠诗。这首诗写于1984年年末,当时的英国正处于地方分权乃至分裂的争端之中。始于60年代后期的北爱尔兰问题虽然有所缓和,但是1980—1981年共和派囚犯的绝食抗议再次引发关注,爱尔兰共和军也仍在制造暴力事件,其中包括1984年10月针对撒切尔政府的酒店爆炸事件。与此同时,1979年苏格兰和威尔士都进行了地方分权的全民公投,尽管这两场公投的结果并没有达到通过地方分权的最低比例,但是苏格兰和威尔士的经济发展持续低迷,新上台的撒切尔政府施行的政策又引起强烈不满,这两个地区支持分权的呼声越来越高。

休斯对上述争端极为关注,事实上,他写作桂冠诗来赞颂君主的权威,归根结底是要维护国家的统一。

第二章 休斯：想象自然

1992年他将自己的桂冠诗结集出版时，特意在扉页处附上一首题为《所罗门之梦》("Solomon's Dream")的小诗："灵魂如转轮。/国家如灵魂/王冠如轮毂/保其成一体。"这首诗的题目出自《圣经旧约·列王纪》，国王所罗门在梦中见到上帝，上帝问他有何所求，他说想要拥有明辨善恶的智慧，从而更好地统治上帝的臣民。休斯的小诗与典故相对应，表达的愿望是用君王的智慧来维持国家的完整和运转。

在写给友人的信件中，休斯也多次谈到用桂冠诗维护国家统一的意图。他向基思·塞格尔（Keith Sagar）解释，为何在女王的寿辰贺诗里将其比作狮子：除了女王的娘家姓氏包含与狮子谐音的Lyon一词之外，更重要的原因是狮子具有统领百兽的能力，女王也具有狮子般的统摄力，能够维持英国的统一。他同时表达了对国家前景的担忧："她（女王）离去之后将会是联邦的破裂，各部落脱离出去，像过去那样只对本地区效忠。内战时期的结盟再度兴起，即各种对立再度兴起，斯堪的纳维亚派对抗盎格鲁–撒克逊派、盎格鲁–撒克逊派对抗凯尔特派、凯尔特派对抗罗马派、凯尔特派内部对抗。苏格兰、威尔士和北爱尔兰的自治主张就是这种情况的征兆。"① 此外他还向尼克·甘米奇（Nick Gammage）说明，自己为何写作桂冠诗来维护王室。他认为君王对英国的统一具有深刻的心理意义，而被共和派控制的各种小报不断攻击王室，将会加速英国的解体，他甚至有些夸张地写道："从文化上看，英国现在已经分成数个完全不同的群体或亚群体——基本都是互相仇视的。就像南斯拉夫解体一样。接下来也许是各地区开始'勒索保护费'——国家被分割成黑手党式的区域。"② 面对国家的分裂危机，休斯所要做的是用桂冠诗来对抗攻击王室的通俗媒体，以此巩固王室的权威和国家的统一。

休斯对国家危机的关注源于他对诗人身份的认识，他反复指出，诗人的身份相当于原始部落的萨满巫医，对自己所在的群体负有引导和拯救的责任。他在评论宗教学家米尔恰·伊利亚德（Mircea Eliade）的著作《萨满教》（Shamanism）时谈道，萨满巫医是神灵选中之人，通过舞蹈、击鼓和跳跃等方式进入灵性的世界，在彼处经受考验并得到启示，然后返回现实世界解决当下的问题，这种"英雄式的探索"并非萨满巫医所独有，

---

① Ted Hughes, *Letters of Ted Hughes*, Christopher Reid ed., London: Faber and Faber, 2007, p. 509.
② Ted Hughes, *Letters of Ted Hughes*, Christopher Reid ed., London: Faber and Faber, 2007, p. 620.

第二章　休斯：想象自然

莎士比亚、济慈、叶芝和艾略特等具有浪漫主义情怀的诗人都进行了类似的探索。[1]在接受艾克伯特·法斯（Egbert Faas）采访时，他再次强调诗人应当承担起萨满巫医的责任：萨满巫医前往灵性的世界为人们治疗疾病、解决问题，为部落事务求得神灵的指引，而令人感到遗憾的是，大多数现代诗人背离了古老的传统，拒绝担负这种责任。[2]也正因为此，在休斯获得桂冠诗人的任命时，与他交往颇深的评论家好友塞格尔发表了题为《休斯：作为萨满巫医的桂冠诗人》的演讲。对休斯来说，成为桂冠诗人意味着有更多的英国人关注他的"英雄式的探索"，他能够为整个国家发挥指引和拯救的作用。

从上述背景来看，《为公爵领地所施的求雨咒》这首桂冠诗至少可以有两个层面的解读。它首先是一首精心设计的贺诗，用康沃尔公爵领地的降雨比拟公爵之子的洗礼。*诗歌的标题就点出了这样的用意，正标题是"为公爵领地所施的求雨咒"，副标题是"哈里王子殿下的洗礼上神圣虔诚的浸透"，将天降甘霖和王子洗礼这两

---

[1] Ted Hughes, *Winter Pollen: Occasional Prose*, William Scammell ed., London: Faber and Faber, 1994, pp. 57-58.
[2] Ekbert Faas, *Ted Hughes: The Unaccommodated Universe*, Boston: Black Sparrow Press, 1980, p. 206.
* 英国女王长子查尔斯王储被封为康沃尔公爵，拥有位于英格兰西南部的康沃尔公爵领地，哈里王子为他的次子。

个场景巧妙地结合起来。随着诗歌的展开，这两个场景的结合显得更加丰富而生动。电闪雷鸣仿佛是在举行庆典——"雷声是铜管乐队的伴奏／为某场喜庆的市民活动而鸣响"，"积满乌云的天空／从建筑后面，带着市长的气派走来／伴随闪光和闷响"；随风摇摆的小树仿佛是欢乐的青年——"周边的小树举起他们的手臂、仰起头来"。紧接着，涨水的河流也加入了庆典，汩汩的水声像是"欢喜的呜咽"和"低沉的嗓音"，又变成"喧闹的欢呼"，河底的青苔和幼虫也开始"悸动"和"狂喜"。休斯还特意用雨中的河流来对应哈里王子受洗的细节：托里奇河迎向泼洒的雨水，如同"新生的／洗净的天使，紧抓住光明的胸脯"，这对应着接受洗礼的哈里王子；"塔玛河在五十英里的滴答声中醒来眨眼／高声讲述她的传奇——她那些盔甲生锈的骑士们从黏土墓室里澎湃而出，她那些土地分区在页岩上聚集显现"，这对应着观看王子洗礼的英国女王。

在临近结尾处，休斯想象自己从高空俯瞰公爵领地，埃克斯穆尔和达特穆尔这两片南北相望的高沼地仿佛构成了献祭的手势，再次唤起我们对标题中"求雨咒"的注意："两片高沼地／像来自石器时代的两只手／作捧杯状，水流溢出，上举献祭。"那么祭祀求雨的实质是什

第二章 休斯：想象自然

么，休斯为何用降雨比拟王子的洗礼呢？从古老的石器时代开始，人们就把降雨视为繁殖力的象征，雨水给大地带来生机、促进万物生长，因此求雨的实质是祈求神圣的繁殖力，休斯用降雨比拟王子的洗礼，也正是因为王子的诞生代表着王室的繁衍。值得注意的是，这首诗最后出现的"鲑鱼"也与繁殖力紧密相关："深藏在雷声里的鲑鱼，被照亮／再被照亮，不时浸入水中／兴奋地扭动闪烁／响应召唤，开始游动。"鲑鱼是著名的洄游鱼类，它出生于淡水河，在成长期游入海洋，等到产卵期又从海洋洄游到淡水河中产卵，如此循环往复、生生不息。休斯在这里描写的是聚集在入海口的鲑鱼，它们感受到自然规律的召唤，准备趁河流涨水之际，洄游到河流上游产卵繁殖。因此从整首桂冠诗来看，休斯全力赞美了哈里王子的洗礼，他用雷雨和河流的意象来表现洗礼的细节和举国欢庆的盛况，更是用求雨和鲑鱼的意象来祝贺王室血脉的延续和充实。

与此同时，《为公爵领地所施的求雨咒》又不仅是一首贺诗。与哈里王子洗礼相关的内容只占到全诗的一半左右，而这首诗开头久旱盼雨的情景，中间对降雨过程和二十多条河流的大量描写，乃至最后的求雨手势和鲑鱼洄游，都说明休斯还有更深远的意图。想要理解这种

193

意图，就必须从整体上了解休斯的诗歌创作。休斯常被称为"自然诗人"，他的创作围绕着自然主题展开，批判现代人对自然的背弃，呼吁人们重新回归自然。在《雨中鹰》和《牧神节》等早期诗集里，他将动物的活力和人类的暴力相比较，指出人类背离并压制自然，从而导致了扭曲的暴力。在《乌鸦》《喜乐》和《洞穴鸟》等中期诗集里，他用神话的方式寻找救赎之路，只有人类全然接受自然，才能消除暴力、重获活力。在《摩尔镇日记》《埃尔默遗迹》和《河流》等后期诗集里，他用牧场的劳作和河上的垂钓来示范顺应自然的理想生活。

《为公爵领地所施的求雨咒》延续了休斯的一贯态度，充分表现了他对自然的尊崇。开篇的干旱场景就引起我们对自然的重视：在长达五个月的干旱之后，土地似乎要燃烧起来，干涸的河塘像凹陷的溃疡，人们干涩的眼睛也像长了一层硬膜。而突至的雷雨给万物带来生机，它浇灭了土地的火星，恢复了河水的涌动，也让人们在湿润的空气中舒展开来。接下来的雷电让我们见识到自然的威力：闪电像"火焰"烧透整片天空，惊雷像"高射炮和榴霰弹"冲击着墙壁和屋顶。巨大的雷声甚至撼动山海："雷声正在劈开高沼地 / 它将小山拖过城市——/ 将大块地图连根拔起。矿石被熔炼，粉色和紫色

第二章 休斯：想象自然

/飞溅开来、蜿蜒而下/坠入沸腾的海洋。"

休斯不仅敬畏自然的伟力，也欣赏自然的每个细节。他在描述雨中的二十多条河流时如数家珍：林恩河从"双峡谷"之间流出；摩尔河连接着小西尔弗河、弯橡树河和伊欧河这三条支流；托河岸边是"红土"，雨水冲刷会使河水变色；塔玛河岸边是"黏土"和"页岩"，它连接着利德河、卢河、沃尔夫河、史拉希尔河这四条支流；塔维河岸边是"石英岩"；达特河岸边是"花岗岩"，长着"花楸树和橡树"；提延河岸边长着"欧洲蕨"；埃克斯河的河道"迂回曲折"……休斯对这些河流如此熟悉，是因为他居住的德文郡有一部分属于康沃尔公爵领地，更是因为他对河流怀有深厚的感情。他一直热爱垂钓，踏遍了德文郡附近的每条河流，探访过爱尔兰和加拿大等地的河流，在当选桂冠诗人的前一年，他还发表了诗集《河流》来表达对河流的认识和热爱。

雷雨和河流的意象传递了休斯对自然的崇敬，而结尾处求雨和鲑鱼的意象在此基础上更进一步，寄托了他用自然之力维护国家统一的希望。求雨在诗中直接对应的是两片高沼地组成的献祭手势，而考虑到休斯提出的"诗人—萨满巫医"之说，这个意象还有更深的含义。休斯把自己的第一首桂冠诗命名为"求雨咒"，是要像萨满巫医那样发挥引领和拯救的作用，诗歌尤其是桂冠诗就是他的"咒语"。那么接下来的问题是，休斯为何在众多"咒语"中选择了与繁殖力相关的"求雨咒"——他为何选择用繁殖力作为桂冠诗的主题？他曾经专门谈到这个问题：他希望用桂冠诗为英国树立一个"联合性的图腾"，这个图腾不能是"狮子"，因为已有不少英国人排斥狮子所代表的政治联合，这个图腾也不能是"基督之鱼"，因为基督教不再是英国人的共同信仰，最后他选择将富有繁殖力的"鲑鱼"作为全体英国人的图腾，因为"性的创造力"是所有人都认同和渴望的，能够把人们联合起来。[1]

从这个层面上看，《为公爵领地所施的求雨咒》并不只是一首贺诗，休斯其实是在为国家的危机寻找出路：英国在政治上面临地方分权乃至分裂，在信仰和文化上也有很大分化，只有最原始、最根本的自然之力才能凝聚人心。这也解释了整首诗为何只有部分内容与王子洗礼有关，其他许多内容究竟有何意义。开头的干旱场景很可能是在暗示国家的困境，尤其是"硬膜"和"溃疡"等与疾病相关的词语加强了这种暗示。接下来休斯描写

---

[1] Ted Hughes, *Letters of Ted Hughes*, Christopher Reid ed., London: Faber and Faber, 2007, p. 510. 早期的基督徒使用鱼的符号来代表耶稣基督，因为希腊文里的"鱼"（ichthys）这个词是"神之子耶稣基督"的首字母缩写。

了雷雨所经之处，从城市的广场到郊野的河流。值得注意的是，休斯长期居住在乡村，他的中后期诗歌也大多是写神话和自然，极少写到现代化的城市，而在这首诗里，他详细记述了自己和妻子在城里驾车行驶的经历，他们闻到雨水的湿润气味，感到雨水带来的暖意，听到雨水敲击车顶，看到穿着高跟鞋、举着手提包遮雨的女孩从车前走过。休斯写到城市、汽车和时髦女孩，是想引起更多读者的共鸣，并不是只有在乡村才能亲近自然，即使在城市甚至在汽车里也能清晰地感受自然。此外在历数二十多条河流时，他不仅用河流的形态来比拟王子的洗礼，还出人意料地写到河流遭受的污染："奥克门特河，推开她身边的洗涤剂瓶子，拉扯着她的尼龙长袜，开始滚动她的百事可乐罐子"；"塔维河……冲漱她那难闻的嘴巴，带有锡、铜和臭氧的味道"。描写污染问题看似大煞风景、其实蕴含深意，休斯想要用自然之力把人们联合起来，就要提醒人们尊重和保护自然，他后来参与创建了环保组织"西部地区河流基金会"，也是出于这样的用意。

  这首诗的风格也凸显了自然的联合之力。全诗的结构不是聚焦一处，而是全面铺陈，从城市到郊野、从雷电到降雨、二十多条河流的形态、鲑鱼洄游路线的各个地名，让读者感受到无所不在的自然。分布在诗中的细节也让读者注意到贯穿万物的繁殖力，田里的大麦、河底的幼虫、岸边的欧洲蕨、俯身饮水的牡鹿、准备洄游的鲑鱼，这些细节与新生王子的洗礼交织在一起，组成一张没有高低优劣之分的自然之网。诗行的长短比较自由，尤其是在描写河流时用到大量长诗行，最长的一行是用二十多个词语描述河底的幼虫迅速蠕动，直观地表现了自然的力量。另外还有休斯常用的突出的辅音和头韵，比如对雨水的感叹——"温暖的太平洋之水有如此重量"（what a weight of warm atlantic water），用类似于古英语的头韵唤起读者对自然的原始认同。

在休斯当选桂冠诗人之时，评论界并非都是赞美之声，有些人认为他的诗歌在内容上过于神秘化、在形式上过于粗放，不像他的前任贝杰曼那样能够代表英国的绅士风范。然而当我们仔细阅读《为公爵领地所施的求雨咒》之后，就能发现休斯的诗歌并不是脱离英国的现实，反而是针对国家的危机寻找出路。他始终相信神圣的自然能够解决人类的所有问题，因此当英国面对地方分权甚至分裂的危机，他用诗歌召唤自然之力，希望这种原始的力量能够将从王室到普通民众的所有英国人联合起来，共同度过国家的危机。

第三章　希尼：阐释自然

与拉金和休斯的自然主题相比，希尼的自然主题有两个鲜明的特点。第一个特点是他对自然更为熟悉，拉金成长于工业城市考文垂，休斯成长于以纺织业为主的西约克郡地区和以采矿业为主的南约克郡地区，而希尼在北爱尔兰德里郡的农村长大，描写自然景物可谓是信手拈来。第二个特点是希尼更加重视语言的阐释作用，拉金常用猜测性的语言来间接描写自然，休斯试图寻找一种透明的语言来直接表现自然，而希尼对语言的力量充满自信，认为语言带来的不是限制而是自由，诗人可以用语言赋予自然特定的意义。

希尼对自然的阐释是不断拓展的。他在前两部诗集《一个自然主义者之死》(*Death of a Naturalist*)和《进入黑暗之门》(*Door into the Darkness*)里回顾了童年生活，用萌芽状态的自我意识来阐释北爱尔兰的农村。他继承了乡间卜水者的神秘感受力和长辈们的劳作之力，由此发现外部自然界和自己内心本能之间的呼应，并将这种发现转化为朴素有力的诗歌。

随着希尼的思想逐渐发展，他对自己的民族身份更加关注，开始尝试从民族的角度阐释自然。正如拉金和休斯分别将传统的乡村和原始的荒野作为英格兰的象征，希尼也将沼泽地作为爱尔兰的象征。在诗集《在外过冬》（*Wintering Out*）和《北方》（*North*）里，他将土地的神话和北爱尔兰的现实结合起来，写下一系列地名诗和沼泽诗。地名诗写于北爱冲突（The Troubles）的初期，希尼用温和的方式寻找民族的出路，他模仿古爱尔兰的地名传说（dinnseanchas），通过盖尔语地名来描述德里郡的土地和历史。沼泽诗则是主要写于北爱冲突的激化时期，他将古代北欧的土地祭祀与北爱尔兰的民族主义结合起来，一面表达自己对土地和民族的热爱，一面又谴责激进民族主义带来的暴力。

在有些人看来，用自然的神话来解释现实的暴力是逃避现实，因此希尼的地名诗和沼泽诗受到多方批评。在接下来的诗集《田间耕作》（*Field Work*）和《苦路岛》（*Station Island*）里，希尼对自己的身份进行反思：他承认"舌头受到管辖"，清楚自己的民族身份附带有政治责任；但他同时坚信"舌头具有管辖权"，希望用独立

第三章　希尼：阐释自然

于政治的诗人身份进行写作。从1987年的诗集《山楂灯笼》(*The Haw Lantern*)开始，他脱离具有固定意义的土地、进入超越政治的想象空间。他用开放和融合的寓言之岛取代了现实中分裂的土地，用全球化的视野探讨气候变化，最后还从自然之中获得对生命和死亡的深刻领悟。

第一节　成长的启蒙

约翰·巴雷尔（John Barrell）和约翰·布尔（John Bull）在1974年的《企鹅版英国田园诗选》(*The Penguin Book of English Pastoral Verse*)中指出，英国进入20世纪后基本完成了城市化，田园诗作为对抗城市化的文学形式在英国逐渐衰落，或许只有在第三世界或者北美洲还具有生命力。希尼对此回应道，爱尔兰的田园诗还很繁荣，但这些田园诗不是对抗城市化而是描写普遍的农村生活，代表人物有J.M.辛格（J. M. Synge）、帕特里克·卡瓦纳（Patrick Kavanagh）和约翰·蒙塔古（John Montague）。[1]

---

[1] Seamus Heaney, *Preoccupations: Selected Prose 1968-1978*, London: Faber & Faber, 1980, p. 180.

希尼完全可以把自己加入上述名单，因为他来自北爱尔兰的农民家庭，他的前两部诗集《一个自然主义者之死》和《进入黑暗之门》描写了农村生活给予他的启蒙。首部诗集开篇的《挖掘》("Digging")通常被认为是希尼的创作宣言，奠定了诗人与自然之间的关系：

> 在我的食指和拇指之间
> 夹着粗短的笔，舒适如一支枪。
>
> ……马铃薯霉的冷味，湿泥炭的嘎扎声
> 和啪嗒声，切下活根茎的短促刀声
> 在我头脑里回响。
> 但我没有像他们那样干活的铁铲。
>
> 在我的食指和拇指之间
> 夹着这支粗短的笔。
> 我将用它挖掘。①

"铁铲""枪"和"笔"指代人们对待自然的不同方

---

① [爱]希尼：《开垦地：诗选 1966—1996》上册，黄灿然译，广西人民出版社 2018 年版，第 3—4 页。

第三章 希尼：阐释自然

式。农民们用"铁铲"耕作土地维持生存，希尼清楚地记得祖父挖掘泥炭、父亲挖掘马铃薯的情景；民兵们用"枪"争夺土地的归属权，希尼从小就目睹了联合派和共和派之间的暴力冲突。* 年轻的希尼似乎也应该在铁铲和枪之间作出选择：作为农民的儿子他应当继承家庭传统，作为天主教徒他又被号召加入争取民族独立的军事组织。但他最终作出第三种选择：他不愿成为持枪的士兵，也承认自己没有铁铲，他决定用"笔"来挖掘土地，也就是用诗歌来阐释自然的意义。

诗人如何才能阐释自然呢，从"用笔挖掘"的意象可以看出诗人首先要有充沛的力量。这个意象与乡间俗语有关，农民们常说笔杆子比铁铲轻省，希尼却认为写诗和干农活一样辛苦：祖父和父亲用尽全力才能获得收成，他也必须运用全部创作力才能写成诗歌。希尼还用农村的家务活来类比写诗的辛苦，他在《搅乳日》（"Churning Day"）里描述母亲制作黄油的情形："母亲第一个搅，为连续几小时 / 哐啷咣当的节奏定调。大家双臂发疼。/ 双手起泡。脸颊和衣服溅满了 / 松软的牛奶。"母亲通过长时间的搅拌制成黄油，搅拌的

---

* 联合派（the Unionists）具有新教背景，在政治上支持北爱尔兰留在大不列颠联合王国，而共和派（the Republicans）具有天主教背景，在政治上支持北爱尔兰加入爱尔兰共和国。

"节奏"（rhythm）恰好指向诗歌，希尼也必须通过耗费精力的反复思考才能完成诗歌。

在劳作般的力量之外，诗人还要有神秘的技艺和熟练的技法。希尼在《把感觉带入文字》（"Feeling into Words"）一文中阐述技艺和技法在诗歌创作中的重要性：技艺是诗歌成败的关键，是将隐藏的感受转化为清晰的思想；而技法是将清晰的思想进一步转化为精准的文字。[①]希尼在说明诗歌的技艺时特意提到了瓦提斯（Vatis）和他小时候见过的卜水者，这与古老的自然崇拜有关。在欧洲大陆的凯尔特文明中，瓦提斯是指祭司中的诗人阶层，他们信奉自然神，能用诗歌阐释自然之中的神意。在古爱尔兰的凯尔特社会中，这个祭司—诗人阶层被称为菲利（Fili），即使在基督教传入爱尔兰之后，改宗基督教的菲利们仍然以预言占卜和民间传说等方式延续了自然崇拜。[②]在17世纪初英国对爱尔兰进行移民垦殖（plantations）之后，菲利们失去了艺术保护人而逐渐没落，但是自然崇拜仍然在民间流传下来，正如希尼所说，在他小时候人们普遍相信卜水者能用神秘

[①]［爱］希尼：《希尼三十年文选》，黄灿然译，浙江文艺出版社2018年版，第24—25页。

[②] 此处对瓦提斯和菲利的论述参考了麦卡洛克（J. A. MacCulloch）《古代凯尔特的宗教》第300页和柯蒂斯（Edmund Curtis）的《爱尔兰史》第9—17页。

第三章 希尼：阐释自然

的方法感知地下水源。

希尼希望像瓦提斯和卜水者那样用神秘的技艺阐释自然。他在《卜水者》("diviner")里再次使用了类比的手法，卜水者能感知地下水源的吸力并将其转化为榛木杈的震颤，诗人也能感知自然的隐秘含义并将其转化为清晰的思想：

> ……精气现身，尖锐如蜇针
> 卜棍猛地一动，准确地抽搐，
> 泉水突然通过绿榛树
> 广播它的秘密位置。[1]

当诗人通过技艺获得明确的思想之后，还需要用语言的技法将其表现出来，这意味着希尼从最开始就认识到自然概念总是由语言建构的。《茅屋匠》("The Thatcher")这首诗是用盖屋的技术来类比诗人的技法，茅屋匠熟练地将麦秆铺成金色的屋顶，希尼也阅读了大量诗歌并学习其中的技法。以上面几首诗为例，希尼借鉴了霍普金斯的浓重辅音和弹跳格律。"嘎扎声和啪

---

[1] [爱] 希尼：《开垦地：诗选1966—1996》上册，黄灿然译，广西人民出版社2018年版，第17页。

嗒声"（squelch and slap）、"短促刀声"（curt cuts）的头韵还原了祖父和父亲挖掘土地的力量，"哐啷咣当"（slugged and thumped）的浓重辅音再现了母亲搅拌牛奶的力量，《挖掘》结尾处连续重音的弹跳格律（the squát pén résts/Íll díg with ít）也表达了希尼用笔挖掘的决心。

当诗人具备了所有条件之后，他究竟怎样阐释自然呢，《个人的诗泉》（"Personal Helicon"）这首诗作出了回答。希腊神话中的赫利孔山（Mount Helicon）有多处泉水，其中有缪斯女神的诞生之地，还有美少年那喀索斯（Narcissus）注视自己倒影的地方。希尼小时候爱看家乡的水井，这些水井如同赫利孔山的泉水，赋予他写作的灵感：

> 另一些（井）有回声，用清新的音乐
> 把你自己的呼唤归还你。有一口
> 怪吓人的，因为从蕨草和高高的毛地黄里
> 窜出一只老鼠，掠过我的倒影。
>
> 如今，探入根茎，用手指挖黏泥，
> 像睁大眼睛的那喀索斯般凝视泉水
> 都有损任何成年人的尊严。我作诗

第三章　希尼：阐释自然

　　是为了看清自己，使黑暗发出声音。[①]

　　希尼在水井里寻找"回声"和"倒影"，这说明他带着自我意识来阐释自然，并在阐释自然的过程中加深对自我的认识。在奥维德的《变形记》里，仙女伊可（Echo）只能重复别人的话语，她爱上那喀索斯却遭到拒绝，在绝望之中化为回声；那喀索斯也受到复仇女神的惩罚，他迷恋自己在水中的倒影，抑郁而终化为水仙花。希尼对这个神话进行巧妙的改写，他将自己比作积极意义上的那喀索斯，不是排斥外部世界迷恋自我，而是通过外部世界认识自我。他同时将水井比作积极意义上的伊可，水井不是完全重复他的声音，而是在回声中加入"清新的音乐"，增加了他对自我的认识。

　　希尼阐释自然的方式和休斯颇为相似。休斯认为人与自然遵循共同的神圣法则，人能从自然之中认识自我，在《思想之狐》里诗人的创作和狐狸寻找洞穴是完全同步的，在《美洲虎》里人们从美洲虎身上回想起自己的童年，这些都为《个人的诗泉》中的回声和倒影提供了范例。休斯同时还强调，狐狸的臭气和美洲虎的暴怒看

[①]［爱］希尼：《开垦地：诗选 1966—1996》上册，黄灿然译，广西人民出版社 2018 年版，第 21 页。

似并不美好，其实揭示了神圣法则。《个人的诗泉》也是如此，希尼在井底看到可怕的老鼠和肮脏的泥泞，这些看似可怕的事物其实指向人与自然的根本，也就是"探入根茎"。

根据自己成长的经历，希尼开始阐释自然界的性和死亡，这些事物就像老鼠和泥泞，是人们通常回避的。《一个自然主义者之死》("Death of a Naturalist")描写了他对性的最初认识。诗歌开头腐烂发臭的沤麻池、飞舞的苍蝇和阴暗处的蛙卵隐含着某种威胁，而希尼接受的学校教育似乎掩盖了这种威胁，女老师用童话的口吻讲述青蛙产卵的故事。在诗歌的结尾处，自然的威胁重新显现：

>　……空气中回荡着密集的低音合唱。
>　就在那池里，肚子巨大的蛙群在草泥层上
>　扳起扳机；它们松弛的脖子鼓胀如帆。有的跳跃：
>　吧嗒声和扑通声发出猥亵的威胁。有的蹲着
>　摆出泥巴手榴弹的姿势，愚钝的头在放屁。
>　我感到恶心，转身就跑。这些黏液大王
>　集合在那里准备复仇，而我知道

第三章　希尼：阐释自然

如果我把手伸入蛙卵，蛙卵就会一把抓住它。[1]

"黏液大王"是处在繁殖期的雄蛙，它们发出特殊的叫声吸引雌蛙前来，臃肿的肚皮和"猥亵的威胁"（obscene threats）也带有性意味。因此青蛙的报复具有双重含义：希尼曾经用玻璃瓶带走蛙卵，青蛙是为蛙卵复仇；更为重要的是，女老师刻意淡化了青蛙的性行为，青蛙又是来向希尼显示自然的真相。后面这层含义与《自我的赫利孔山》相呼应，希尼由青蛙的性行为联想到自身的性本能，感到不安想要逃离。他不再像自然主义者（naturalist的第一个含义）那样单纯地欣赏自然之美，也不再像博物学家（naturalist的第二个含义）那样客观地观察自然，而是认识到人与自然在根本上的关联。

在《水精》（"Undine"）里希尼对性的描写变得更加坦然，他将农民挖沟引来河水比作农民与水精交合。水精是生活在水中的女性精灵，她与男人交合之后可以获得人类的灵魂，希尼将河流描写为水精，很容易让人想到叶芝的《凯尔特的薄暮》（*The Celtic Twilight*）。叶芝在19世纪末收集了爱尔兰西部农村的民间传说，这

---

[1]［爱］希尼：《开垦地：诗选1966—1996》上册，黄灿然译，广西人民出版社2018年版，第6页。

个地区保留了凯尔特文化，天主教农民们相信山林草木之间存在仙人和鬼怪。希尼并不像叶芝或他所写的农民那样具有神秘的信仰，但他在一定程度上相信自然具有神秘的意义。因此他想象了水精和农民的交合：清澈的河水从沟里流过来，如同水精脱下衣衫奔向农民；河水在农民的脚边回旋，如同水精的温柔拥抱；农民站在水里继续挖掘，如同爱抚水精并赋予她灵魂。这首诗的内容和音韵与《一个自然主义者之死》形成鲜明的对照，后者是懵懂少年对性的畏惧，"粗鲁呱呱叫声"（coarse croaking）等刺耳的辅音传递了这种畏惧，而前者是以成熟的眼光欣赏性，全诗充满了像"水精"（undine）这样的柔和元音。

值得注意的是，帕特里夏·库格兰（Patricia Coughlan）从女性主义视角对《水精》提出批评：希尼描述了水精的性愉悦，似乎打破了女性所受的性压抑，但是水精的性愉悦来自农民的挖掘，女性在性活动中仍然处于被动地位。[①]库格兰的批评并不准确，希尼将水精作为第一人称叙述者并且突出了水精和农民的互动：农民奋力挖掘水沟，水精也热情地奔向农民，水精拥抱农

[①] Patricia Coughlan, "'Bog Queens': The Representation of Women in the Poetry of John Montague and Seamus Heaney", in Michael Allen ed., *Seamus Heaney*, Basingstoke, Hampshire: Macmillan, 1997, p.193.

第三章 希尼：阐释自然

民和他的铲子，农民也温暖了水精的身体。事实上，农民与水精的互动不仅代表两性关系，也代表诗人与自然的关系：水精为农民带来"微妙的补益和反映"（subtle increase and reflection），这是指自然让诗人反思自身、增长知识；而农民最终将水精转化为具有灵魂的"人类"，这是指诗人将自然转化为人类文化的一部分。

在性之外希尼还阐释了自然界的死亡，《摘黑莓》（"Blackberry Picking"）是写他如何开始接受死亡的存在。这首诗仍然包含性暗示，甜美的果肉和汁液引发了采摘者的"欲望"（lust）；性同时又与死亡联系起来，满手汁液的采摘者像是佩罗童话里嗜好杀妻的蓝胡子。希尼最后对死亡发出感叹：

> 我们用澡盆把鲜莓贮藏在牛棚里，
> 但当澡盆满了，我们发现有一层毛，
> 一层鼠灰色的霉菌，饱食我们的贮藏物。
> 果汁也在发臭。果子一离开树
> 就开始发酵，甜果肉会变酸。
> 我总是感到想哭。一罐罐可爱的果实
> 全都有腐味，实在不公平。

审视·想象·阐释——论拉金、休斯和希尼的自然主题

> 每年我都希望它们能保鲜，明知它们不会。①

许多诗人都曾发出类似的感叹，比如希尼欣赏的美国诗人罗伯特·弗罗斯特（Robert Frost）写道"美好的事物难久留"（nothing gold can stay），但是包括弗罗斯特在内的大多数诗人回避了死亡的细节，而希尼选择直接面对这些细节，他从老鼠般可怕的霉菌和难闻的霉烂气味中认识自然的真相。他的这首诗基本都用霍普金斯式的斜韵，只有最后两行的 rot 和 not 是全韵，这组突出的全韵既表达了失落感，更强调了黑莓总会腐烂消失的事实。

农村孩子每年都采摘黑莓，希尼是在农村的语境中阐释死亡，《早期的清洗》（"Early Purges"）是另一个明显的例子。题目中的"清洗"是双关语，主要是指农民溺死危害庄稼的动物，同时暗示爱尔兰的政治和宗教迫害。希尼小时候看到乡邻杀死动物总会感到恐惧，但他逐渐认同这样的做法是必要的：

> 然而生活取代了虚假的感伤

---

① ［爱］希尼：《开垦地：诗选 1966—1996》上册，黄灿然译，广西人民出版社 2018 年版，第 10 页。

第三章 希尼：阐释自然

现在当尖叫的小狗被捅到水里溺死
我只是耸耸肩："该死的小狗。"这是合理的：

镇上开始有"防止残忍"的说法
那里的人们认为死亡是非自然的，
但是在管理良好的农场上有害的动物必须被扑杀。①

希尼写到镇上出现"防止残忍"的说法，这恰好与拉金的《黏液瘤病》形成对照，拉金在这首诗里描述了猎人杀死野兔的经历，但是猎人这样做不是杀死有害动物而是"防止残忍"。黏液瘤病毒对兔子具有高度的传染性和致死性，英国农民曾经人为传播这种病毒来减少野兔对牧草的危害，野兔感染这种病毒后会出现失明和皮肤溃烂等症状，有些猎人为了免除野兔的痛苦会将它们杀死。因此猎人杀死野兔是同情它所受的痛苦，拉金的这首诗是谴责农民出于自己的利益用传播病毒的残忍方式杀死大量野兔。希尼的诗歌则是从农民的视角提出不同的看法，维持生活比同情动物更为重要，如果不捕杀

---

① Seamus Heaney, *Death of a Naturalist*, London: Faber & Faber, 1966, p. 23.

危害庄稼的动物（包括过度繁殖的猫狗），农民就难以维持基本的生存。希尼后来也受到动物权利论的影响，不再宣称杀死动物是合理的，但是他的这首早期诗歌仍然是有意义的，它反映了动物权利论的一个内在问题——当人类的生存权和动物的生存权发生矛盾时应该如何取舍。希尼在这里使用了但丁的三行体（terza rima），但没有严格押韵，也是将严肃和通俗的语气结合起来，以农民的角度提出值得思考的观点。

希尼还追溯历史，写到爱尔兰大饥荒时马铃薯的腐烂和佃农的死亡。从17世纪初开始英国对爱尔兰实行移民垦殖，没收爱尔兰天主教贵族的土地，将这些土地授予来自英格兰和苏格兰的新教贵族。19世纪上半期爱尔兰的人口迅速增长，每户爱尔兰佃农只能租到小块土地，马铃薯相对于谷物来说易种植、产量高，成为大部分佃农的唯一粮食来源。在1845年到1849年间爱尔兰发生了大规模的马铃薯疫病，由于英国政府未能采取有效的应对措施，贫穷的佃农又买不起马铃薯以外的粮食，至少有80万人死于这场饥荒，另有约150万人移民到美国和加拿大。[1]这场大饥荒令爱尔兰社会发生巨大变化，从

---

[1] 死亡和移民人口并没有确切的统计数据，此处引用的数据来自罗伯特·基（Robert Kee）的《爱尔兰史》第112页。

第三章 希尼：阐释自然

政治上看爱尔兰人对英国政府发起了更加强烈的反抗，比如旨在建立爱尔兰共和国的芬尼亚运动（Fenianism），从文化上看爱尔兰乡村从此留下了悲伤的回忆，由佃农传承的盖尔语和民俗也逐渐没落。

希尼关注这段历史既是因为他出身于天主教农民家庭，也受到前辈诗人帕特里克·卡瓦纳（Patrick Kavanagh）的影响。卡瓦纳在1942年发表了叙事长诗《大饥荒》（"The Great Hunger"），他改变了爱尔兰文艺复兴的作家们对农村生活的美化，真实地呈现了农民的困境。这首诗写的是一位名叫帕特里克·马圭尔（Patrick Maguire）的农民，他担心历史上的大饥荒会再次出现，将所有精力都投入种地赚钱之中，从没想过追求新的生活方式，最终他只能在土地和陈旧传统的束缚中度过一生。希尼对《大饥荒》非常赞赏，他认为这首长诗相当于爱尔兰文学中的哈代小说：从一方面看，卡瓦纳将大饥荒的历史苦难与农民的现实痛苦联系起来，将物质的匮乏和精神的贫乏结合起来，促使人们反思爱尔兰的问题；从另一方面看，卡瓦纳对爱尔兰的批评其实饱含着对民族的热爱，他对匮乏生活的描写也恰好体现诗歌艺术上的丰富性。①

希尼在《挖马铃薯时》("At a Potato Digging")这首诗里借鉴了卡瓦纳的思路,从现实的农村回望大饥荒的历史,将农民的苦难甚至死亡转化为诗歌艺术。与《大饥荒》一样,希尼在开头描写了农民收获马铃薯的场景:

> 机械挖掘机降下钻头
> 旋转出黑雨般的根茎和土壤
> 劳作者聚在后面,弯腰装满
> 柳编筐。手指在寒冷里冻僵。
>
> 他们像是乌鸦攻击着黑如乌鸦的土地,展开
> 一条散乱的线,从树篱到枕地……②

"机械挖掘机"的出现意味着希尼所写的农村已经比大饥荒时期更为现代,但是农村生活并没有本质上的改变:卡瓦纳把农民比作驱赶乌鸦的稻草人,希尼直接把

---

① Seamus Heaney, *Preoccupations: Selected Prose 1968-1978*, London: Faber & Faber, 1980, pp. 122–126.
② Seamus Heaney, *Death of a Naturalist*, London: Faber & Faber, 1966, p. 31.

第三章 希尼：阐释自然

农民比作乌鸦；卡瓦纳把土地称为"死亡之书"（book of dead），希尼也写到冻僵的手指（fingers go dead）。①这些相似的描写说明农民依附于土地的生活始终是艰难的，随后希尼还从新挖出的马铃薯联想到大饥荒时期的佃农：

> 活着的头颅，双目失明，撑在
> 零乱的骨架上，
> 在一八四五年遍地搜寻，
> 大口吃下染病的根茎而死去。
>
> ……一个从出生就挨饿的民族，
> 像植物那样在婊子般的土地里刨食，
> 嫁接上莫大的悲伤。
> 希望就像脊骨那样腐烂。②

新挖出的马铃薯和大饥荒时期的佃农这两个意象几乎重叠在一起：马铃薯枯萎长斑对应着佃农瘦弱失明，马铃薯从泥土里汲取养分对应着佃农在地里刨食，马铃

---

① Patrick Kavanagh, *Selected Poems*, London: Penguin, 2000, p. 18.
② Seamus Heaney, *Death of a Naturalist*, London: Faber & Faber, 1966, p. 32.

217

薯的溃烂对应着佃农的死亡。这样的重叠强调了人与自然的关联，似乎将大饥荒归咎于自然，是"婊子般的土地"背叛了佃农的信任、带来可怕的死亡。不过希尼清楚地知道大饥荒并非只是自然灾害，他在《挖马铃薯时》这首诗之后紧接着写下《为"伊莉莎号"的指挥官而作》（"For the Commander of the 'Eliza'"），批评英国政府对爱尔兰饥民的冷漠态度，又将大饥荒归咎于殖民政策。这两首诗从不同的角度描写大饥荒，说明希尼在思考以怎样的方式认识爱尔兰的问题，应该将其归因于自然、政治还是多种因素的共同作用，他在后面的诗歌里还将继续这样的思考。

　　希尼带着自我意识阐释自然，从青蛙像地雷的比喻、清洗的双关语和大饥荒的联想来看，他的自我不是与外界隔绝的，而是处在社会语境之中，他对自然的阐释也与爱尔兰社会有关。这种社会性是逐渐增强的，诗集《一个自然主义者之死》除了涉及大饥荒的两首诗以外只对社会状况有所暗示，而诗集《进入黑暗之门》更明确地指向社会，如《半岛》（"Peninsula"）这首诗写到希尼在缺乏灵感时经常驾车驶向远方，仔细观察爱尔兰的风景，准备用自己的诗歌"解开所有风景的密码"。这是一种积极的互动过程，风景为他带来深刻的启示，而他

第三章　希尼：阐释自然

也将风景转化为富有社会意义的诗歌。

由于爱尔兰社会深受英国殖民的影响,希尼对风景的解码具有明显的反殖民倾向。《献给短发党人的安魂曲》("Requiem for the Croppies")是写韦克斯福德郡维尼格高地(Vinegar Hill, Wexford County)的风景,这里曾经是1798年爱尔兰抗英起义的大本营。题目中的"Croppies"有双关之意:它既是指爱尔兰起义者效仿法国大革命的剪发风潮"把头发剪短"(crop);又是指爱尔兰起义者大多是耕种"庄稼"(crop)的农民。* 希尼对起义者的描述也与农村生活密切相关,他们口袋里装着大麦作为干粮,驱赶牲口冲向英国军队,撤退时穿过农田边的树篱。最后这些起义者在维尼格高地战役中牺牲:

> 数千人成排成排死去,对着大炮挥动长镰刀。
> 山坡泛红,浸在我们溃散的攻击波里
> 他们草草埋了我们,没有裹尸布或棺材。
> 到八月,大麦从坟墓里长出来。①

---

* 在法国大革命中,革命者被押上断头台前会被剃成光头,因此人们用剪短发来纪念这些牺牲的革命者。

① [爱] 希尼:《开垦地:诗选1966—1996》上册,黄灿然译,广西人民出版社2018年版,第35页。

牺牲的起义者带着口袋里的大麦融入土地，后来又像大麦那样重新出现，以第一人称的形式讲述自己的经历。起义者的反抗精神也像大麦那样延续下来，希尼在回顾这首诗时专门指出：1798年起义播下的种子在1916年复活节起义时收获，这颗种子还在不断繁殖，就在1968年《短发起义者安魂曲》发表后的两个月，北爱尔兰又爆发了联合派和共和派之间的暴力冲突。希尼将爱尔兰民族的暴力与自然的循环结合起来，这为他后来著名的"沼泽诗"埋下伏笔。

美国新批评学者海伦·文德勒（Helen Vendler）注意到这首诗基本符合莎士比亚式的十四行诗体，她的结论是源于欧洲宫廷的十四行诗体仍然具有生命力，在希尼这里得到良好的传承。[1]文德勒秉承新批评原则，避免谈及社会语境，事实上，希尼对诗体的选择很可能带有一定的政治意图，与后殖民主义学者霍米·巴巴（Homi Bhabha）在20世纪80年代提出的"模拟"（mimicry）理论形成呼应。"模拟"是指殖民者和被殖民者之间的双向行为：从一方面看，殖民者通过自己的话语将被殖民者改造为可识别的他者，即几乎相同又有所不同的客体；

---

[1] Helen Vendler, *Seamus Heaney*, Cambridge, Mass: Harvard University Press, 1998, p. 22.

第三章　希尼：阐释自然

从另一方面看，被殖民者对殖民话语进行既有重复又有颠覆的混杂，威胁了殖民主体的稳定性。[1]希尼是以被殖民者的身份进行模拟：他接受了英语和英国文学的教育，然后挪用英语和莎士比亚式的十四行诗体来描写爱尔兰起义，并在其中转换了"我们"和"他们"的指代关系，由此颠覆了由英国殖民者书写的历史。

希尼在描写更为熟悉的北爱尔兰风景时也表现出反殖民的态度。《内伊湖组诗》("A Lough Neagh Sequence")描绘了北爱尔兰最大的湖泊，希尼曾经跟随渔民到湖上打鱼，体会到渔民的艰苦生活，因此他在这组诗里写到捕鱼权的问题：

> 湖水在图姆桥泻入海中
> 在这里他们装上新闸门和捕鱼槽。
> 他们不时打断鳗鱼的旅程
> 一下子捞起来五百英石。
>
> 但在安特里姆郡和蒂龙郡的上游地区
> 捕鱼是有公平精神的。

---

[1] Homi Bhabha, *The Location of Culture*, London: Routledge, 1994, pp. 86-90.

> 渔夫和鳗鱼单独对峙
> 航行数英里,没学过游泳。①

英国对北爱尔兰实行移民垦殖后,来自英国的新教贵族不仅获得土地的所有权,还获得了相应的捕鱼权。20世纪60年代希尼写作这组诗时,一家英国公司仍然拥有图姆桥(Toomebridge)的捕鱼权,此处是鳗鱼洄游入海的必经之地,是渔业资源最丰富的水域。②从这样的状况来看,希尼对内伊湖的描写既有反殖民的意图又有保护生态的倾向:英国公司控制了捕鱼权,使得爱尔兰渔民生活困苦,这是殖民引起的社会问题;英国公司缺乏爱尔兰人对待自然的"公平精神",他们为了追求利润采用机械化捕捞,使得大量鳗鱼无法洄游到海里产卵,这又是殖民引起的生态问题。在这组诗的后面几首中,希尼交替地描述了爱尔兰渔民捕鱼和鳗鱼洄游的过程,渔民和鳗鱼同样遵循着季节变换的规律,同样在艰难的环境中求得生存,这进一步说明爱尔兰人与自然之间存在紧密的联系。

---

① Seamus Heaney, *Death of a Naturalist*, London: Faber & Faber, 1966, p. 38.
② Laura Haydon, "Casting the Net", *BBC Home*, February 2007, http://www.bbc.co.uk/northernireland/yourplaceandmine/ antrim/eels_haydon1.shtml.

第三章　希尼：阐释自然

希尼在反殖民的同时也希望建构爱尔兰的民族性，在诗集《进入黑暗之门》的最后，他选择将沼泽地作为爱尔兰民族的象征。他在《沼泽地》("Bogland")这首结尾诗里对沼泽地进行解码。首先是美国和爱尔兰之间的比较，美国人可以在宽阔的草原上展望未来，而爱尔兰人必须注意逼近眼前的沼泽地，也就是向下回顾历史。那么沼泽地蕴含着怎样的历史呢？大角鹿的骨架和巨杉的树干属于自然的历史，保存多年的黄油属于人类的历史，这两种历史交融在沼泽地里，再次体现了爱尔兰人与自然的联系。由于沼泽地包含所有历史，它可以代表爱尔兰民族，接下来的问题是沼泽地的本质是什么？这个问题并没有明确的答案，沼泽地"深不见底""融化开敞"，找不到源头也不会最终定型。与之相应地，爱尔兰民族也没有确定的本质，被认为是爱尔兰民族祖先的凯尔特人其实是渡海而来的入侵者，而经过"一层又一层"的入侵和反抗之后，当代北爱尔兰的各个派别还在为民族性质而争论。希尼将沼泽地作为爱尔兰民族的象征，意味着他已经认识到爱尔兰历史和现实的复杂性。

从前两部诗集来看，希尼逐渐拓宽视野，不仅从自然中获得成长的启示，还尝试阐释爱尔兰的风景。他使用了婊子般的土地、重生的起义者和不断沉积的沼泽地等意象，但是这些意象还比较分散和简单，尚未形成一定的体系。在后面的诗集里，他将把这些意象结合起来，更加系统地阐释爱尔兰的土地。

第二节 冲突中的土地

希尼在思考如何将爱尔兰的风景与民族特性联系起来，同时代的英格兰诗歌恰好为他提供了启示。他在题为《心灵中的诸英格兰》("Englands of the Mind")的讲座里谈到与土地相关的"听觉想象"（auditory imagination），这个概念源自艾略特，是指诗歌语言的听觉特质能够深入思想的最深处，从中唤起对地域和历史的记忆。希尼认为战后英格兰诗人用听觉想象建构了"语言—地域—历史"的统一体：

> 我正是希望在这一听觉想象的脉络中，讨论特德·休斯、杰弗里·希尔和菲利普·拉金的语言。……他们知道，他们的英国性是往昔文学和历史那递降的楼层里的沉积物。他们的地域正愈来愈明显地变得珍贵。一种想保留本土传统的愿望，想继续向过去开放想象力的供应线的愿望，想从沿途

第三章　希尼：阐释自然

盎格鲁－撒克逊驻守站获得古人确认的愿望，想在星期六展销会、赛马会和海边远足的仪式中，在上教堂和降临节婚礼的仪式中，以及在上教堂的仪式消逝之后渴望表达的必要性中，想在这类事情中看到社区生活方式的延续性和看到对受威胁身份进行确认的愿望——所有这一切都是由他们的英语表明的。①

上文提到，克里斯托弗·布莱恩特采用时间和地点这两个维度，将当代英格兰人对本土的建构划分为四种：第一种面向过去和外部的"盎格鲁－英国的英格兰"，第二种是面向现在和内部的"小英格兰"，第三种面向过去和内部的"英格兰人的英格兰"，最后一种是面向现在和外部的"世界性的英格兰"。从希尼的评论来看，他认为休斯、希尔和拉金这三位诗人都是在建构"英格兰人的英格兰"，也就是从英格兰内部的历史传统中寻找民族性的根源。不过作为关注语言和音韵的诗人，希尼是从"听觉想象"的角度来进行分析的，他指出这三位诗人的听觉想象是由大英帝国的衰落引发的，他们无法再用向

---

① ［爱］希尼：《希尼三十年文选》，黄灿然译，浙江文艺出版社2018年版，第95—96页。

外扩张的帝国来定义民族性，转而从英语的听觉特质中寻找内部的地域和历史因素，建构出"语言—地域—历史"的统一体，即有别于帝国并可以传承的民族性。希尼还对各位诗人进行具体的分析：休斯的故乡在英格兰北部的约克郡，这里的方言具有浓重的辅音，对应着原始的荒野和盎格鲁-撒克逊的历史；希尔的故乡在英格兰中部的西米德兰兹郡，这里的方言保留了拉丁语因素，对应着具有宗教意味的冬青树林和中世纪的历史；拉金不像前两位诗人那样留恋故乡和方言，他注意到整个英语中的法语元素，对应着传统的乡村和文艺复兴的历史。

英格兰诗人需要用"听觉想象"来应对大英帝国的衰落，而希尼作为北爱尔兰诗人面临着更加严重的危机——北爱冲突（The Troubles）。英国从17世纪初开始对爱尔兰岛北部的阿尔斯特地区进行殖民统治，从英国移入的新教徒在人数上逐渐超过本土的天主教徒，在20世纪初的爱尔兰独立战争中，爱尔兰岛被划分为南北两部分，以天主教徒为主导的南部26郡先是成为爱尔兰自由邦、后又建立爱尔兰共和国，而由新教徒主导的北爱尔兰6郡却留在了英国之内。由于北爱尔兰的新教徒长期歧视和打压人数较少的天主教徒，天主教徒于1967年成立了"北爱尔兰民权协会"争取平等公民权，但是民权运动很快走向暴力，民权协会和阿尔斯特皇家警察之间产生了一系列暴力冲突，爱尔兰共和军和英国军队也参与进来，这一般被认为是北爱冲突的开端。

身为天主教徒的希尼对北爱冲突的态度是矛盾的——它虽然是争取北爱尔兰独立的契机，但是又带来了血腥的暴力。因此希尼没有对北爱冲突直接表态，而是选择和战后英格兰诗人相同的方法，用听觉想象来探索爱尔兰的民族性，建构出"语言—地貌—历史"的统一体。从民族政治的角度来看，这种方法是相对温和的，战后英格兰诗人不再激进地向外扩张而是向内审视，希尼也希望与激进的民族主义拉开距离，在北爱尔兰的土地和历史之中找到一种具有凝聚力而且对暴力有所反思的民族性。在1972年出版的诗集《熬过冬季》（*Wintering Out*）里，希尼较为系统地展开听觉想象，其中《传神言者》（"Oracle"）再次用他的童年经历来描述使用听觉想象写诗的过程：

> 躲进柳树的，
> 空树干中，
> 成为熟悉它诉说的精灵，
> 直到，像往常一样，人们

> 重复叫你名字的单调声音
>
> 传过田野。
>
> 你能够听到他们
>
> 拉栅栏的门
>
> 当他们走近
>
> 大声呼你出来时:
>
> 小嘴小耳朵
>
> 躲在树的 V 形裂口处,
>
> 你是苔藓遍布之地的
>
> 耳垂和喉头。①

"传神言者"的题目和空心柳树的意象都暗示着希尼如同古代的祭司,具有阐释土地的神秘能力。古希腊的德尔斐神庙有一块标志着世界中心的空心神石(Omphalos),阿波罗的女祭司能从这块石头的内部感知阿波罗的旨意并作出预言。而童年的希尼仿佛是土地之神的祭司,他把空心柳树当作自己的神石,躲在树洞里感受土地的神秘意义。"小嘴小耳朵"以及"耳垂和喉头"强调了希尼阐释土地的方式,他将用听觉想象聆听土地的声

---

① [爱] 希尼:《希尼诗文集》,吴德安等译,作家出版社 2001 年版,第 51 页。

音，然后用自己的诗歌语言加以表达。

在使用听觉想象时，希尼以北爱尔兰地名所反映的殖民问题为出发点。在17世纪移民垦殖之后，英国殖民者根据发音将盖尔语地名改成英语地名，抹去了盖尔语地名原有的含义或者使之发生极大的变化。希尼曾以自己家所在的摩斯巴恩（Mossbawn）为例说明这个问题，bawn是从盖尔语bán转化而来，但是词义发生了相反的变化，盖尔语bán是指白色，与北爱尔兰沼泽地里的白色黏土和羊胡子草有关，而英语bawn是指英国殖民者领地的围墙，这个地名的含义从北爱尔兰的自然地貌变成英国殖民的象征。[1]与此同时，北爱尔兰的地名还与民族历史相关。古爱尔兰诗歌里有专门的"地名传说"（dinnseanchas），将盖尔语地名编入有关国王和英雄的神话之中，古爱尔兰的贵族教育也广泛地使用这些地名传说，在军事教育中用来熟悉地形，在文化教育中用来熟悉文学传统。

既然英语地名是根据盖尔语的发音转换来的，那么就可以通过听力想象回溯早先的盖尔语地名，并在早先的地名中找到地貌和历史的因素。遵循这样的思路，希尼写作

---

[1] Seamus Heaney, *Preoccupations: Selected Prose 1968-1978*, London: Faber & Faber, 1980, p. 35.

了一些系列地名诗，建构出与英格兰诗人相似但具有北爱尔兰特色的"地名—地貌—历史"的统一体。比如在《阿纳霍里什》("Anahorish")这首诗里，希尼建构了"阿纳霍里什—清泉之山—农耕史"的统一体，他首先由地名联想到地貌：阿纳霍里什在盖尔语里是"清水之地"的意思，对应着流淌的清泉；该词的发音由柔和的元音和辅音组成，对应着绿草覆盖的小山坡。希尼曾经将语音特点和民族性联系起来，他认为柔缓的元音是盖尔语的核心，代表着爱尔兰民族，而铿锵的辅音是英语的核心，代表着英格兰民族。[1] 从阿纳霍里什的地名来看，尽管英国殖民者已经把盖尔语的 anach fhíor uisce 改成英语的 Anahorish，盖尔语的元音仍然保留下来并柔化了象征着英语的辅音，就像绿草地柔化了山坡的轮廓。与此同时，希尼又从地貌联想到历史，他对阿纳霍里什的记忆仿佛进入历史深处，在山上劳作的现代农民仿佛变成了古代的"山居者"（mound-dwellers），形成从古代延续下来的爱尔兰民族性。不过他对历史的描写似乎有些模糊，"山居者"可以是指凯尔特人，也可以泛指考古发现的山居人类，后者并没有明确的民族指向。

---

[1] Seamus Heaney, *Preoccupations: Selected Prose 1968-1978*, London: Faber & Faber, 1980, p. 37.

第三章 希尼：阐释自然

另一首地名诗《图姆》("Toome")则建构了"图姆—沼泽地的古墓—暴力史"的统一体。图姆在盖尔语里是"古墓"的意思，对应着沼泽地里的史前古墓。希尼把地名的发音和考古工作联系起来：重复念出"图姆"需要移动舌头，就像移开古墓上的石板；发音时还有轻缓的气流，就像考古学家小心地挖开泥土进入古墓。古墓里令人注意的细节是可能属于凯尔特武士的"金属项圈"和近代的"火枪弹"堆放在一起，根据亨利·哈特（Henry Hart）的研究，18世纪末的抗英起义者曾经把武器藏在图姆古墓里，直到20世纪仍有武装分子利用一些古墓来藏匿武器。[1] 这意味着图姆不同于阿纳霍里什，后者传承了宁静的农耕生活，而前者与凯尔特时代和近现代的战争有关，引起人们对民族主义暴力的反思。

希尼还用地名诗影射北爱冲突的现状，表现出民族主义的倾向。《布罗赫亚》("Broagh")的开头仍然从地名联想到地貌：布罗赫亚在盖尔语里是指"河岸"，对应着长满睡莲的河岸；该词中间有字母O，看起来像鞋跟在松软的河岸上踩出印记；该词结尾是独特的喉音gh，听起来像岸边的接骨木突然停止摇摆。希尼还由此联想

---

[1] Henry Hart, *Seamus Heaney: Poet of Contrary Progressions*, New York: Syracuse University Press, 1992, pp. 62–63.

到历史和现实：松软的河岸"很容易就碰伤了"，暗示爱尔兰在历史上屡遭入侵；喉音 gh 是"外来者"难以驾驭的，暗示爱尔兰人不会屈从于外来侵略。这里的"外来者"并没有明确的指向，喉音 gh 存在于北爱尔兰英语中，所以外来者可能是指不熟悉北爱尔兰英语的英国人，比如北爱冲突爆发之后进驻的英国军队。喉音 gh 最初源于盖尔语，它在盖尔语里的发音更加特殊，所以外来者也可能是指北爱尔兰的新教移民，希尼含蓄地表达了对天主教民族主义者的支持。

《一首新歌》（"A New Song"）这首诗更加直接地用地名和地貌来宣扬民族主义。德里加尔夫（Derrygarve）是位于莫约拉河（Moyola）边的村庄，这个地名里的长元音 /a：/ 恰好对应着绵长蜿蜒的河流：

> 至于德里加尔夫，我想，大概就是：
> 消失的音乐，暮光下的水——
> 被这意想不到的贞洁女儿
> 倒出的往昔醇甜的奠酒。
>
> 但现在我们的河流之舌必须
> 从深舔本土那些常去的地方升起

第三章　希尼：阐释自然

变成洪水，带着满是元音的拥抱，
淹没以辅音为立界桩的领地。

我们将征募道森堡
还有上兰兹，每一片种植的草地——
像晒布草地被青草恢复过来——
一个形音词，像史前山寨和凹石。[①]

希尼将德里加尔夫这个地名里的元音和莫约拉河结合起来象征爱尔兰传统，莫约拉河"暮光下的水"（twilit water）与叶芝有关爱尔兰神话传说的散文集《凯尔特的薄暮》（*The Celtic Twilight*）形成巧妙的呼应。随着英国殖民者的入侵，爱尔兰传统受到严重压制：道森堡（Castledawson）和上兰兹（Upperlands）的英语地名是指殖民者建造的城堡和渡口，它们的发音包含强烈的辅音；"晒布草地"（bleaching greens）与殖民者发展的亚麻纺织业有关，他们把亚麻平铺在草地上，通过雨露沤制获取其中的纤维，严重的污染对草地造成破坏，这再次将反殖民的意图和生态保护的倾向结合起来。希

[①]［爱］希尼：《开垦地：诗选1966—1996》上册，黄灿然译，广西人民出版社2018年版，第94—95页。

尼要用盖尔语的元音和满溢的莫约拉河水收复这些被殖民者侵占的土地，使它们回归爱尔兰传统，就像古爱尔兰的"圆形山寨"（rath）和具有宗教意义的"碗形凹石"（bullaun）那样具有浑圆的形状和圆唇的元音。

就在诗集《熬过冬季》出版的1972年，北爱冲突进一步升级，英国伞兵对北爱尔兰民权协会组织的游行队伍开枪射击，造成了"血色星期日"惨案，爱尔兰共和军随后也进行报复袭击。希尼于同年离开北爱尔兰，移居爱尔兰共和国的威克洛郡，但作为富有责任感的诗人，他没有回避正在发生的暴力而是对暴力进行深入思考。他在这段时间恰好阅读了丹麦考古学家P.V.格洛布（P. V. Glob）的著作《沼泽地人：铁器时代的古尸》（*The Bog People: Iron Age Man Preserved*），格洛布认为铁器时代的北欧人信奉大地女神内尔瑟丝（Nerthus），他们在冬天用人牲祭祀唤醒女神的繁殖力，这些人牲就是尼德兰沼泽地里的古尸。希尼感到古代的北欧与现代的北爱尔兰之间存在某种联系，他在英国的《听众》（*The Listener*）杂志上发表文章论述这种联系，题目是《爱尔兰母亲》（"Mother Ireland"）：

原来在公元前2世纪到前1世纪，北欧的沼泽

第三章 希尼：阐释自然

地里曾经存在神庙，为了度过冬天重获生命力，部落会用人牲祭祀：这些人被溺死在沼泽里。塔西陀在《日耳曼尼亚志》里写到此事。在铁器时代的社会里有放血的仪式，女孩因为通奸被剃发，宗教以领地为中心、以土地和大地的女神为中心并与祭祀有关。现在爱尔兰共和主义的暴力有许多方面都与这种宗教相关，其中的女神以不同的形象出现。她在叶芝的戏剧里是"胡里痕的凯瑟琳"，她又是"爱尔兰母亲"。我认为爱尔兰共和主义在某种意义上是具有女性特质的宗教。我看到古老的北欧宗教和我们自己的时代之间存在可以想象的相似之处。公元1世纪的塔西陀看到这种宗教感到震惊并发出文明人的责备声，20世纪的《每日电讯报》评论员看到现在的状况也是这样的反应。[1]

希尼将民族主义的暴力视为向大地女神献祭，认为暴力遵循着不受人类控制的神秘规律，这是受到多方面的影响。首先是20世纪上半期的人文科学研究，其中包括格洛布对古代北欧女神祭祀仪式的研究以及荣格对集

---

[1] 转引自 Henry Hart, *Seamus Heaney: Poet of Contrary Progressions*, New York: Syracuse University Press, 1992, p. 88。

体无意识中的"阿尼玛"原型的研究,这些研究都指出,原始时期的人们认为必须用暴力和死亡向自然女神献祭,才能获得自然女神赐予的繁殖力。其次是英国诗人对自然女神的描述。英国诗人罗伯特·格雷夫斯在1948年出版的《白色女神》一书中提出了结合"母亲—新娘—送葬者"三重身份的白色女神,既带来繁殖力又带来暴力和死亡。休斯受到荣格和格雷夫斯等人的影响,也经常描写自然女神带来的死亡和暴力,比如他在《霍尔德内斯的求救信号》里将北海描述为自然女神的化身,深陷战争暴力的英国士兵向她发出"母亲,母亲!"的呼喊,在另一首希尼曾经评论过的《小血儿》里,休斯还写到自然女神将乌鸦扒皮抽骨,使乌鸦在痛苦的折磨中获得隐秘的智慧。希尼从这些英国诗歌里获得一定的启发,并以自己的写作参与到这个主题之中。

最为重要的是,希尼作为北爱尔兰诗人还深受爱尔兰文化的影响。从17世纪末开始,爱尔兰开始出现一种叫幻景诗(aisling)的文学类型,这种诗歌源于法国的幻梦诗(reverdie),本来是写诗人梦见春天以美貌女子的形象出现,而爱尔兰的幻景诗将其与民族政治结合起来,写的是诗人梦见爱尔兰以各种不同的女性形象出现,她为自己经受的痛苦而哀伤。希尼在这里提到的叶芝的

第三章　希尼：阐释自然

诗剧《胡里痕的凯瑟琳》(*Cathleen Ni Houlihan*)是著名的幻景诗,这部诗剧的时间设置在1798年,爱尔兰以老妇人的形象出现,她希望夺回被别人抢走的土地,当青年男子为她参军上战场之后,老妇人就变成像女王般高贵的年轻女子。叶芝在20世纪初写作这首幻景诗是为了鼓励爱尔兰青年为民族独立而奋斗牺牲,使爱尔兰重新获得自由和活力。而希尼在北爱冲突中看到民族女神带来的暴力再次重演,因此他在这里写道,英国人或许对这种暴力感到震惊,但是爱尔兰人对这样的暴力已经非常熟悉。

因此在1975年发表的诗集《北方》里,希尼进一步发展了他在《沼泽地》这首诗里提到的沼泽地意象,将其与古老的土地祭祀结合起来,以一系列沼泽诗来阐释北爱尔兰正在发生的暴力。沼泽诗描述人类与大地女神之间的情欲和暴力,实际上是在探讨以土地为基础并包含暴力的民族主义。希尼对这种民族主义怀有矛盾的态度:就整个民族而言,北欧的祭祀仪式能唤醒土地女神的繁殖力,北爱尔兰天主教徒的暴力抗争能夺回赖以生存的土地,这种民族主义似乎是自然和神圣的;但是就暴力受害者本身而言,无论是北欧的人牲还是北爱尔兰的天主教徒都以可怕的方式失去生命,这种民族主义又应该受到强烈谴责。他的沼泽诗充分体现了这种矛盾的态度。

希尼首先将目光投向北欧古尸，根据神话的阐释他们是大地女神的新郎，是为了部落的生存而牺牲，但是从被绞死或割喉的事实来看，他们其实又是暴力的受害者，因此希尼对这些古尸的态度是矛盾的。他在《图伦男子》（"The Tollund Man"）这首诗里对古尸的描写就体现出这种矛盾的态度：*

> 有一天我会去奥胡斯
> 去看他深棕色的头，
> 他眼皮那豆荚般的微肿，
> 他的顶尖皮帽。
>
> 在附近平坦的乡间
> 他们把他掘出来，
> 他最后喝的冬季种子粥
> 在他的肚子里结成饼块。

---

*《图伦男子》出现在诗集《在外过冬》的后半部分，但与诗集《北方》里的沼泽诗具有一致性，所以放在这里一起讨论。这些古尸基本都是以发现地点命名的。

第三章　希尼：阐释自然

一丝不挂，除了
那顶帽、绞索和腰带——
我将在那儿长久伫立。
他是女神的新郎，

她用她的金属项圈勒紧他，
张开了她的沼泽，
她那黑色的汁液渐渐把他
把他保存成圣徒的遗体……①

以人牲的方式向大地女神献祭似乎是自然和神圣的：古尸的眼睑像"豆荚般的微肿"、胃里存有"冬季种子"，暗示着祭祀仪式是为了祈求春天的繁殖力和粮食的丰收；人牲与大地女神交合也具有神圣的意义，交合之后他如圣徒般获得神恩，遗体历经千百年保持不朽。希尼还由北欧古尸联想到北爱尔兰的天主教徒，前者的献身将使冬麦在春天发芽，后者的牺牲也将使爱尔兰民族获得新生。但从整首诗来看，希尼的笔调不是颂扬而是沉重的，他想象了古尸在献祭前的复杂心情和天主教徒

---

① ［爱］希尼：《开垦地：诗选1966—1996》上册，黄灿然译，广西人民出版社2018年版，第102—103页。

牺牲的惨状，尤其是四个天主教兄弟的皮肤和牙齿碎片撒落在铁路的枕木上、泄露了暴力的真相（tell-tale skin and teeth），从暴力受害者的角度来看，古代的祭祀和现代的牺牲都是极其残忍的。

在写作《图伦男子》时，希尼还没有亲眼看到尼德兰半岛的沼泽古尸，他根据格洛布的描述写出了这首诗。而1973年希尼前往尼德兰半岛参观，在近距离观察古尸之后越发感到内心的矛盾，想要赞叹大地女神对古尸的塑造，却又无法忽视古尸曾经遭受的暴力，由此写下《格劳巴勒男子》（"The Grauballe Man"）这首诗。希尼先是将古尸比作沼泽地里常见的橡木、玄武岩和鳗鱼，还将他比作古罗马的著名雕塑"垂死的高卢人"，这意味着大地女神已经将古尸纳入自己的怀抱并对他进行完美的塑造。但是高卢人的特殊身份和古尸被割喉的伤口又让希尼联想起北爱尔兰的暴力：正如高卢是古罗马的殖民地，北爱尔兰也是英国的殖民地；正如古尸被蒙头割喉，北爱尔兰的天主教徒也被新教民兵暗杀。因此他把古尸放在"天平"的中间，表明自己在赞美和批判之间难以选择。不过从一些细节来看，希尼还是有所偏向的，他承认自己的记忆对古尸进行"美化"（perfected），也认为古罗马雕塑家为了达到美学效果"过于严格地弯曲"高卢人的身体（too

第三章 希尼：阐释自然

strictly compassed），这说明他觉得自己不应美化古尸所受到的暴力，也不应美化北爱冲突的暴力。

在关注暴力受害者的同时，希尼也将目光投向引发暴力的大地女神。大地女神象征着以土地为基础的民族主义，似乎是完全自然的传承；但是深入民族主义的内部，就会发现其间充斥着历史和现实的因素。因此希尼对大地女神的描写也具有明显的两面性，他一面怀着民族主义的情感赞颂大地女神，一面又带着对民族主义的质疑来审视大地女神。《来到闺房》（"Come to the Bower"）这首诗表达的主要是赞美。从18世纪末开始，爱尔兰的沼泽地里也发掘出一些古尸，这些古尸不是被杀死的人牲而是被安葬的贵族，希尼用这样的贵族女尸来象征爱尔兰的大地女神，他将男性走进沼泽地比作进入女神的闺房：

……春天的流水
在她周围开始上涨。

我的手越过
河床冲洗的
金色之梦，来到

她耻骨处的金丝带。①

　　大地女神充满情欲之美，男性的到来使她恢复了春天的繁殖力，这样的描写是充满积极意味的。不过希尼在紧接着的《沼泽女王》("Bog Queen")这首诗里迅速转换了笔调，他仍然将一具贵族女尸作为爱尔兰的大地女神，但他这次突出了女尸的复杂身份：女尸其实是入侵爱尔兰的维京人，她出土的位置是"在泥炭草皮和领地的围墙之间/在田边茂盛的石楠灌木/和围墙上的玻璃刺之间"。维京人的女尸成为爱尔兰的大地女神，英国殖民者的领地改变了爱尔兰的地貌，这都暗示着爱尔兰民族在历史上一直受到外来影响并吸收了外来因素，可能并没有纯粹的爱尔兰民族性。

　　希尼在《亲属关系》组诗("Kinship")里直接用沼泽地来代表大地女神，进一步展示了这位女神的复杂和危险。其中最后一首虚构了古罗马历史学家塔西陀在古爱尔兰的见闻，塔西陀在《日尔曼尼亚史》里写道，北欧人对大地女神内尔瑟丝的信仰带来和平和团结，当祭司用马车载着女神的神龛出巡时，所有人必须放下武器

---

① Seamus Heaney, *North*. London: Faber & Faber, 1975, p. 31.

第三章 希尼：阐释自然

停止战争。① 希尼认为如果塔西陀跟随罗马军团来到爱尔兰，就会发现爱尔兰的大地女神带来的不是和平而是杀戮、不是团结而是分裂：

> ……我们的母亲土地
> 因染了她的信众之血
> 而酸腐，
>
> 他们躺在她神圣的心中，
> 喉间涌动
> 当罗马军团从防御土墙
> 凝视他们。②

古爱尔兰的各个部落都效忠于大地女神，但因为彼此间的分歧——很可能是对土地所有权的争夺和对"共同利益"的不同阐释，他们捍卫大地女神的方式变成了相互屠杀，像是用所有人的生命向大地女神献祭，而外来的罗马军团坐收渔翁之利。希尼再次聚焦于伤亡者、

---

① Tacitus, *Agricola and Germany*, trans. A. R. Birley, Oxford: Oxford University Press, 1999, p. 58.
② ［爱］希尼：《开垦地：诗选 1966—1996》上册，黄灿然译，广西人民出版社 2018 年版，第 196—197 页。笔者对译文有所修改。

受害者和声名狼藉之人，从暴力受害者的角度谴责民族主义带来的暴力，他同时也表现出对爱尔兰民族的忧虑，内部争端使爱尔兰民族变得虚弱可欺，这指向北爱冲突的现状。

文化研究学者索珀（Kate Soper）专门分析了"祖国母亲"（motherland）的概念，有助于我们理解希尼的大地女神。索珀指出"祖国母亲"的概念将土地、女性和民族结合起来，是用原始的自然来掩盖民族主义的虚构性：

> （祖国母亲）是将民族比作部落和家庭，所有成员具有血缘联系，这明显是要创造出一种"自然"：是要模糊民族实体的人造性，也就是盖尔纳所说的"虚构性"、安德森所说的"想象性"和齐泽克所说的"幻想性"。通过民族主义的纽带——部落的意识形态，是要将政权制度投射到原始的自然状态之中，从而使政治制度稳固化和合法化。民族主义实际上是近代才出现的文化建构，却被篡改成具有古老源头并"自然"演化的神话。因此民族主义是通过某种程度的自我欺骗来运作的，对古老土地的理想化

第三章 希尼：阐释自然

描述掩盖了民族历史中更加复杂和断裂的事实。[1]

以索珀的论述为参照，希尼对"祖国母亲"既有认同又有反对。从一方面看，为了反抗英国的殖民和干涉，他必须强调爱尔兰民族与土地之间存在悠久的血脉联系，因此他在地名诗里建构了"地名—地貌—历史"的统一体，在沼泽诗里也用充满情欲的笔调赞美大地女神。但是从另一方面看，他已经清楚地认识到爱尔兰民族实体的建构性。他在《沼泽地》("Bogland")里用沼泽地的形态暗示爱尔兰民族没有源头也不会定型，在《阿纳霍里什》里用泛指的"山居者"描述爱尔兰人的祖先，在沼泽诗里更是表达了对民族主义的质疑和对暴力受害者的深刻同情。这意味着他对民族主义的认识既不同于爱尔兰文艺复兴时期的理想化，也不同于爱尔兰共和军的极端化，而是带有反思性的，在一定程度上解构了看似源于自然的民族主义。

在诗集《北方》发表之后，有些评论家指责希尼未能正视北爱冲突，如夏兰·卡森认为他放弃了前几部诗集里对现实的精准描述，用晦涩的神话来逃避现实的冲

---

[1] Kate Soper, *What is Nature? Culture: Politics and the non-Human*, Oxford: Blackwell, 1995, p. 110.

突，埃德娜·朗利也认为他用美学的隐喻来掩盖正在发生的暴力。[1]因此希尼开始深入地思考诗歌艺术与政治现实之间的关系，他发现许多诗人都面临和他一样的状况：爱尔兰诗人叶芝被要求宣扬民族主义和复活节起义，苏联诗人奥西普·曼德尔施塔姆（Osip Mandelstam）被要求歌颂斯大林的统治，美国诗人罗伯特·洛威尔（Robert Lowell）被要求对越南战争公开表态。但是这些诗人都没有屈从于政治现实，他们保持了诗歌的独立性，以超越政治的方式最终对政治产生积极的影响。

在题为《舌头的管辖》（"The Government of the Tongue"）的讲座里，希尼用标题的双关语义来总结诗歌艺术与政治现实的关系。"舌头的管辖"的第一个含义是"舌头受到管辖"，即社会禁止诗人自由地感受和写作，命令他严格遵守政治规范，比如希尼通过神话和隐喻来写民族问题就受到严厉的批评，他被要求对民族问题进行明确的表态。而希尼更加重视的是"舌头的管辖"的第二个定义——"舌头具有管辖权"，即诗歌艺术具有自身的正当性并能够影响政治现实。舌头的管辖权首先是自治权，诗人可以找到独立于政治的艺术空间，根据

---

[1] Ciaran Carson, "Escaped from the Massacre?", *The Honest Ulsterman*, No. 50, January 1975, p. 183.

第三章 希尼：阐释自然

艺术本身的规则来自由地写作。与此同时，这种纯粹的诗歌又能产生微妙的影响，实现舌头对外部现实的管辖权。希尼以《圣经新约·约翰福音》第八章举例，当众人想要惩罚一个犯有通奸罪的女人时，耶稣只是在旁边的沙地上画字，他对众人说，谁觉得自己无罪就可以用石头打女人，最后众人在自我反思之后，沉默地散去了。因此诗人写诗就像耶稣画字，舌头的管辖权不是直接介入政治冲突，对冲突各方做出是非判断，而是用诗歌引发人们的自我反思，以独立于政治的方式影响政治问题。

在《田间耕作》和《苦路岛》这两部诗集里，希尼在"舌头受到管辖"和"舌头具有管辖权"之间徘徊，艰难地寻找艺术自由。《田间耕作》主要描写希尼移居到爱尔兰威克洛郡后的乡村生活，希尼尝试在远离北爱冲突的新环境中摆脱政治压力，但这部诗集以《纪念弗朗西斯·莱德威奇》("In Memoriam Francis Ledwidge")和《乌戈利诺》("Ugolino")结尾，前者是写跟随英军参加一战而错过了复活节起义的爱尔兰诗人，后者是写在地狱里经受严酷惩罚的比萨叛徒，他们都从某种意义上背叛了自己的民族，这意味着希尼对自己离开北爱尔兰仍然怀有负罪感，感觉自己逃避甚至背叛了民族责任。因此他在《苦路岛》里进行诗歌上的朝圣之旅，在与一系列的鬼魂交谈之后,尤其是从前辈作家威廉·卡尔顿（William Carleton）和詹姆斯·乔伊斯（James Joyce）那里得到指引之后,希尼最终摆脱了政治的束缚,像疯王斯威尼那样变成鸟儿自由地飞翔。①

从这两部诗集的自然诗歌来看,希尼的目标是去除自然景物的政治色彩,不再像地名诗那样用莫约拉的河水去争夺新教移民占领的土地,也不再像沼泽诗那样用沼泽地去象征引发暴力的民族主义。对于一位来自北爱尔兰的诗人来说,这种转变是极其艰难的,即使希尼逐渐从"北方"的暴力冲突转向威克洛郡的"田间耕作",乡村生活的细节仍然会让他联想到政治问题。《田间耕作》的开篇诗《牡蛎》（"Oyster"）就描述了他的思绪不由自主地从眼前的美食转向民族政治:

> 越过阿尔卑斯山脉,装在干草和雪堆深处,
> 罗马人向南把他们的牡蛎拖向罗马:
> 我看见潮湿的货篓呕出
> 这种蕨叶状唇、被浓盐水蜇疼的
> 特权饱享物

---

① 苦路（Stations）是模仿耶稣背负十字架受难的仪式,天主教徒以此纪念耶稣并进行忏悔。德格湖的苦路岛上有处深洞,传说上帝指引圣帕特里克（St. Patrick）找到这处能窥见炼狱的深洞,由此向爱尔兰人传教。

第三章　希尼：阐释自然

并愤怒于我的信任无法

憩息于这清澈的光中，如同诗歌或自由

从海里斜涌而来。我蓄意

吃掉那一天，好让它的强烈味道

加快我成为动词，纯粹的动词。（*FW* 11，傅浩译）①

这首诗写的是希尼与友人驾车来到海边，享用美食并回忆往事。这本是远离政治困扰、畅谈艺术的自由时光，就像海上照来的光线那样清晰无瑕，但是盘中的牡蛎却突然让希尼联想到民族政治，他将牡蛎与罗马帝国的殖民统治和等级制度联系起来，罗马人从北面的殖民地运回牡蛎、专门供贵族享用，而希尼的身份恰好与此相反，爱尔兰曾经是英国的殖民地，他自己也出身于农民家庭，似乎不应该愉快地享用这些牡蛎。希尼为自己的政治联想感到愤怒，他将注意力重新集中于牡蛎上，专注地品尝牡蛎的强烈味道。他希望自己的诗歌创作也要遵循这样的原则，排除政治的干扰、专注于事物本身，

---

① ［爱］希尼：《开垦地：诗选 1966—1996》上册，黄灿然译，广西人民出版社 2018 年版，第 232 页。

如同纯粹的动词那样直接而有力,不会在政治的影响之下发生偏离。

不过政治的影响似乎无孔不入,它也会渗透进希尼居住的乡间小屋。《格兰莫尔十四行组诗》("Glanmore Sonnets")记录了希尼与家人在威克洛郡的乡村生活,其中前几首诗是充满希望的,用开垦的场景和田间的动物营造了世外桃源的氛围,希尼甚至将自己和妻子比作悠闲自得的华兹华斯和妹妹多萝西。① 但是他又想到北爱尔兰的现状,转而将自己和妻子比作《威尼斯商人》里私奔的罗伦佐和杰西卡,就像私奔的杰西卡背叛了父亲夏洛克,希尼和妻子移居爱尔兰共和国似乎也是对北爱尔兰的背叛。第九首诗写到希尼家门前出没的一只"黑老鼠",再次发出了他的政治联想:

> 我们到乡下来是为了它(黑老鼠)?
> 我们的大门前有棵光滑的月桂树,
> 古典风格,锋利的树叶如同良心,
> 夹杂着隔壁农场传来的饲料臭味,
> 草叉上有血,谷糠和干草上有血,

---

① 希尼一家住在"格兰莫尔小屋"(Glanmore Cottage),这里属于爱尔兰作家辛格(J. M. Synge)的家族。

第三章　希尼：阐释自然

> 在打谷的汗水和灰尘中叉死老鼠——
> 我拿什么为诗歌辩护？①

希尼的早期诗歌多次写到老鼠，在《自我的赫利孔山》里老鼠指向自然界的隐秘真相，也指向诗人自身的潜意识。如今出现的这只"黑老鼠"显然指向希尼潜意识里的政治问题，它与门前的"月桂树"形成鲜明的冲突。月桂树枝或者桂冠是诗人的标志，因此古典风格的月桂树象征着希尼所追求的艺术自由，但是锋利的树叶似乎在拷问他的良心，饲料的臭味将他拉回现实，人们打死老鼠留下的血迹更是让他想到北爱尔兰的现状。因此希尼发出了"我拿什么为诗歌辩护"（What is my apology for poetry）的疑问：锡德尼爵士曾经在《诗辩》（*An Apology for Poetry*）里宣称诗歌高于历史和哲学，而希尼还在艰难地思考如何使自己的诗歌超越政治。

在希尼与政治保持距离的所有尝试中，《贝格湖滨》（"The Strand at Lough Beg"）这首田园悼亡诗是最为突出的。希尼悼念的是在北爱冲突中丧生的表兄科拉姆·麦特卡尼（Colum McCartney），他先是猜测了表兄在丧生前的遭遇——驾车出行时突然被拦下而后击毙，

---

① Seamus Heaney, *Field Work*, London: Faber & Faber, 1979, p. 41.

说明表兄的朴实和无辜，也说明北爱冲突的暴力经常是盲目的。在这首诗的后半部分，希尼在表兄丧生的贝格湖滨悼念他，尝试用田园风景来抚平暴力的创伤。这里的田园风景具有平和而坚定的力量：牛群的目光不再受到政治的困扰，贝格湖的湖面像是磨得发亮但不会带来伤害的钝刀，草丛里露水和湿润的苔藓也洗去了表兄遭受的暴力痕迹。希尼最后写道："我用重新发绿的灯芯草编结／绿肩衣，披在你的裹尸布上。"这里的绿色代表着爱尔兰民族，而肩衣（scapular）代表着天主教，正如耶稣在地上写字化解了人们的冲突，希尼用源于自然的灯芯草精心编结成具有祈福意义的肩衣，以超越的方式化解民族和宗教的冲突。

尽管《贝格湖滨》表现出积极的希望，但希尼此时还没有真正超越政治。诗集《田间耕作》结尾的《乌戈利诺》（"Ugolino"）是希尼对《神曲》的一段翻译，内容是但丁在地狱遇见乌戈利诺的鬼魂，听这位著名的叛徒讲述悲惨的经历。[*]希尼很容易从乌戈利诺联想到自己，因为他也是逃离北爱冲突的"叛徒"，担心受到指责和惩罚。在这种无法摆脱的政治阴影中，希尼开始写作下一

---

[*] 乌戈利诺是意大利的贵族，他背叛了自己的政治派别，并联合外敌攻打自己的故乡比萨，后来他和他的孩子们被比萨的大主教鲁杰里（Ruggieri）囚禁起来，饥饿的乌戈利诺先将孩子们吃掉最后自己也死去。

第三章 希尼：阐释自然

部诗集《苦路岛》，其核心部分是模仿但丁的朝圣之旅。人们通常认为《神曲》是宗教上的朝圣之旅，但丁通过与鬼魂的交谈接近上帝，而希尼认为《神曲》其实是诗歌上的朝圣之旅，但丁是在努力靠近诗歌的理想。因此希尼自己的朝圣之旅也是如此，虽然是在具有宗教意义的苦路岛上展开，其实是在追寻超越政治的艺术自由。

《苦路岛》这部诗集的地点设定在爱尔兰共和国德格湖的苦路岛上，此处有个深洞，传说耶稣指引圣帕特里克（St. Patrick）从这个深洞窥见炼狱里鬼魂受苦的场景，由此向爱尔兰人传教，后来这里便成为爱尔兰天主教徒朝圣之地。苦路（Stations）原本是指耶稣背负十字架走向加略山的受苦过程，后来演变为一种朝圣仪式，天主教徒在苦路岛的岩石上赤足行走，以此感恩耶稣为拯救世人所受之苦。不过，希尼的诗集《苦路岛》记录的不是宗教上的朝圣，而是诗歌上的朝圣，他通过与鬼魂的交谈获得诗歌上的启示，其中给他最大启发的是作家卡尔顿和乔伊斯、表兄麦特卡尼这三人的鬼魂。卡尔顿是19世纪北爱尔兰的作家，他出身于天主教农民家庭，但他感到自己所在的阶层是愚昧保守的，于是改宗新教并写作了许多批评天主教农民的作品。卡尔顿在短篇故事《德格湖朝圣之旅》（"Lough Derg Pilgrimage"）

253

里辛辣地讽刺了苦路岛朝圣，故事的叙述者发现朝圣仪式只是对身体的折磨、并不能提升信仰，他在朝圣路上遇到的天主教农民也是愚昧无知的，甚至有人偷走了他的衣服。因此卡尔顿劝告希尼不要固守农村的风景和观念，而是要用自己的艺术反思和超越现实：

> "树篱里面的桤木，"我说，"蘑菇，
> 牛奶排泄粪便的黑暗草丛，
> 有衬皮作里子的栗子壳在你手中
>
> 裂开时的喀喀响，果壳腐败时的融化，
> 淤泥阻塞的排水沟里的旧果酱罐——"
> 但这时卡尔顿打断说：
>
> "所有这一切都像鲑鱼被养在泉水里
> 或蛆虫播撒在急需药膏的伤口里——*
> 另一种清洁我们生存环境的生物。
>
> 我们是土里的蚯蚓，所有我们

---

* 鲑鱼和蛆虫能吃掉微生物，使泉水和伤口保持清洁。

第三章　希尼：阐释自然

经历过的事情都将成为我们的踪迹。"①

希尼深情地描述农村生活的细节，想要引起同样出身于农村的卡尔顿的共鸣，但是卡尔顿将他的话打断，劝告他不要关注农村生活本身，而要把它当作一种净化和提升自我的途径。希尼将部分地接受卡尔顿的劝告：他会像卡尔顿那样超越封闭的农村生活，以更开阔的视野来追求艺术的自由；但是他并不会像卡尔顿那样对农村生活大加鞭挞，而是将农村生活当作宝贵的经历珍藏起来。

不过希尼也清楚地知道，超越自己的成长环境可能被认为是一种背叛，他稍后遇到的鬼魂是他在《贝格湖滨》里悼念的表兄麦特卡尼，表兄的鬼魂指责希尼没有直接描写和谴责新教徒的暴力行为，而是试图用田园风景掩盖暴力。表兄的指责让希尼再次想起"舌头受到管辖"，诗人总是受到社会压力，北爱冲突更是加剧了这样的压力。但是希尼坚信"舌头具有管辖权"，因此他最后遇到的鬼魂是具有独立精神的乔伊斯。乔伊斯曾经的境况与希尼颇为相似，他离开爱尔兰之后仍然一直在思考

---

① ［爱］希尼:《开垦地：诗选 1966—1996》下册，黄灿然译，广西人民出版社 2018 年版，第 367 页。

爱尔兰的问题，他深受爱尔兰文化的影响却又希望保持艺术的独立性。他的鬼魂向希尼提出这样的忠告：

> 做这种体面的事情，你失去的反而
> 多于你赎回的。保持一条正切线。
> 当他们把圆圈扩大，你就该自己
> 游出去，使所有元素充满*
> 你自己的频道独有的特征，
> 回声探测器、搜寻、调查、诱惑，
> 整个大海的暗黑中的幼鳗闪光。①

如果说厚重的土地象征着民族政治的羁绊，那么宽阔的海洋和幼鳗的闪光象征着艺术的自由和灵感，乔伊斯笔下的重要人物斯蒂芬·代达勒斯（Stephen Dedalus）经常到海边进行艺术的畅想，获得神秘的领悟。乔伊斯鬼魂的话语也与自由有关：他告诫希尼不要屈从于社会压力，为了获得政治认可而失去艺术的自由；他建议希尼"保持一条正切线"（tangent），始终与社会

---

* "元素"（element）与艾略特的《小吉丁》中的水元素有所呼应，源自古希腊的四元素论。

① ［爱］希尼：《开垦地：诗选1966—1996》下册，黄灿然译，广西人民出版社2018年版，第396页。笔者对译文有所修改。

现实的圆圈保持距离但又不是逃离现实。真正的诗歌就像"回声探测器",诗人用自己的频率发出声波,声波在接触外部事物后返回,最终形成的诗歌是以独特的方式来阐释外部事物。

在诗集《苦路岛》最后一部分,希尼借用斯威尼的传说来描述自己在朝圣之后获得的艺术自由。斯威尼原本是古爱尔兰国王,因为反对传教士圣罗南(St. Ronan)而被诅咒发疯,变成鸟儿流浪四方,希尼曾将相关的盖尔语传说翻译为英文版的《斯威尼失常》(*Sweeny Astray*)。他同时感到,自己与斯威尼颇为相似,都在放逐或自我放逐之中形成一种全新的认识,因此他模仿斯威尼的语气写下《在山毛榉中》("In the Beech")。在这首诗里,希尼不再是躲在树洞里聆听大地声音的孩子,而变成飞上树梢高处的斯威尼,他用更加开阔的视野来看待北爱尔兰:他不是一味强调农村的原始感,而是承认农村已经有现代化的水泥路和红砖烟囱;他不是用土地的神话描写北爱冲突,而是平静地注视坦克和飞机的到来。另一些细节也反映出他的诗歌与过去很不相同:他写到男学生在树影里的性行为,但没有像《一个自然主义者的死亡》那样对青蛙的性行为表示震惊,他把山毛榉比作古典时期的雕刻石柱,但没有像《格劳巴勒男子》那样赞叹古典风格之美。最后他重点描述了自己栖身的山毛榉，这棵树既代表过去的深厚传统，又代表轻盈的新知识，他即将脱离传统的束缚飞入广阔的天空，去聆听更加丰富的声音："我的偏狭的边界树。我的知识树。/ 我根深蒂固、柔羽毛、通风的监听站。"

从1972年离开北爱尔兰到1984年发表诗集《苦路岛》，希尼经过十多年的思考终于确定了自己与土地之间的恰当关系，他不再紧紧依附于土地，而是要带着对土地的记忆飞入空中，用艺术的自由去进行更多的探索。

第三节　超越的理想

从1987年的诗集《山楂灯笼》(*The Haw Lantern*)开始，希尼的诗歌从沉重的政治思考转向超越的艺术想象。需要指出的是，希尼现在的想象与地名诗中的听觉想象是不同的：听觉想象是从语言之中寻找地域和历史的因素，具有民族主义的政治意味；而他现在的想象源于纯粹的艺术，是要超越政治达到艺术的自治以及艺术对政治的管辖。在题为《无地点的天堂：从另一个角度看卡瓦纳》("A Placeless Heaven: Another Look at Kavanagh")

第三章 希尼：阐释自然

的文章里，希尼以前辈诗人卡瓦纳为例阐述了两种不同的想象：

> （卡瓦纳的早期诗歌）得到一种强大的有形存在的支持，并且充满着见诸诗人与其所处地点之间的种种识别标志；它象征着根植于社区生活的深情，其背后有一种想象力做依靠，该想象力仍未放弃其源头，如同仍未断奶……（在后期诗歌里）世界向他的想象开放，而不是他向世界开放。当他描写地方时，它们成为他思想里发亮的空间。它们不再是背景和记录的地理，而是改变过的意象和思想投射的位置。①

卡瓦纳早期诗歌里的想象与希尼的听觉想象类似，根植于对故乡莫纳亨郡的深厚认同，与故乡的马铃薯田和天主教传统紧密相连。这种想象具有一定的意义，因为它证明了爱尔兰农村生活的价值，同样出身于农村的希尼曾经受到这些诗歌的鼓舞，也描写自己的故乡德里郡农村。但是这种想象也有明显的局限性，它没有放弃

---

① ［爱］希尼：《希尼三十年文选》，黄灿然译，浙江文艺出版社2018年版，第176—177页。

对现实的依赖，在艺术上还不够成熟。因此，卡瓦纳在后期诗歌中发展出一种更高层次、更具普遍性的想象，这种想象不再受到外部现实的限制，而是对外部现实进行改造甚至是全新的创造，希尼现在所要追求的正是这种超越现实的想象。

希尼的后期诗歌和卡瓦纳一样摆脱了现实的束缚、进入想象的空间，他的诗集题目就反映出这种趋势。诗集《山楂灯笼》（*The Haw Lantern*）的题目把火红的山楂比作发光的灯笼，是引用了古希腊哲学家第欧根尼（Diogenes）的典故：第欧根尼在白天打着灯笼寻找真正诚实之人，是拒绝世俗的标准而遵循自己的标准；希尼也摆脱了社会现实的束缚，转而遵守艺术本身的规则。随后的诗集《幻视》（*Seeing Things*）的题目是双关语，既指看到真实存在的事物，又指看到幻想出来的事物，对诗人来说，这意味着在观察生活的同时用想象创造出新的世界。接下来的诗集《酒精水准仪》（*The Spirit Level*）的题目也是双关语，一方面是指工匠用来测量水平位置的仪器，另一方面也可以指精神层面，因此这个题目的意思也是在衡量现实的同时上升到精神层面。另外，根据希尼自己的解释，《电灯光》（*Electric Light*）这部诗集也包含一种超越的视角："用拉开距离和阅历丰富的意识来看原本喜悦或痛苦的经历。"①

在想象的空间里，希尼一直关注的自然改变了面貌，这里的自然不再与历史传统和政治现实紧密地结合在一起，而是显示出独立和超越的状态。如《清理》组诗（"Clearances"）的第八首是用一棵砍掉的栗树悼念去世的母亲，同时也突出了轻盈乃至空无的想象：

> 我想到不断绕着一个空间走，
> 它绝对空无，绝对是一个源头，
> 那里被砍倒的栗树已从我们门前
> 那道桂香竹映衬的树篱中的位置上消失。
> 白屑蹦蹦跳跳高高扬起。
> 我听见短柄小斧错落
> 准确的砍伐，那噼啪声，那茂盛至
> 被震撼的树梢的东西的
> 叹息、倒塌和全面的毁灭。
> 曾经深植如今早已消失，我同龄的
> 从一个浆果罐移植到一个洞里的栗树，
> 它的重量和沉默变成一处明亮的乌有，

---

① Seamus Heaney, "Lux Perpetua: Seamus Heaney on the making of his recent collection, Electric Light", *The Guardian*, June 16, 2001, http://www.theguardian.com/books/2001/june/ 16/poetry.features.

> 一个分枝的灵魂，永远
>
> 寂静，超越被倾听的寂静。①

希尼曾经谈道自己与栗树的这段经历：在他出生时家人种下一棵栗树，这棵树一直伴随他成长，令他产生了深厚的认同感；后来他家搬离之后，新房主砍掉了栗树，但是在希尼的想象里，原本的栗树转化成一个发光的空间，他对这个空间产生了一种新的认同感。②结合这首诗来看，原本的栗子树属于现实世界，希尼指出这棵树所在的具体位置，树上的花栗鼠、斧头砍在树上发出的声音也都显示出这棵树的实在性。而栗树消失之后转化成的空间则是想象的空间，希尼的想象是这个空间的源头并创造出如灵魂一般轻盈的栗子树的意象。相对于现实世界来说，想象的空间是空无和沉默，但是希尼相信想象本身是富有意义的，因此他在空无之中看到光亮，在沉默之外听到声音。

希尼进入想象的空间是为了超越政治，那么这是否意味着对政治的逃避呢？《清理》（"Clearances"）的标

---

① ［爱］希尼：《开垦地：诗选1966—1996》下册，黄灿然译，广西人民出版社2018年版，第460页。
② ［爱］希尼：《希尼三十年文选》，黄灿然译，浙江文艺出版社2018年版，第175—176页。

题说明并非如此。"清理"不仅是指新房主将栗树清理掉之后留下的空地,也让人联想到苏格兰的"高地清理运动"(highland clearances)。在18—19世纪,苏格兰地主开始收回佃农租种的小块土地,整合成大块土地放牧羊群、提供毛纺业所需原料,他们采取了强制停租甚至暴力驱赶的手段,使得佃农们流离失所。尤其在19世纪中期,苏格兰也爆发了和爱尔兰同样的马铃薯疫情,地主们趁此机会加紧驱赶无法交租的佃农,这与爱尔兰大饥荒的悲惨状况非常相似。从"清理"的历史含义可以看出,希尼像乔伊斯建议的那样与政治的圆圈保持一条切线,他没有直接描写爱尔兰大饥荒和批判英国移民对爱尔兰佃农的压迫,而是通过"清理"这个标题间接地引发了人们对历史的反思。

土地是希尼始终关注的焦点,他现在用想象重新描写爱尔兰的土地,不再将土地作为民族主义的象征,而是用微妙的方式促使人们反思民族主义。比如《消失的海岛》("The Disappearing Island")这样写道:

> 当我们一位给自己打下永久的基础
> 在它的蓝色群山和那些无沙的海滩之间,
> 那里我们在祈祷和守夜中度过难熬的晚上,

> 当我们捡来些漂流木，做了炉床，
> 把我们的大锅挂在它的苍穹里，
> 岛屿便在我们脚下破碎如海浪。
>
> 支撑我们的土地似乎只有当我们
> 在绝境中拥抱它时才是坚固的。
> 我相信那里发生的一切都只是幻象。[①]

　　希尼将圣布伦丹（St. Brendan）的传说和爱尔兰的状况巧妙地结合起来，揭示了土地并没有确定的意义。圣布伦丹是古爱尔兰的传教士，他带着修士们航行到一个"海岛"并生起火堆，结果"海岛"突然塌陷，他们才发现原来是在一条鲸鱼的脊背上。希尼借用圣布伦丹的传说来阐释爱尔兰的土地：爱尔兰岛看似具有固定的位置和意义，人们把它当作永久的依靠并守卫着它；而事实上，固定的位置和意义只是幻象，人们制造这种幻象是要用内部一致性抵抗外来的威胁。这种排外性的幻象或许能够暂时应付危机，但是长期来看它使人们感到

[①]［爱］希尼：《开垦地：诗选1966—1996》下册，黄灿然译，广西人民出版社2018年版，第473页。

第三章　希尼：阐释自然

紧张和痛苦。

在爱尔兰的困境面前，艺术的想象能够起到怎样的作用呢，希尼在题为《先世之山：近期爱尔兰诗歌中的幻景与反讽》("The Pre-Natal Mountain: Vision and Irony in Recent Irish Poetry")的讲座里回答了这个问题。他首先引用了奥登的话："诗歌不是告诉人们要做什么，而是扩展人们对善与恶的认识，这样也许能使人们更迫切地采取必要的行动，更清楚地看到行动的性质。"然后他以路易斯·麦克尼斯（Louis MacNeice）为例说明诗歌到底如何扩展人们的认识。他选择麦克尼斯作为例子是有特殊用意的，出生于北爱尔兰的麦克尼斯十岁就跟随父亲移居英国，他在牛津大学读书，是英国诗坛著名的"奥登派"成员，后来长期在BBC广播公司工作，更像是英国人而不是爱尔兰人。希尼认为这样一位与爱尔兰相关但又与爱尔兰保持距离的诗人恰好能引发人们对爱尔兰的反思。

麦克尼斯的诗歌并没有突出爱尔兰特色，但希尼在细读之下发现这些诗歌与爱尔兰的微妙关系。这些诗歌暗含相互渗透又有所冲突的多重身份：麦克尼斯的父亲曾经生活在爱尔兰西部，是支持爱尔兰民族独立的新教牧师；他自己在北爱尔兰长大，目睹了奥兰治派新教徒与天主教贫民之间的冲突；他接受了典型的英国教育并进入了英国主流的文化圈。*希尼认为这些诗歌中的"错综复杂和模棱两可"颠覆了英国/爱尔兰、新教徒/天主教徒等二元对立结构，促使人们对历史和政治进行反思。希尼后来还专门用"混杂"（through-otherness）一词描述爱尔兰诗歌所包含的复杂性：该词来源于盖尔语 tri na cheile，本义是把东西搅和到一起，在北爱尔兰英语里是指外表脏乱或精神紊乱，希尼认为该词可以具有积极的意义，用来描述爱尔兰各种文化身份之间长期和复杂的交融，这也是爱尔兰诗歌的力量所在。

希尼所说的"混杂"与后殖民主义学者霍米·巴巴提出的"混杂"（hybridity）非常相似。巴巴认为任何文化身份都不是预先存在并具有明确本质的，各种文化身份在持续不断的冲突和交换中相互建构，这样的混杂具有积极意义，它颠覆了殖民话语中的二元等级结构，也揭示了当代文化身份的跨民族性。[1]巴巴曾用美国黑人女艺术家勒妮·格林（Renée Green）的装置艺术作品来举例：格林利用博物馆现成的建筑结构，在楼上的阁楼挂

---

* 奥兰治派（the Orange Order）是指在 18 世纪末爱尔兰抗英起义期间建立起来的新教组织，对天主教徒持敌对态度，名称中的奥兰治是纪念奥兰治亲王（William of Orange，新教徒）打败詹姆斯二世（天主教徒）。

[1] Homi Bhabha, *The Location of Culture*, London: Routledge, 1994, pp. 37–38.

第三章　希尼：阐释自然

上象征白人身份的匾牌，在楼下的锅炉房挂上象征黑人身份的匾牌，两者之间正好有楼梯井相通，用艺术的手法促使人们反思白人和黑人身份的混杂。

希尼也在诗歌中进行与格林相似的尝试，用艺术的想象重新审视爱尔兰的土地，建构出具有积极意义的混杂状态。《寓言的海岛》("Parable Island")组诗的第一首如此写道：

> 在遥远北方的某处，在本地人
> 认为是"海岸"的地方，
> 有座变换着名字的大山。
>
> 占领者叫它"巴尔索特角"。
> "太阳的墓碑"，东部的农民这么叫。
> 醉酒的西部人叫它"孤儿的奶头"。①

希尼显然是在改写自己早期的地名诗。早期的地名诗建构了"地名—地貌—历史"的统一体，具有明确的意义：原始的盖尔语地名优先于现代的英语地名，盖尔语地名契合特定的地貌，特定的地貌又体现了特殊的历

---

① Seamus Heaney, *The Haw Lantern*, London: Faber & Faber, 1987, p.10.

史因素。而现在希尼用寓言的形式重新建构"地名—地貌—未来"的统一体,是通过艺术的想象来揭示文化身份的混杂。"巴尔索特角""太阳的墓碑"和"孤儿的奶头"这三个地名是完全并列的,没有哪个地名具有历史或政治上的优先度。希尼还写到本地人的"舌头分叉"(fork-tongued),他们的语言同时包含多种因素,海岸边的大山也在不断地变换名字,这都体现出文化身份的混杂。这首诗的结尾展开畅想——本地人将在大山底下挖掘"真理的矿石",这是希望人们放下历史的纷争,用开放的心态接受语言和文化的混杂,提炼出其中的丰富意义。

上述两首有关岛屿的诗歌是用宏观的想象来超越民族主义的政治现实,而希尼有时还用想象来描写日常生活的自然景物,他从这些景物中同样发现了独立于政治的积极意义。《重访格兰莫尔》("Glanmore Revisited")组诗描述了希尼和家人重回威克洛郡的感受,与20世纪70年代的《格兰莫尔十四行组诗》形成鲜明的对照。《格兰莫尔十四行组诗》是希尼离开北爱尔兰定居威克洛郡后写作的,他感到自己在北爱冲突期间离开故乡是一种背叛,因此他将自己和妻子比作《威尼斯商人》里私奔的罗伦佐和杰西卡。而现在的希尼则显然摆脱了政治

第三章　希尼：阐释自然

的困扰，他对北爱冲突既不反复思考也不刻意回避——他的记忆"露出脸但又保持距离"，就像海豚的眼睛"难以解读、毫不遮掩"。他眼中的自然景物也变得平和温暖，尤其是一株爬进卧室的常春藤。他将这株常青藤想象成《奥德赛》里的橄榄树：奥德修斯和珀涅罗珀的床有一根柱子是橄榄树的树干，他们凭借这个秘密排除政治的纷争重新团聚；而希尼把卧室里的常春藤当作自己和妻子之间的秘密，充满生命力并带有情欲意味的常春藤也将抵挡政治的入侵，为希尼夫妇保留自由的日常生活。

从上述分析可以看出，希尼用艺术的想象创造出超越现实的新空间，那么具体来说，他究竟如何进行艺术的想象呢，诗集《酒精水准仪》有多首自然诗歌说明了想象的具体方式。首先，艺术的想象是以敏锐的感受力为基础的。这部诗集的开篇诗《雨棒》("The Rain Stick")写的是用仙人掌做成的雨棒，这是美洲的一种传统乐器，当人们摇晃雨棒时，其内部的沙粒或干种子会发出下雨一般的哗哗声。希尼在这首诗里集中使用听觉展开想象：把雨棒颠倒过来，听到的是"倾盆大雨"，再轻晃雨棒，听到的是"檐槽止涓"，然后逐渐弱化为"微小的雨点"和"几乎是呼吸似的空气"。只有通过敏锐的听觉,诗人才能超越雨棒这个简单的乐器,想象出天降甘霖的美妙场景,这种美妙的感觉甚至像富人进入天堂一般。*而在这部诗集的结尾诗《附笔》("Postscript")里,希尼集中使用视觉和触觉对克莱尔郡的风景展开想象:一边是大风刮起的翻滚海浪,另一边是日光照耀的平静湖面,一群天鹅仿佛白色闪电般降落在湖面上。诗人想要停下车仔细品味,但是充满活力的风景"既不是在这里也不是在那里",只存在于大风刮开心房那一瞬间的想象之中。

与此同时,艺术的想象还需要忘我的精神。这部诗集中有一首题为《圣凯文与乌鸫》的诗,写的是爱尔兰圣凯文的传说以及希尼对此的思考。圣凯文独居小屋读经祈祷,有一日他将手伸出窗户,恰好有只乌鸫落在他的手掌上筑巢生蛋,于是他充满爱意地举着手掌,直至数周之后幼鸟孵出飞走。希尼设想了圣凯文的感受,他长时间保持托举姿势,身体上一定感到疼痛麻木,但是他具有忘我奉献的精神,忘记了自己的疼痛,忘记了鸟儿的存在,忘记了自己身边河流的名字,最终融入"永生的网络里"。希尼对这个传说进行深入的思考,是因为

---

* 根据《圣经新约·马太福音》记载,耶稣曾说,"骆驼穿过针的眼,比财主进神的国还容易呢",而希尼将聆听雨棒发出的美妙声音比作富人进入天堂的感觉。

第三章　希尼：阐释自然

诗人在展开想象时也需要有圣凯文一般的忘我精神,不执着于自我,也不执着于具体的事物,而是用想象创造出一个平和圆融的世界。

1998年4月,英国政府、爱尔兰共和国政府和绝大多数北爱尔兰政党签署了《贝尔法斯特协议》(*Good Friday Agreement*),各方承诺停止使用武器,同意建立北爱尔兰议会和爱尔兰南北委员会来协调关系,长达30年的北爱冲突基本得到解决。因此在诗集《电灯光》里,希尼通过自然景物来抒发对和平的喜悦之情,如《巴恩河谷牧歌》("Bann Valley Eclogue")是模仿维吉尔《牧歌》的第四首来描写巴恩河谷的景象。维吉尔的这首《牧歌》是通常所说的弥赛亚牧歌,写的是在恺撒死后的混乱纷争中,有一个神圣的婴儿即将诞生,这个婴儿将会领导罗马重新回到和平繁荣的黄金时代。而希尼把维吉尔假设成北爱尔兰"树篱学校"的老师,把北爱尔兰比作充满希望的婴儿。* 这里的维吉尔正在畅想北爱尔兰的未来:

不管你为何所污,把它擦进自己的身体,

---

* 英国对北爱尔兰进行移民垦殖之后禁止天主教徒开办学校,天主教徒只能秘密地开办学校,有时是在户外的树篱旁,这些学校被称为"树篱学校"(the hedge schools),主要存在于17—18世纪。

审视·想象·阐释——论拉金、休斯和希尼的自然主题

> 泥斑、胎记，像罗慕卢斯城壕的血土*
> 铸成一体。但是当羊水破裂，
> 巴恩河的水流将会泛滥，旧标记
> 将不起作用，再无法把东岸和西岸区分。
> 河谷将像新生的婴儿被冲洗。①

维吉尔的话语乍看上去像是重复希尼早期的地名诗，但是细读之下有很大区别。希尼在《布罗赫亚》里暗示外来者很容易破坏松软的河岸，又在《一首新歌》里写道，代表民族传统的河流将会夺回被新教徒占领的土地。然而这里的维吉尔不再进行任何的政治区分，所有的记号都已经融入北爱尔兰的身体，泛滥的河水也不是针对性地收回新教徒占有的土地，而是将东岸和西岸融合起来，形成宛如新生儿的河谷，这显然是一种超越政治的想象。这首诗同时还设置了"树篱学校"的学生这个角色，对维吉尔的想象进行补充。维吉尔是从宏观层面上超越政治，这位学生则是渴望自由的生活：

---

* 罗慕洛斯（Romulus）和瑞摩斯（Remus）是罗马神话里建立罗马城的孪生兄弟，这里用来指代罗马城。

① ［爱］希尼：《电灯光》，杨铁军译，广西人民出版社2016年版，第14页。

第三章　希尼：阐释自然

> 不知为什么我想起圣帕特里克节的早晨，
> 我被母亲差遣，到火车铁轨上采那些
> 几乎无法触碰的小三叶草，那些车轴草
> 缠绕、勾连、攀爬、坚硬、细小的根茎
> 到处都是，甚至枕木间的石头里都有。
> 露珠的鳞片从叶子上摇落。泪管撒着圣水。[①]

天主教传教士圣帕特里克被奉为爱尔兰的守护神，传说他用三叶草来阐释神圣的三位一体，因此在每年三月的圣帕特里克节，爱尔兰人会穿上绿色衣服并佩戴三叶草。这位学生不是用三叶草来宣扬民族主义，而是将其与爱尔兰人的日常生活联系起来：他从三叶草想到母亲，这是温暖的童年记忆；纤小的三叶草在石头缝里生长，就像爱尔兰人在艰难的环境中维护着生活应有的状态。因此，北爱尔兰和平最重要的意义是消除暴力的威胁和政治的困扰，给予人们自由的生活。

希尼始终都在关注自然，从给予他启蒙的青蛙和黑莓，到具有民族主义色彩的河流和沼泽地，再到平和温暖的常青藤和三叶草。在最后两部诗集《区线与环线》

[①]［爱］希尼：《电灯光》，杨铁军译，广西人民出版社2016年版，第15页。

（*District and Circle*）和《人之链》（*Human Chain*）里，他还将艺术想象和生态理念结合成一种生态想象，这种想象也是超越现实的。他在2006年接受丹尼斯·奥德里斯科尔（Dennis O'Driscoll）采访时专门谈到诗歌和生态问题的关系：他的诗歌不是直白地描写生态问题而是融入艺术的想象，不是直接呼吁人们采取行动而是唤起人们对美好环境的怀念，就像拉金在《水》的结尾用一杯普通的水反射出神圣的光线。[1] 由此可以看出，希尼的想象与他对北爱尔兰的想象是相似的，不是直接介入现实做出判断，而是引发人们的反思从而影响现实。

诗集《区线和环线》有三首诗用生态想象来表现气候变化问题。*《在爱荷华》（"In Iowa"）这首诗写的是希尼在美国爱荷华州遭遇的暴风雪，他首先突出暴风雪的猛烈，汽车的雨刮器不停地清除迎面扑来的雨雪，田里的玉米光秆和割草机几乎被雪掩埋，下午三点的天空如夜晚般黑暗。接下来，他没有分析暴风雪的成因或提出建议，而是借用《圣经》典故展开生态想象。《圣经》写的是耶稣在接受施洗之后前往荒野，凭借对上帝的信仰通过了魔鬼的考验，而希尼写道，"我从那片荒野中出

---

[1] Dennis O'Driscoll, *Stepping Stones: Interviews with Seamus Heaney*, London: Faber & Faber, 2008, pp. 406–412.

* 诗集《区线和环线》的引文来自雷武玲的译本

第三章　希尼：阐释自然

来／像一个未受洗的人",这暗示着人们缺乏对自然的信仰,也就无法坚决地保护自然。诗的结尾还写道,"在雪泥、匆促和嘶嘶声中／不像是分开而像是上涨的水中",这里的"分开"是指摩西分开红海之水,带领以色列人走出埃及,而"上涨"是指上帝因为世人的罪孽而用洪水淹没整个大地,希尼以此引发人们的反思,如果人们不尊重自然,就将受到自然的惩罚,气候变化将会引起海平面上涨,就像《圣经》里的洪水那样毁灭整个世界。而紧随其后的《霍芬》("Höfn")这首诗写的是希尼在冰岛看到冰川融化,他先写到人们对冰川融化的担心,坚硬的冰带变得蓬松乃至移动,冰带融化后露出的冰碛石纷纷滚落。但是就像他在前一首诗里写到洪水对人类的惩罚,他在这里也想象了冰川的威力。他将冰川比作盘踞在大地上的巨兽,伸出"三条冰舌",长有"不死的灰谷色大地皮毛"和"数十亿年的颈背"。当他隔着飞机舷窗看到这头冰川巨兽时,扑面而来的寒冷甚至冻住他温热的嘴,这意味着冰川仍然有人类不能企及的力量,迫使人们安静肃穆地注视和感受它。

如果说《在爱荷华》和《霍芬》在表现生态问题的同时仍然强调自然的力量,那么《当场》("On the Spot")这首诗写的是自然已经陷入严重的危机。希尼在诗里回忆了自己儿时到树篱里掏鸟蛋的情景，他掏到的是没有孵出的死鸟蛋，这意味着气候变化影响了鸟类的正常繁殖。从科学的角度来看，气候变化会以多种方式影响鸟类繁殖，比如鸟类在迁徙过程中遭遇极端气候，导致体重过轻无法孵出鸟蛋，或者鸟类对季节作出错误的判断，在食物缺乏时产下鸟蛋无法孵出。不过希尼并没有采用科学的视角，他仍然是用艺术的想象引发人们的反思。他首先与华兹华斯进行隐含的对照，华兹华斯经常描写鸟类，他在《麻雀窝》（"A Sparrow's Nest"）里发出这样的赞叹："快瞧，这绿叶浓荫里面，藏着一窝青青的鸟蛋！这偶然瞥见的景象，看起来／像迷人幻境，闪烁着光彩。"（杨德豫译）[1] 华兹华斯用鸟蛋来表现自然的生命力，而希尼手中的鸟蛋"没有光泽和动静"，意味着自然已经失去了往日的生命力。希尼对鸟蛋的比喻也很巧妙：寒冷极地和金属袖扣都表现出鸟蛋的冷硬感；花朵柱头（stigma）的作用是接受花粉，与鸟蛋的繁殖意义相对应；巨石圆阵是史前文明的遗迹，美好的自然仿佛也要像史前文明那样消失。希尼最后写道，"有什么东西正在当场密谋／使物质在整个行星的僵局中腐臭"，

---

[1] William Wordsworth, *William Wordsworth*, Stephen Gill, ed., Oxford: Oxford University Press, 2010, p. 266.

第三章 希尼：阐释自然

他并没有从科学或政治的角度指出气候变化的成因，而是用"什么东西"（what）这个泛指的词语引发所有人对气候变化的思考。

在气候变化之外希尼还写到环境污染，他在《莫淤拉》（"Moyulla"）里重新审视故乡的莫约拉河，一面描述河水的污染，一面又表达对河流的爱慕之情。这首诗是对早期的《雨的礼物》和《一首新歌》的改写。在早期的两首诗里，希尼带有民族主义的倾向，他将莫约拉河视为爱尔兰民族的象征，河流滋养着两岸的农田，Moyola 的元音代表着盖尔语的传统。而现在他不再带有政治意图，而是对污染问题展开艺术的想象：污染带来的水藻减缓了河水的流动，使得 Moyola 里流畅的元音 O 变成淤积的元音 U，奶粉厂排放的污水也使得河流口吐白沫、患病晕厥。[①] 在这首诗的结尾，他用优美的语言重新唤起人们对自然的信仰：莫约拉河将会消除污染、呈现出新的面貌，到那时人们可以走进河里感受温柔的情欲，在与河流的交融之中认识河流以及自身的本源。

诗集《区线与环线》里的自然诗歌主要反映了生态问题，而在 2010 年最后的诗集《人之链》里，希

[①] Dennis O'Driscoll, *Stepping Stones: Interviews with Seamus Heaney*, London: Faber & Faber, 2008, p. 406. 希尼在访谈中提到 20 世纪 50 年代雀巢公司在莫约拉河旁建起奶粉厂。

尼更多地探索人与自然之间的和谐关系。如《树冠》（"Canopy"）这首诗描写的是戴维·沃尔德（David Ward）的装置艺术作品，这位艺术家在哈佛大学广场的一棵树上安装了多个录音机和音箱，分别播放人们用不同的语言诉说自己熟悉的地方。希尼描述了自己看到这个作品的感受：

> 戴维·沃尔德在树枝上
> 安装了一批播放器，
> 那些粗麻布包裹的话筒，
> 像很多年的黄蜂窝，
>
> 也像黄昏中的蝠果——
> 这些影影憧憧的喉结
> 催动了齿音咝咝的涨落，
> 言辞之流，起伏不定的
>
> 静默，反响，回声。
> 仿佛是在播放一卷录音，
> 树叶的圣会上
> 那轮番的对唱。

第三章　希尼：阐释自然

> 或者，是一片树林在说梦话。
> 河岸上的芦苇一遍遍地
> 讲述它们的秘密……①

从希尼的描述可以看出，沃尔德用艺术的想象超越了人与自然以及各个地方之间的界限。这些音箱是由现代工业制造的，现在却完美地融入自然之中：裹着麻布的音箱看上去像树上的黄蜂窝和蝙蝠形状的果子，它们听上去像片片树叶在说话和吟唱赞美诗。更为重要的是，这些音箱的声音还将各个地方融合起来：音箱播放的是人们用各自的语言诉说自己的地方，现在这些不同的语言和地方汇集到哈佛大学广场上，形成一个多元和开放的空间。沃尔德用艺术实现了人与自然以及各个地方之间的融合，这也是希尼自己一直在追求的目标。

希尼写作诗集《人之链》时已经七十高龄，还曾中风抢救，因此他在多首诗里回忆往事并思考死亡的问题。从《本草经》("A Herbal")这首长诗可以看出，他对自然始终怀有朴素的信仰，还从自然之中领悟了生死的

---

① ［爱］希尼：《人之链》，王敖译，广西人民出版社 2016 年版，第 57—58 页。

意义。这首诗借鉴了法国诗人欧仁·吉尔维克（Eugène Guillevic）的《布列塔尼植物标本集》（"Herbier de Bretagne"），原诗是从墓园里的草木来思考生死的意义，希尼也沿袭了这样的主题，并融入了自己对植物的热爱。希尼写的都是他从小熟悉的植物，他用拟人的手法来表现植物的习性，也表现了人与自然之间的关联和互动：随风摇晃的驴尾草、金雀花和荆棘豆像是立场不稳的人；向内收紧的欧洲蕨像是严守秘密的人；不起眼的金雀花和不受重视的人结成友伴；扎手的荨麻像是敌人，而治伤的羊蹄草像是朋友。希尼不仅熟悉这些植物，他也从这些植物中获得神秘的领悟：亡者的墓地上长出青草，肃杀的风过后总有和暖的阳光，这些都说明生命和死亡总是相互伴随的，希尼如同儿时注视自己在井里的倒影那样，从自然的变化中看到自身的历程，从而平静地面对死亡。他心怀满足地写道，他的生命已经融入此岸世界——"我在此地，此地也在我之内"，而他希望彼岸的世界也像此岸世界一样丰富而又和谐：

> 去哪儿还能找到它，
> 一个别处的世界，在一张张地图

第三章 希尼：阐释自然

> 与地图集之外，
> 在那里，一切都编织进了它
> 也属于它，就像用草叶
> 交叉编出的窝。[①]

从希尼的整个创作生涯来看，他对自然的阐释是不断扩展的。他最初关注自我，寻找外在自然界与内在自我之间的呼应，阐释了与性和死亡有关的生命本能。随着他思想的发展，又恰逢北爱问题的激化，他的注意力转向民族问题，试图通过爱尔兰的土地和河流来阐释民族的历史和现状。当他更深入地思考诗歌与政治的关系，同时频繁地到美国和英国讲学之后，他开始具有超越民族的全球化思想，他构想出不受政治冲突困扰的土地，也温和地探讨气候变化等生态问题。

---

① [爱]希尼：《人之链》，王敖译，广西人民出版社2016年版，第56页。

结 论

正如开篇所言，自然是诗歌中恒久而普遍的主题，其中包含若干要素：人与自然是何种关系，自然是否具有神圣性，诗人所写的自然具有怎样的社会和文化意义？本书分析拉金、休斯和希尼的诗歌，就是为了研究他们如何继承和发展了这个主题，从而找到战后自然诗歌的总体趋势。从这三位诗人对自然的描写来看，他们主要是探索自然的神圣意义，将自然作为民族认同的基础，以及在战后生态思潮的影响下关注自然所遭受的破坏。

浪漫主义研究学者M.H.艾布拉姆斯（M. H. Abrams）曾经指出，浪漫主义文学实际上是对基督教的替代和重建，在去除它的教义体系的同时保留了它对人们的意义和价值，也就是用对自然的信仰来重建一种文化秩序，从而抵御混乱

结　论

无序的状态。[1]从这个意义上看，拉金、休斯和希尼这三位战后诗人是沿着浪漫主义诗人开拓的方向继续前进，根据时代的变化对这种自然的信仰加以改造。拉金对基督教的灵魂永生说产生深刻的怀疑，因此他将日夜更替和草木荣枯看作通向死亡的进程，害怕这种进程将自己彻底摧毁。与此同时，他又渴望找到一种新的信仰来超越对死亡的恐惧，尽管他反对浪漫主义诗歌的过度情感，但是他和浪漫主义诗人一样看到自然的巨大力量，因此在某些时刻，他从自然之中获得接近于信仰的积极感受。与拉金相比，休斯对自然的信仰更为坚定，他借鉴了东西方的多种原始宗教以及荣格和格雷夫斯等人对神话原型的分析，从这些宗教和神话中找到共同的自然女神。他认为现代社会背弃了自然女神，因此陷入包括战争在内的各种困境之中，而只有理解并顺应生死循环的自然法则，从自然之中获取原始的力量，才能走出困境。作为在乡村长大的诗人，熟悉自然的希尼也相信自然的神圣性，他的早期诗歌和休斯一样常写自然女神带来的暴力和死亡，而他的中后期诗歌更多地写到自然带给人们的喜悦和抚慰。

　　除了书写自然的神圣性，这三位诗人还将自然作为

---

[1] M. H. Abrams, *Natural Supernaturalism*: *Tradition and Revolution in Romantic Literature*, New York: Norton, 1971, pp. 65-68.

民族认同的基础。尽管民族主义者认为民族是自古就存在的，但事实上，民族概念是近代才出现的文化建构。英国历史社会学家A.D.史密斯（A. D. Smith）在研究民族的历史时指出，族裔知识分子经常通过回归"自然"及其"诗意空间"来建构民族认同，这种自然和这类空间都是非常特殊的，它们构成了这个群体的历史家园，是他们的记忆的神圣源泉。① 具体来说，族裔知识分子将祖地的自然景观转化为民族经历和美德，同时也可以反过来，他们也将祖地的历史事件和遗迹转化为自然的一部分，这两种具体的方式在拉金、休斯和希尼的自然诗歌中都有体现。拉金经常乘火车经过英格兰东部的乡村，他将乡村景观和习俗视为英格兰的象征：他描写了春夏之交的降灵节婚礼和秋冬之交的农展会，这些乡村景观和习俗体现了英格兰人与自然的悠久联系，因此他对工业化和城市化感到忧虑，乡村消失之后英格兰的传统文化将会失去依托。休斯在英格兰北部约克郡的荒野长大，他将人烟稀少的荒野视为英格兰的象征：他从荒野联想到古老的凯尔特时代，认为自然女神将会逐渐抹去工业和城镇的痕迹，使英格兰回归凯尔特时代的本真状态。受到拉金和休斯的启发，希尼也将土地视为爱尔兰的象

---

① ［英］史密斯：《民族认同》，王娟译，译林出版社2018年版，第81页。

征：他从地名和地貌中寻找爱尔兰的历史，从大地女神的祭祀仪式中寻找北爱冲突的根源，他最终还用想象中的土地来表达超越纷争的民族愿望。

从20世纪60年代开始，日益严重的生态问题和可能发生的核污染引起了极大关注，人们开始担忧人类的生产和生活对生态系统造成毁灭性破坏。1972年联合国在斯德哥尔摩召开首届人类环境大会，114个国家政府代表团参加了此次会议，这标志着各国政府开始关注生态问题，共同商讨对策并联合采取行动。生态思潮对战后诗歌创作也产生了显著影响，拉金、休斯和希尼的自然诗歌都写到多种生态问题。拉金注意到工业化和城市化对环境的破坏，他认为人们的自私和贪欲导致了这种破坏，他同时还认为英国加入欧共体之后，从欧洲涌入的劳工将会进一步破坏英格兰的美好环境。休斯也注意到工业化和城市化造成的环境问题，但是他认为自然的神圣力量终将清除工业化和城市化的痕迹，他聚焦于工业衰退之后的荒野和用传统方式经营的牧场，将它们视为自然女神的最终胜利。而希尼最初将生态问题和反殖民的意图结合起来，他写到英国殖民者在内依湖过度捕捞导致鱼类减少、在莫约拉河边的草地沤制亚麻造成环境破坏，批判英国殖民者制造的生态问题。但在后期的诗歌中他希望用平和包容来代替激进的民族主义，因此他更多地用艺术的想象唤起人们对气候变化和环境污染的思考。与此同时，三位诗人还从不同角度写到动物权利问题，拉金在《黏液瘤病》里批评农民为了保护牧草杀死野兔，休斯在《猪之观察》暗示人们的肉食习惯对家畜来说是残忍的，而希尼认为城里人和乡下人对动物权利的看法是不同的，他从农民的角度提出不同的意见，他在《早期的清洗》里写到维持生活比同情动物更为重要，如果不捕杀危害庄稼的动物、不饲养和宰杀家畜家禽，农民就难以维持基本的生存。这样的对比促使我们思考，当人类与动物的利益发生冲突时应当如何取舍。

　　诗人描写的自然总是与他所处的文化和社会语境紧密联系的。基督教传统的衰落、民族认同的探求和生态理念的兴起是战后西方社会的一些重要特点，因此拉金、休斯和希尼在写作有关自然的诗歌时，都表现出对自然的信仰、依托于自然的民族意识和保护自然环境的生态理念。事实上，这些特点在其他一些诗人的作品中也有所体现，形成了战后自然诗歌的总体趋势。比如休斯的好友、诗人彼得·雷德格罗夫（Peter Redgrove）也坚信自然的神圣性，他将自然女神称为"黑暗女神"（the dark goddess），认为人们应该打破基督教和科学

结　论

的压制，唤醒潜意识之中的自然力量。与此同时，也有不少诗人用自然来建构民族认同：希尼的好友、北爱尔兰诗人迈克尔·朗利（Michael Longley）描写了爱尔兰西部凯里吉蔓镇的乡村生活，在北爱冲突的缝隙间建构出一种生机勃勃的民族性；威尔士女诗人吉莲·克拉克（Gillian Clarke）描写了威尔士西部彭布罗克郡和锡尔迪郡的农牧生活，塑造了一种富有特色的民族性；休斯的追随者、英格兰女诗人艾丽丝·奥斯瓦尔德（Alice Oswald）采访了德文郡达特河沿岸的居民和劳动者，将他们对河流的描述转化为长诗《达特河》（*Dart*），形成一种多声部的民族性。两位女诗人在建构民族性的同时也为生态问题发声，克拉克经常将威尔士的环境问题和全球环境问题联系起来，比如她在《冰川》（"Glacier"）一诗中将威尔士小镇阿伯芬发生的泥石流掩埋小学事件和格陵兰岛的冰川融化联系起来，两者都是由人类对自然环境的破坏引起的，奥斯瓦尔德也在《达特河》里写到河流的污染问题及人们为保护河流环境做出的努力。此外，苏格兰诗人约翰·伯恩赛德（John Burnside）也广泛地探讨生态问题和生态正义问题，比如他在《青春期》（"Adolescence"）一诗里批判了苏格兰海滨的高尔夫球场，为维护草坪而使用的杀虫剂对人类和动物造成极大危害，大量兴建的高尔夫球场也使劳动人民的栖居之地变成由资本驱动的娱乐场所。

最后需要指出，自然主题是极为丰富和复杂的，无论是拉金、休斯和希尼的自然主题，还是战后自然诗歌的总体趋势，都值得进一步的研究。比如在自然的文化和社会意义方面，本书主要讨论了民族性的问题，而事实上，与自然相关的性别和阶级等问题也是值得深入探讨的。另外在生态意识方面，本书研究的三位诗人对生态问题的描写是比较含蓄的，而另一些战后诗人更加直接地描写生态问题和生态正义问题，这也是可以继续拓展的研究方向。这些有关自然主题的研究能够加深和扩展我们对自然的认识，也促使我们思考，在自然被广泛谈论的时代里，自然究竟意味着什么。

参考文献

［1］陈红:《兽性、动物性和人性》(*Bestiality, Animality and Humanity*)，华中师范大学出版社2005年版。

［2］Chen Hong, "Hughes and Animals", in Terry Gifford ed., *The Cambridge Companion to Ted Hughes*, Cambridge: Cambridge University Press, 2011.

［3］陈红等:《田园诗》，外语教学与研究出版社2019年版。

［4］陈恕:《爱尔兰文学》，云南人民出版社2011年版。

［5］陈晞:《城市漫游者的伦理衍变：论菲利普·拉金的诗歌》，博士学位论文，华中师范大学，2011年。

［6］戴从容:《"什么是我的民族"——谢默斯·希尼诗歌中的爱尔兰身份》，《外国文学评论》2011年第2期。

［7］傅浩:《英国运动派诗学》,译林出版社1998年版。

［8］何宁:《论希尼的"沼泽"系列诗歌》,《当代外国文学》2006年第2期。

［9］和耀荣:《景观书写与身份构建:谢默斯·希尼诗歌研究》,博士学位论文,西南大学,2016年。

［10］［英］华兹华斯:《华兹华斯诗选》,杨德豫译,外语教学与研究出版社2004年版。

［11］［英］霍布斯鲍姆:《民族与民族主义》,李金梅译,上海世纪出版集团2006年版。

［12］［英］罗伯特·基:《爱尔兰史》,潘兴明译,东方出版中心2010年版。

［13］姜士昌:《英国田园诗歌发展史》,中国社会科学出版社2016年版。

［14］［美］利奥波德:《沙乡年鉴》,侯文蕙译,吉林人民出版社1997年版。

［15］李成坚:《爱尔兰—英国诗人谢默斯·希尼:从希尼的诗歌和诗学中看其文化策略》,博士学位论文,中山大学,2004年。

［16］李子丹:《泰德·休斯诗歌中的人类关怀》(*The Sense of Humanity in Ted Hughes' Poetry*),吉林

出版集团 2008 年版。

［17］莲华生：《西藏度亡经》，徐进夫译，宗教文化出版社 1995 年版。

［18］梁莉娟：《对话、平衡与超越——后现代语境下的希尼研究》，博士学位论文，中央民族大学，2013 年。

［19］凌喆：《特德·休斯诗学研究》，博士学位论文，浙江大学，2013 年。

［20］刘国清：《从断裂到弥合：泰德·休斯诗歌的生态思想研究》，博士学位论文，东北师范大学，2008 年。

［21］刘炅：《人性的链条：谢默斯·希尼的诗歌与霍普金斯、叶芝、拉金的影响》，北京大学出版社 2020 年版。

［22］刘巨文：《抵抗死亡：菲利普·拉金诗歌的核心动力》，博士学位论文，北京外国语大学，2017 年。

［23］吕爱晶：《菲利浦·拉金的"非英雄"思想》，博士学位论文，中山大学，2010 年。

［24］莫申、莫里森编著：《英国当代诗选》，马永波译，河北教育出版社 2003 年版。

［25］欧震：《重负与纠正：谢默斯·希尼诗歌与当代北爱尔兰社会文化矛盾》，中国社会科学出版社 2011 年版。

［26］［英］莎士比亚:《莎士比亚全集》第五卷，朱生豪等译，人民文学出版社1994年版。

［27］［英］莎士比亚:《莎士比亚全集》第六卷，朱生豪等译，人民文学出版社1994年版。

［28］［英］史密斯:《民族认同》，王娟译，译林出版社2018年版。

［29］［英］菲利普·拉金:《高窗:菲利普·拉金诗集》，舒丹丹译，上海人民出版社2016年版。

［30］王佐良主编:《英国诗选》，上海译文出版社2011年版。

［31］［英］威廉斯:《关键词:文化与社会的词汇》，刘建基译，生活·读书·新知三联书店2005年版。

［32］［英］威廉斯:《乡村与城市》，韩子满等译，商务印书馆2013年版。

［33］［爱］希尼:《希尼诗文集》，吴德安等译，作家出版社2001年版。

［34］［爱］希尼:《电灯光》，杨铁军译，广西人民出版社2016年版。

［35］［爱］希尼:《区线与环线》，雷武玲译，广西人民出版社2016年版。

［36］［爱］希尼:《人之链》，王敖译，广西人民出

版社2016年版。

［37］［爱］希尼:《开垦地:诗选1966—1996》,黄灿然译,广西人民出版社2018年版。

［38］［爱］希尼:《希尼三十年文选》,黄灿然译,浙江文艺出版社2018年版。

［39］肖云华:《菲利普·拉金文化策略研究》,华南理工大学2017年版。

［40］殷企平:《价值语境下的认知与情感——谢默斯·希尼诗歌的经典性》,载《外国文学研究》2014年第4期。

［41］［爱］叶芝:《叶芝诗集》,傅浩译,河北教育出版社2002年版。

［42］张剑:《文学、历史、社会:当代北爱尔兰诗人谢默斯·希尼的政治诗学》,《英美文学研究论丛》2010年第1期。

［43］章燕:《多元·融合·跨越:英国现当代诗歌及其研究》,人民文学出版社2013年版。

［44］朱玉:《希尼〈草木志〉中的"空中漫步"》,《外国文学评论》2018年第3期。

［45］Nathalie Anderson, "Ted Hughes and the Challenge of Gender", in Keith Sagar ed., *The Challenge of Ted Hughes*,

Basingstoke, Hampshire: Macmillan, 1994.

［46］Jonathan Bate, *Romantic Ecology: Wordsworth and the Environmental Tradition*, London: Routledge, 1991.

［47］Jonathan Bate, *The Song of the Earth*, Cambridge, MA: Harvard University Press, 2000.

［48］Jonathan Bate, *Ted Hughes: The Unauthorized Life*, London: William Collins, 2005.

［49］Paul Bentley, *Ted Hughes: Class and Violence*, London: Bloomsbury Academic, 2014.

［50］*Beowulf*, trans. Burton Raffel, New York: New American Library, 1999.

［51］Homi Bhabha, *The Location of Culture*, London: Routledge, 1994.

［52］William Blake, *The Complete Poetry and Prose*, David V. Erdman ed., New York: Anchor Books, 1988.

［53］Graham Bradshaw, "Creative Mythology in Cave Birds", in Keith Sagar ed., *The Achievement of Ted Hughes*, Manchester: Manchester University Press, 1983.

［54］James Booth, "Philip Larkin: Lyricism, Englishness and Postcoloniality", in Stephen Regan ed., *Philip Larkin*, Basingstoke, Hampshire: Palgrave Macmillan, 1997.

[55] James Booth. *Philip Larkin: the Poet's Plight*, Basingstoke, Hampshire: Palgrave Macmillan, 2005.

[56] Fran Brearton, "Heaney and the Feminine", in Bernard O'Donoghue, ed., *The Cambridge Companion to Seamus Heaney*, Cambridge: Cambridge University Press, 2009.

[57] C. G. A. Bryant, "These Englands, or Where does Devolution Leave the English?", *Nations and Nationalism*, Vol. 9, No. 3, July 2003.

[58] John Burnside, *Selected Poems*, London: Jonathan Cape, 2006.

[59] Ciaran Carson, "Escaped from the Massacre?", *The Honest Ulsterman*, No. 50, January 1975, pp. 183-186.

[60] Geoffrey Chaucer, *The Canterbury Tales*, trans. Nevill Coghill, London: Penguin Books, 1977.

[61] Gillian Clarke, *Collected Poems*, Manchester: Carcanet Press, 1997.

[62] Gillian Clarke, *A Recipe for Water*, Manchester: Carcanet Press, 2009.

[63] Patricia Coughlan, "'Bog Queens': The Representation of Women in the Poetry of John Montague

and Seamus Heaney", in Michael Allen ed., *Seamus Heaney*, Basingstoke, Hampshire: Macmillan, 1997.

[64] Donald Davie, *Thomas Hardy and British Poetry*, Oxford: Oxford University Press, 1972.

[65] John Donne, *The Complete Poems of John Donne*, Robin Robbins ed., Harlow, Essex: Pearson Education Limited, 2010.

[66] Anthony Easthope, *Englishness and National Culture*, London: Routledge, 1999.

[67] Steve Ely, *Ted Hughes's South Yorkshire: Made in Mexborough*, Basingstoke, Hampshire: Palgrave Macmillan, 2015.

[68] Ekbert Faas, *Ted Hughes: The Unaccommodated Universe*, Boston: Black Sparrow Press, 1980.

[69] Elaine Feinstein, *Ted Hughes: The Life of a Poet*, London: Weidenfeld & Nicolson, 2001.

[70] Sigmund Freud, *An Autobiographical Study*, Trans. & Ed. James Strachey, New York: Norton, 1989.

[71] Greta Gaard, "Living Interconnections with Animals and Nature", in Greta Gaard ed., *Ecofeminism: Women, Animals, Nature*, Philadelphia: Temple University Press, 1993.

[72] Terry Gifford, "Gods of Mud: Hughes and Post-Pastoral", in Keith Sagar ed., *The Challenge of Ted Hughes*, Basingstoke, Hampshire: Macmillan, 1994.

[73] Terry Gifford, *Green Voices: Understanding Contemporary Nature Poetry*, Manchester: Manchester University Press, 1995.

[74] Terry Gifford, *Pastoral*, London: Routledge, 1999.

[75] Terry Gifford, "Gary Snyder and the Post-Pastoral", in J. Scott Bryson ed., *Ecopoetry: A Critical Introduction*, Salt Lake City, UT: The University of Utah Press, 2002.

[76] Dan Glaister, "Heaney Leads Race for Poet Laureate", *The Guardian*, February 4, 1999.

[77] Robert Graves, *The White Goddess: A Historical Grammar of Poetic Myth*, New York: Farrar, Straus and Giroux, 2013.

[78] John Haffenden, "Seamus Heaney and the Feminine Sensibility", *The Yearbook of English Studies*, Vol. 17, British Poetry since 1945 Special Number, 1987.

[79] Thomas Hardy, *The Poems of Thomas Hardy: A New Selection*, Ned Halley, ed., London: Macmillan

Collector's Library, 2017.

[80] Henry Hart, *Seamus Heaney, Poet of Contrary Progressions*, New York: Syracuse University Press, 1992.

[81] Laura Haydon, "Casting the Net", *BBC Home*, February 2007, http://www.bbc.co.uk/ northernireland/ yourplaceandmine/ antrim/eels_haydon1.shtml.

[82] Seamus Heaney, *Death of a Naturalist*, London: Faber & Faber, 1966.

[83] Seamus Heaney, *Door into the Dark*, London: Faber & Faber, 1969.

[84] Seamus Heaney, *Wintering Out*, London: Faber & Faber, 1972.

[85] Seamus Heaney, *North*, London: Faber & Faber, 1975.

[86] Seamus Heaney, *Field Work*, London: Faber & Faber, 1979.

[87] Seamus Heaney, *Preoccupations: Selected Prose 1968-1978*, London: Faber & Faber, 1980.

[88] Seamus Heaney, *An Open Letter*, Derry: Field Day Theatre, 1983.

[89] Seamus Heaney, *Station Island*, London:

Faber & Faber, 1984.

[90] Seamsus Heaney, *The Haw Lantern*, London: Faber & Faber, 1987.

[91] Seamus Heaney, *Seeing Things*, London: Faber & Faber, 1992.

[92] Seamus Heaney, *The Spirit Level*, London: Faber & Faber, 1996.

[93] Seamus Heaney, Electric Light, London: Faber & Faber, 2001.

[94] Seamus Heaney, "*Lux Perpetua*: Seamus Heaney on the making of his recent collection, Electric Light", *The Guardian*, June 16, 2001, http://www.theguardian.com/books/2001/june/16/poetry.features.

[95] Seamus Heaney, *Finders Keepers: Selected Prose, 1971-2001*, London: Faber & Faber, 2002.

[96] Seamus Heaney, *District and Circle*, London: Faber & Faber, 2006.

[97] Seamus Heaney, *Human Chain*, London: Faber & Faber, 2010.

[98] Ted Hughes, *Gaudete*, London: Faber & Faber, 1977.

[98] Ted Hughes, *Shakespeare and the Goddess of Complete Being*, London: Faber & Faber, 1992.

[100] Ted Hughes, *Winter Pollen: Occasional Prose*, William Scammell ed., London: Faber and Faber, 1994.

[101] Ted Hughes, *Collected Poems*, Paul Keegan ed., New York: Farrar, Straus and Giroux, 2003.

[102] Ted Hughes, *Letters of Ted Hughes*, Christopher Reid ed., London: Faber and Faber, 2007.

[103] C. G. Jung, "On the Psychology of the Trickster Figure", in Paul Rodin, *The Trickster: A Study in American Indian Mythology*, New York: Philosophical Library, 1956.

[104] C. G. Jung, *The Archetypes and the Collective Unconscious*, Vol. 9 Part 1 of *the Collected Works of C. G. Jung*, trans. R. F. C. Hull, Gerhard Adler ed., Princeton: Princeton University Press, 1980.

[105] Patrick Kavanagh, *Selected Poems*, London: Penguin, 2000.

[106] John Keats, *The Poetic Works of John Keats*, William T. Arnold ed., London: Kegan Paul, Trench, & Co., 1986.

[107] Paul Langford, *Englishness Identified: Manners and Character, 1650-1850*, Oxford: Oxford University Press, 2000.

[108] Philip Larkin, *Selected Letters of Philip Larkin, 1940-1985*, Anthony Thwaite ed., London: Faber & Faber, 1992.

[109] Philip Larkin, *Further Requirements: Interviews, Broadcasts, Statements and Book Reviews, 1952-1985*, Anthony Thwaite ed., Ann Arbor, MI: University of Michigan Press, 2004.

[110] Philip Larkin, *The Complete Poems of Philip Larkin*, Archie Burnett ed., New York: Farrar, Straus and Giroux, 2012.

[111] D. H. Lawrence, *Apocalypse and the Writings on Revelation*, Mara Kalnins ed., Cambridge: Cambridge University Press, 2002.

[112] D. H. Lawrence, *Complete Works of D. H. Lawrence*, e-book, Delphi Classics, 2012.

[113] Susanna Lidström, *Nature, Environment and Poetry: Ecocriticism and the poetics of Seamus Heaney and Ted Hughes*, New York: Routledge, 2015.

[114] David Lloyd, "'Pap for the Dispossessed':

Seamus Heaney and the Poetics of Identity", in Michael Allen ed., *Seamus Heaney*, Basingstoke, Hampshire: Macmillan, 1997.

[115] Edna Longley, "'Inner Émigré' or 'Artful Voyeur'? Seamus Heaney's *North*", in Michael Allen ed., *Seamus Heaney*, Basingstoke, Hampshire: Palgrave Macmillan, 1997.

[116] Michael Longley, *Collected Poems*, Winston-Salem, NC: Wake Forest University Press, 2007.

[117] Michael Longley, *The Echo Gate*, London: Martin, Secker & Warburg Ltd., 1979.

[118] Blake Morrison, *The Movement: English Poetry and Fiction of the 1950s*, London: Methuen, 1986.

[119] Andrew Motion, *Philip Larkin*, London: Methuen, 1986.

[120] Julian Moynahan, "Is There Life After Crow? Ted Hughes's Poetry Lately", *Poetry* Vol. 138, No. 5, 1981.

[121] Andrew Murphy, "Heaney and the Irish Poetic Tradition", in Bernard O'Donoghue ed., *The Cambridge Companion to Seamus Heaney*, Cambridge: Cambridge University Press, 2009.

[122] Sean O'Brian, *The Deregulated Muse: Essays on Contemporary British and Irish Poetry*, Newcastle-Upon-Tyne: Bloodaxe, 1998.

[123] Bernard O'Donoghue, "Heaney's Classics and the Bucolic", in Bernard O'Donoghue ed., *The Cambridge Companion to Seamus Heaney*, Cambridge: Cambridge University Press, 2009.

[124] Dennis O'Driscoll, *Stepping Stones: Interviews with Seamus Heaney*, London: Faber & Faber, 2008.

[125] Alexander H. Olsen and Burton Raffel, eds., *Poems and Prose from the Old English*, trans. Burton Raffel, New Haven, CT: Yale University Press, 1998.

[126] John Osborne, *Radical Larkin: Seven Types of Technical Mastery*, Basingstoke, Hampshire: Palgrave Macmillan, 2014.

[127] Alice Oswald, *Dart*, Eastbourne, East Sussex: Gardners Books, 2002.

[128] Michael Parker, *Seamus Heaney: The Making of a Poet*, Basingstoke, Hampshire: MacMillan, 1993.

[129] Tom Pauline, "Into the Heart of Englishness",

in Stephen Regan ed., *Philip Larkin*, Basingstoke, Hampshire: Palgrave Macmillan, 1997.

[130] Edward Picot, *Outcasts from Eden: Ideas of Landscape in British Poetry since 1945*, Liverpool: Liverpool University Press, 1997.

[131] Robert Pinsky, Review of *Gaudete*, *The New York Times Book Review*, December 25, 1977, p. 5.

[132] Alexander Pope, *The Major Works*, Pat Rogers, ed., Oxford: Oxford University Press, 2006.

[133] I. A. Richards, *Principles of Literary Criticism.* London: Routledge, 2001.

[134] Neil Roberts, *Ted Hughes: A Literary Life*, Basingstoke, Hampshire: Palgrave Macmillan, 2006.

[135] M. W. Rowe, *Philip Larkin, Art and Self, Five Studies*, Basingstoke, Hampshire: Palgrave Macmillan, 2011.

[136] Keith Sagar, *The Laughter of Foxes: A Study of Ted Hughes*, Liverpool: Liverpool University Press, 2000.

[137] Leonard M. Scigaj, *Ted Hughes*, Boston: Twayne, 1991.

[138] Peter Singer, *Animal Liberation*, New York: Ecco, 2002.

Sir Gawain and the Green Knight, trans. Burton Raffel, New York: New American Library, 1970.

[139] Ann Skea, "Regeneration in Remains of Elmet", in Keith Sagar ed., *The Challenge of Ted Hughes*, Basingstoke, Hampshire: Macmillan, 1994.

[140] Kate Soper, *What is Nature? Culture, Politics and the non-Human*, Oxford: Blackwell, 1995.

[141] Jon Stallworthy, "The Poet as Archaeologist: W. B. Yeats and Seamus Heaney", *The Review of English Studies*, Vol. 33, No. 130, May 1982.

[142] Gilliam Steinberg, *Philip Larkin and His Audiences*, Basingstoke, Hampshire: Palgrave Macmillan, 2010.

[143] Randall Stevenson, *1960-2000: The Last of England?* Vol. 12 of *the Oxford English Literary History*, Jonathan Bate, ed., Beijing: Foreign Language Teaching and Research Press, 2007.

[144] Tijana Stojkovic, *Unnoticed in the Casual Light of Day: Phillip Larkin and the Plain Style*, New York: Routledge, 2006.

［145］Tacitus, *Agricola and Germany*, trans. A. R. Birley, Oxford: Oxford University Press, 1999.

［146］Margaret Thatcher, "Create Not Destroy", *Yorkshire Post*, May 1, 1979, The Margaret Thatcher Foundation, http://www.margaretthatcher.org/document/104058.

［147］Alfred Tennyson, *Tennyson: A Selected Edition*, Christopher Ricks eds., London: Routledge, 2007.

［148］Edward Thomas, *Edward Thomas*, e-book, Delphi Classics, 2013.

［149］Anthony Thwaite, "Introduction", in Philip Larkin, *Philip Larkin: The Collected Poems*, Anthony Thwaite ed., London: Faber and Faber, 1988.

［150］Helen Vendler, *Seamus Heaney*, Cambridge, MA: Harvard University Press, 1998.

［151］Terry Whalen, *Philip Larkin and English Poetry*, Basingstoke, Hampshire: Macmillan, 1986.

［152］William Wordsworth, *William Wordsworth*, Stephen Gill, ed., Oxford: Oxford University Press, 2010.